당신이 모르는 이야기

당신이 모르는 이야기

황시운 산문

교유서가

차례

1부 어쨌든 다시 봄

2부 그간에 밀린 이야기들

3부 움직여라, 발가락

4부 다시 시작할 산책

1부

어쨌든 다시 봄

당신이 모르는 이야기

나도 모르는 사이 흘러나온 똥을 뭉개고 앉아서 엄마를 기다린다. 엄마가 도착하기까지의 십여 분은 언제나 너무 길다. 그 십여 분 동안, 나는 악취가 진동하는 내 인생을 찢고 부수고 으깨버린다. 수치심과 분노에 몸을 떨며 비명을 지르거나 잔혹한 신과 구원 없는 세상에 저주를 퍼붓는다. 때로는 어린아이처럼 큰 소리로 울기도 한다. 잊을 만하면 한 번씩 벌어지는 일이다. 마치 내 인생이 얼마나 망가졌는지 잊지 말라고 누군가 정기적으로 알람이라도 울려주는 것 같다. 잠시 후, 엄마의 차가 아파트 정문을 통과했음을 알리는 인터폰이 울린다. 나는 서둘러 눈물을 닦고 어기적어기적 휠체어를 밀어 화장실로 간다. 엄마에게 우는 모습까지 보일 필요는 없다. 굳이 보여주지 않아도 내가 늘 울고 있다는 것을 엄마는 이미 안다.

엄마는 집에 들어서자마자 비닐장갑부터 꺼내 낀다. 휠체어에 앉아 있는 나를 변기로 옮겨 앉히고 똥 묻은 바지를 벗긴 다음 엉덩이, 허벅지 할 것 없이 치덕치덕 엉겨붙은 똥을 대강 닦아낸다. 젤을 바른 손가락으로 항문을 마사지해 미처 다 흘러나오지 못한 똥을 빼주고 비누질을 반복해 샤워까지 마치고 나면 엄마도 나도 기진맥진이다. 엄마가 허리를 짚고 서서 가쁜 숨을 고르는 동안, 나는 마른 수건으로 손이 닿는 곳의 물기를 닦는다. 잠시 숨을 돌린 엄마가 남은 물기를 마저 닦아주고 옷 입는 것을 도와준다.

말끔해진 나를 침대로 옮겨 누이고도 엄마의 일은 끝나지 않는다. 엄마는 서둘러 화장실로 가서 똥범벅이 된 휠체어와 방석, 그리고 옷을 세탁한다. 변기를 닦고 화장실 청소와 소독도 한다. 뒷정리를 모두 마치고 나면 다시 내게로 와서 배뇨관을 방광에 연결하기 위해 아랫배에 뚫은 구멍과 하반신 여기저기 짓무른 상처들을 꼼꼼히 드레싱 해준다. 가끔은 피고름이 찬 종기를 터뜨려 짜내주기도 한다. 드레싱을 하는 동안 엄마는 종종 "괜찮으니까 너무 속상해하지 마"라거나 "앞으론 나아질 거야"라고 말한다. 하지만 엄마도 나도 아무것도 괜찮지 않으며 나아질 가능성도 없다는 사실을 잘 알고 있다.

이제 나는 꿈에서조차 휠체어를 타고 있다. 의식하지 않아도 때가 되면 소변주머니를 비우고, 한 달이고 두 달이고 현관문을 나서지 못하는 생활에도 익숙해졌다. 하지만 이상하게도 대변 문제에 있어서만큼은 한 걸음도 나아가지 못했다. 엄마는 혼이 반쯤 빠진 얼굴로 천장만 올려다보고 있는 나를 한참 더 바라보다 집으로 돌아간다. 다시 혼자 남겨진 나는 천장을 올려다보며 말없이 눈물을 쏟는다. 울어서 해결될 일이 아닌데도 우는 것 말고는 달리 할 수 있는 일이 없어서 울고 또 운다. 두려움 때문이다. 더 나이가 들고 엄마의 도움마저 받지 못하게 되면 나는 어떻게 되는 걸까.

대변으로 인한 첫번째 좌절은 수술 후 이 주쯤 지난 뒤에 겪었다. 수술 후 한동안은 대변을 보지 않았다. 자연스러운 일이라고 했다. 그러나 이 주가 넘어가자 관장을 하기 위한 약이 처방됐다. 처방에 앞서 주치의는 자연적인 배뇨나 배변이 불가능해졌으므로 이제부터는 먹는 것도 배출하는 것도 규칙적이어야 한다고 설명했다. 특히 소변의 양을 조절하지 못해서 소변이 역류라도 하게 되면 평생 신장투석을 하며 살게 될 수도 있다고 겁을 주었다. 설명 끝에 관장을 하는 게 처음이냐고 묻는 주치의에게 고개를 끄덕였다. 그러자 그는 내 어깨를 토닥이며 불편하더라도 익숙해지도록 노력해야 할 거라고 말했다. 엄마와 난 고개를 주억거렸지만 그 말의 의미를 제대로 이해하지는 못하고 있었다.

간호사가 준 약을 복용하고 좌약을 넣은 지 삼십 분쯤 지났을 때, 나는 침대에 실린 채 복도 끝 비상계단참으로 옮겨졌다. 거기서 관장을 하라는 것이었다. 간호사에게 병실이나 화장실에서 해결하고 싶다고 부탁했지만, 병실에서 관장을 하면 다른 환자들에게 폐가 되니 안 되고 병원 내에 침대가 들어갈 수 있는 화장실은 없다고만 했다. 그 계단참엔 의료진 전용 엘리베이터가 있어서 비상문을 잠가 출입을 통제할 수도 없었다. 그런데도 간호사는 겨우 두 단짜리 파티션으로 침대를 가려주곤 돌아가버렸다. 그곳에서 나는 침대 위에 방수패드를 깔고 누운 채로 대변을 봐야 했다. 관장약이 녹자 항문에선 방귀와 함께 돌처럼 딱딱하게 굳은 대변이 배출되어 나왔다. 악취가 진동했다. 그때 나는 겨우 서른여섯 살이었다. 서른여섯의 미혼 여성인 나는, 내 또래의 젊은 의사와 간호사들이 똥냄새 때문에 이맛살을 찌푸리며 엘리베이터를 타고 내리는 모습을 파티션의 이음매 사이로 똑똑히 지켜봤다. 그들 중 몇몇과는 시선이 마주치기도 했다.

"어머, 뭐야. 구역질나게."

어느 날엔가는 또각또각 구두굽 소리를 내며 계단을 내려온 여자가 계단참에 들어서자마자 중얼거리기도 했다. 나는 벌겋게 달아오른 얼굴로 파티션 이음매 사이로 여자의 뒷모습을 노려보았다. 노란색 원피스 아래로 곧게 뻗은 두 다리가 내뿜는 생명력이 내 눈에 비수처럼 날아와 박혔다. 나는 지금도 그때 그 여자가 나를 모욕하기 위해 일부러 그런 말을 한 것은 아닐 거라고 믿고 있다. 하지만 나의 믿음과는 아무 상관 없이, 여자의 말과 파티션 이음매 사이로 보였던 건강한 두 다리는 나를 모욕했고 내 영혼을 짓이겨놓았다. 대변이, 그러니까 똥이, 내 인생을 뒤흔드는 이유가 될 거라고는, 살아오는 동안 단 한 번도 생각하지 못했다.

병원에 입원해 있던 반년 가까이, 나는 이삼일에 한 번꼴로 예의 그 계단참으로 옮겨졌고, 두 단짜리 파티션으로 침대머리를 겨우 가린 채 관장을 해야 했다. 관장을 할 땐 돌처럼 굳어버린 대변이 잘 빠져나올 수 있도록 항문 마사지를 해줘야 한다. 그걸 엄마가 해야 했는데, 엄마 역시 그런 일은 처음 겪어보는 거여서 우왕좌왕할 뿐이었다. 그런 엄마와 나를 안쓰럽게 본 어느 간병사 아주머니가 엄마에게 항문 마사지 하는 법을 가르쳐주었다. 가르쳐준다는 건 다름이 아니라 직접 시범을 보이는 거였다. 한동안은 엄마와 간병사 아주머니 둘이서 내 항문을 들여다보며 번갈아 항문 주위를 문지르고 꾹꾹 눌러주고 젤 바른 손가락으로 쑤셔댔다. 어쩔 수 없는 상황이었고 도와준 간병사 아주머니나 그걸 배워보겠다고 생전 안 해본 일을 하고 있는 엄마에게 너무나 고마운 일이라는 걸 잘 알면서도 수치심에 매번 눈물을 쏟고 말았다. 돌이켜 생각해보면, 관장법 같은 건 중국인 교포 간병사가 아니라 의료진에게 배웠어야 했다. 아니, 애초에 마비 환자의 관장을 하는 일 자체가 의료진의 일이 아닌가. 그 책임을 왜 오롯이 환자와 보호자에게 전가하는지, 지금까지도 이해가 되지 않는다. 게다가 엘리베이터가 있는 계단참같이 공개된 장소에서 환자의 관장이 이루어지는 것도 말이 안 되는 일이었다. 병원측과 의료진이 조금만 더 성의가 있고 상식적이었다면 그때의 기억이 평생을 두고 벗어나지 못할 트라우마로 남겨지진 않았을지도 모른다.

십여 년이 흘렀지만 나는 여전히 다른 사람의 도움 없이는 배변이 불가능하다. 그래서 활동지원사가 바뀔 때마다 가장 보이기 싫은 치부까지 남김없이 보여줘야 한다. 그게 너무 싫어서 활동지원사의 서비스가 썩 만족스럽지 않더라도 어지간해선 표내지 않고 참곤 한다. 엄연히 내가 고용인이고 저쪽이 피고용인이지만, 혹시라도 심기가 상해서 그만둔다고 할까봐 잔뜩 겁을 먹는 쪽은 언제나 나다. 가끔은 그걸 알고 이용하려는 이들을 만나기도 한다. 나의 상태가 기적적으로 나아지지 않는 이상 이러한 형편은 평생 달라지지 않을 것이다. 대체 언제까지 상식보다 기적에 기댄 채 살아가야 하는 건지 모르겠다. 장애를 가지고 살아가다보면 인간으로서 마땅히 보호받아야 할 존엄이 너무 자주, 생각지도 못한 대목에서 무너져내린다. 사람 아닌 존재가 되어버린 듯한 기분이 얼마나 참담한지, 세상은 상상이나 할 수 있을까.

다시, 봄

여느 날과 다름없이 통증 때문에 잠에서 깼다. 언제나 통증에 치여 설핏 잠들었다가 통증에 놀라 깨곤 한다. 침대 안전바를 잡고 왼쪽으로 돌아누웠다. 오른쪽 엉덩이에 녹이 잔뜩 슨 칼날이 박혀 있는 듯했다. 두 눈을 꼭 감고 이를 악물었다. 안전바를 잡은 손아귀에 힘이 들어갔다. 오른쪽 엉덩이에서 시작된 통증은 이내 골반 전체로 퍼져나갔다. 당장이라도 뼈가 빠개지고 말 것만 같았다. 이가 바득바득 갈리고 온몸이 부들부들 떨려왔다. 숨이 쉬어지지 않았다. 얼마나 견뎌야 할까. 비명이라도 지르고 싶은데 아무 소리도 새어나오지 않았다. 이러다 머리가 터져버릴 것만 같다고 느끼는 순간, 온몸의 맥이 탁 풀리면서 저절로 눈이 떠졌다. 드디어 끝났구나 싶었다. 그러나 그것도 잠시, 양다리가 지잉지잉 울렸고 발가락 끝부터 따끔거리기 시작했다.

오래지 않아 극심한 통증이 다시 밀려올 터였다. 통증은 양상을 달리하며 파도를 타듯 끝도 없이 밀려왔다. 이제 내 일상에 통증이 끼어들지 않는 시간은 없다. 아프지 않길 기다려서 무언가를 하려고 한다면 아무것도 하지 못한 채 죽고 말 터였다. 그러지 않으려면 아프건 말건 약이라도 털어먹고 뭐라도 해야 했다. 잠시 숨을 고르며 내가 오늘 무슨 일을 해야 할지 생각해봤다. 소설, 그리고 소설, 오로지 소설. 늘 그렇듯 떠오르는 건 소설뿐이었다.

서둘러 일어나 엄마가 꺼내놓은 옷부터 챙겨 입었다. 윗도리는 쉽게 입을 수 있지만 바지를 입는 일은 좀 까다롭다. 우선 양다리에 바지를 끼우고 무릎 위까지 끌어올린 다음 다시 누웠다. 처음부터 그렇게 연습을 해와서인지, 앉아서 입는 것보다 누운 채 몸을 뒤틀어 바지를 끌어올리는 편이 익숙했다. 침대 난간을 잡고 모로 누워 한 쪽씩 차례로 바지를 끌어올리길 반복해 끝까지 올려 입었다. 양말을 신을 땐 몸을 반으로 완전히 접었다. 내 척추는 흉추 9번부터 요추 1번까지 금속판과 핀으로 고정되어 있어서 다른 이들처럼 부드럽게 구부러지지 않는다. 엄마가 있을 땐 보기 싫다고 잔소리를 해서 바로 앉아 한쪽 다리를 다른 쪽 다리 위에 올려놓고 양말과 신발을 신었다. 그러나 아무도 없을 땐 그냥 거꾸로 처박히듯 몸을 반으로 접어서 신곤 했다. 퉁퉁 부어오른 채 힘없이 축 늘어진 발에 신발을 신기는 일이 쉽지 않아 운동화 끈을 끝까지 느슨하게 풀어헤친 뒤에야 간신히 신을 수 있었다. 신발을 다 신은 다음 무릎띠를 무릎에 매 고정하고 천천히 침대 밖으로 다리를 내렸다. 양발을 가지런히 모아 휠체어 앞쪽에 자리를 잡아주고 한 손으로 휠체어를 단단히 잡았다. 다른 한 손은 침대를 짚은 채 최대한 집중해서 몸의 균형을 잡았다. 그리고 속으로 하나, 둘, 셋을 외치며 있는 힘껏 몸을 날려 휠체어로 옮겨 앉았다.

이렇게 침대에서 휠체어로 내려앉는 데까지 걸리는 시간은 대략 이십 분, 그나마 수년간의 연습을 통해 내 딴엔 상당히 단축시킨 시간이었다. 그때부터 세수와 양치를 하고 머리카락을 빗어 묶고 로션이라도 바르고 나면 또다시 그만큼의 시간이 흐른다. 그러고 보면 장애란 시간을 잡아먹는 괴물의 다른 이름인지도 모르겠다. 물론, 이것도 다 컨디션이 좋을 때 얘기다. 간밤의 통증이 유난히 심했거나 극심한 통증이 아침까지 지속된다면 자리를 털고 일어나는 일 자체가 불가능하다. 아무튼 오늘은 컨디션이 그리 나쁘지 않았고, 다행히 다른 날보다 조금 일찍 눈이 떠졌다.

밤새 가득찬 소변주머니를 비우고 약부터 찾아 먹었다. 자칫 약 시간을 놓치면 통증은 감당하기 힘든 수준으로 치닫곤 했다. 약 먹는 걸 깜빡 잊는 통에 전기에 튀겨지듯 퍼덕대며 몸부림을 치다 휠체어에서 떨어진 적도 부지기수였다. 서둘러 약을 찾아

먹은 후, 그다음 해야 할 일들을 차근차근 해나갔다. 집 나설 준비를 다 마친 뒤에는 헤드폰을 쓰고 거의 한 달째 밤낮없이 듣고 있는 이이언의 노래를 틀어 볼륨을 조절했다. 책상 위에 아무렇게나 펼쳐놓았던 드로잉 노트를 정리해 휠체어 가방에 넣고 필통 속에서 연필도 한 자루 골랐다. 뭔가를 쓰거나 그릴 수 있을지 없을지는 모르지만, 집을 나설 땐 꼭 공책과 연필을 챙겼다.

현관문을 나서고 로비를 지나 아파트 경사로 앞에 섰다. 아, 경사로. 망할 놈의 경사로. 이 경사로 앞에만 서면 심란하다못해 화가 났다. 본시 경사로라는 게 휠체어나 유모차 등의 통행을 위해 만들어진 것일 텐데, 이 아파트의 경사로엔 무슨 이유에선지 군데군데 자연석이 박혀 있었다. 아마도 미끄럼 방지를 위해 그렇게 한 것이겠지만(그게 아니라면 도무지 이유를 모르겠어서 그렇게 생각하기로 했다), 그 때문에 휠체어의 통행이 여간 불편한 게 아니었다. 아니, 불편한 게 문제가 아니라 자칫 휠체어 앞바퀴가 툭 튀어나와 있는 자연석에 잘못 걸리기라도 하면 휠체어가 뒤집어져 큰 부상을 입을 수도 있었다. 한숨을 폭 내쉰 뒤 최대한 속도를 조절해 조심조심 경사로를 내려갔다. 아무것도 아닌 것처럼 보이는 보도블록의 낮은 턱 하나에도 휠체어는 얼마든지 뒤집힐 수 있다. 실제로 휠체어 생활 초창기에는 횡단보도에서 인도로 올라서는 낮은 턱을 별 경계 없이 올라서다 휠체어에서 떨어져 몸 여기저기에 찰과상을 입기도 했고, 아스팔트가 움푹 파인 걸 미처 못 보고 달리다가 휠체어에서 아예 붕 날다시피 튕겨져나가는 바람에 꽤 심한 뇌진탕을 경험하기도 했다.

경사로를 내려와서도 지어진 지 이십 년이 다 되어가는 아파트의 인도는 울퉁불퉁 위험한 곳 천지였다. 나는 조심조심 휠체어를 밀고 앞으로 나아갔다. 그리고 내가 늘 찾는 그 자리, 102동과 103동 사이 큰 나무 아래에 휠체어를 세우고 브레이크를 고정했다. 해를 향해 고개를 들고 눈을 지그시 감았다. 봄볕에 눈두덩이 차츰 뜨뜻해졌다. 꼭 감은 눈앞의 세상은 온통 붉었다. 어지럽던 머릿속이 정리되면서 나도 모르게 과거 어느 한 시절의 기억을 더듬기 시작했다. 감은 눈에 더 꽉 힘이 들어갔다. 붉디붉은 세상에 팡, 팡, 팡, 하얀 불꽃이 터졌다. 그리고 익숙한 풍경이 눈앞에 펼쳐졌다.

아파트 단지를 벗어나면 붉은 양귀비 꽃밭이었다. 어느 해엔 꽃밭 가득 노란 해바라기가 만발하기도 했고, 또 어느 해엔 청보리가 물결치듯 넘실거리기도 했으며, 또다른 해엔 무슨 이유에선지 허허벌판인 채로 방치되기도 했다. 꽃밭을 지나쳐 조금 걷다보면 교도소가 나타났다. 수년 째 이전 문제를 놓고 지역 주민들과 지자체 간의 다툼이 계속되고 있는 시설이었다. 그러나 나는 그런 것과 아무 상관 없이 길고 긴 담장이 마음에 들었다. 아무도 눈여겨보지 않는 담장을 따라 걸으며 그 담장 너머의 세상에 대해 상상하는 게 재미있었다. 세상과의 단절을 상징하는 긴 담장을 등지고 서서 하늘을 올려다보는 것도 좋았다. 첫 장편소설의 제목을 떠올렸던 날, 교도소 담장 밑에서 올려다본 하늘엔 초승달이 차고 날카롭게 빛나고 있었다(내 첫 장편소설의 애초 제목은 『차고 날카로운 달』이었는데, 후일 출판사의 권유에 따라 『컴백홈』으로 바꿔 출간됐다). 지금도 나는 그게 교도소 담장 밑에서 올려다본 달이었기 때문에 그렇게 느껴졌던 거라고 생각하고 있다.

교도소 담장을 따라 길게 이어지는 내리막을 뛰듯이 걷다보면 버스정류장이 나타났다. 그리고 조금 더 걸으면 안경점과 편의점이 있었다. 큰 도로를 따라 걷는 건 그쯤에서 끝내고 거기서부턴 골목으로 접어드는 편이 좋았다. 우선 편의점에 들러 물 한 병을 산 다음, 그 물을 조금씩 나눠 마시며 탐험이라도 하듯 구도심의 오래된 골목을 누비고 다녔다. 어느 날은 이미 수없이 걸은 골목에서 방향감각을 상실한 채 길을 잃고 헤매기도 했다. 한밤의 골목은 낮과는 달리 위험한 상상을 자극하는 힘이 있다. 그렇게 위험한 상상을 따라 익숙하지만 낯선 골목을 걷고 또 걸었다. 그러다 덜컥 무서워지면 무작정 달리기 시작했다. 방향도 확실히 모른 채 달리고 달려 숨이 턱까지 차오를 즈음에야 골목에서 벗어난 날도 숱했다. 글이 막힐 때면 밤이고 낮이고 상관하지 않고 산책을 했다. 그렇게 산책하며 머릿속으로 그린 그림들을 차곡차곡 정리했고 집으로 돌아와 글로 옮겨 적었다. 내게 소설쓰기는 그런 일이었다. 더이상 걸을 수 없게 되었을 때, 나는 익숙한 골목에서 길을 잃은 것처럼 막막하고 무서웠다.

갑자기 두 다리가 불길에 휩싸인 것처럼 뜨겁게 타오르기 시작했다. 재빨리 휠체어의 핸드림을 움켜잡고 감은 눈을 더 꼭 감았다. 나도 모르게 몸이 뒤로 젖혀졌다. 휠체어가 들썩이는 게 느껴졌다. 이가 바득바득 갈렸다. 할 수만 있다면 두 다리를 잘라내고 싶었다. 내 몸에서 분리된 다리는 더이상 고통스럽지 않을 것 같았다. 그러나 그건 실현 가능한 일이 아니었다. 입술을 악물었다. 치아가 입술을 파고드는 게 느껴졌다. 숨이 잘 쉬어지지 않았다. 목구멍에 턱 걸려 있는 숨을 간신히 꿀꺽 삼켰다. 피비린내가 입안에 퍼졌다. 고개를 꺾으며 신음을 토해냈다. 나도 모르게 침이 게게 흘렀다. 그제야 감았던 눈이 떠졌다. 잠시 숨을 고른 뒤 휠체어 가방에서 물티슈를 꺼내 침이 묻은 얼굴과 옷을 닦아냈다. 그런 다음 휠체어 위에 얌전히 올려진 두 다리를 내려다봤다. 다리는 멀쩡해 보였다. 불길에 휩싸인 채 새까맣게 타들어가지도, 살갗이 홀렁 벗겨진 채 붉은 피가 줄줄 흐르지도 않았다.

어쩌다보니 실체가 없는 통증에 시달리며 남은 평생을 보내게 됐다. 소설은 길을 잃었고 나는 여전히 내가 서 있는 이 골목이 막막하고 무섭다. 이제는 사고 전처럼 있는 힘껏 달려 골목에서 벗어날 수도 없다. 하지만 오늘의 통증은 어제의 통증과는 달랐다. 어제의 통증은 침대에서 맞았지만, 오늘은 휠체어에 앉은 채로 견뎌냈다. 어제의 나와 오늘의 나도 달랐다. 어제의 나는 집 밖으로 나올 생각을 하지 않았지만, 오늘의 나는 집밖으로 나와 이제 막 잎이 돋기 시작한 철쭉나무를 바라보고 있다. 그러니 어제의 나와 오늘의 나는 하늘과 땅만큼이나 달랐다. 달라진 나는 달라진 통증을 점점 더 익숙하게 조절할 수 있을지도 모른다. 그럴 수만 있다면, 오래전 편한 운동화를 신고 골목을 누비던 때의 나처럼 내가 잘해내고 싶은 오직 한 가지 일인 소설을 쓰면서 내 앞에 펼쳐진 길을 걸어갈 수 있을 것이다. 휠체어 가방에서 드로잉 노트를 꺼내 펼쳤다. 고심 끝에 고른 주황색 블랙윙 연필도 꺼냈다. 깊고 긴 숨을 내쉬며 말간 하늘을 올려다봤다. 어쨌든 다시 봄이었다. 그리고 나는 지금 햇살 아래 있다. ✿

부러진 세상을 건너는 법

십 년 전 봄, 강원도 원주의 토지문화관에서 두번째 장편을 쓰고 있었다. 그때 나는 문학상 수상과 기다리던 첫 책의 출간으로 다소 들떠 있었다. 산책을 하다가도, 밥을 먹다가도, 친구와 통화를 하다가도, 심지어 글을 쓰다가도 갑자기 큭큭 웃음이 터질 정도였다. 그날 점심에도 문화관 식당에서 벌겋게 달아오른 얼굴로 공연히 벌쭉거리며 식사를 하고 있었다. 부끄러움을 무릅쓰고 집필실에 입주해 있던 선배, 동료 작가들에게 첫 책에 사인을 해 건네며 분에 넘치는 축하와 격려의 말들을 들은 덕이었다. 식사를 마쳐갈 무렵, 누군가 오늘밤 아주 크고 밝은 보름달이 뜰 거라고 말했다. 즉석에서 우리는 달구경 삼아 숲길을 산책하기로 의기투합했다. 저녁식사 후 각자 시간을 보내다 날이 어두워진 뒤 모여서 길을 나섰다.

거짓말처럼 빛나던 봄밤이었다. 달빛이 하얗게 부서지는 숲길을 좋은 사람들과 산책하는 일은 말로 다 할 수 없는 즐거움이었다. 도란도란 이야기를 나누다 흥에 겨운 누군가의 선창으로 다 함께 노래를 부를 땐 가슴 한구석이 찌르르할 정도였다. 그 순간 나는 모든 것이 완벽하다고 느꼈다. 살아오면서 겪은 날들 중 가장 빛나는 날이라고 생각했던 것도 같다.

한껏 흥이 오른 합창이 잦아들 무렵, 나는 꿈결을 걷듯 자박자박 걷던 숲길에서 추락하고 말았다. 물이 사납게 흐르는 계곡 위에 놓인 난간 없는 작은 다리였는데, 추락하면서 바위에 허리가 찍혀 척추가 부러져버렸다. 그 사고로 하반신이 마비되었고 남은 평생 척수 손상으로 인한 신경병증성 통증을 앓게 되었다. 짧은 순간에 벌어진 사소한 실수였는데 그 대가는 잔혹했다. 생각해보면 세상의 일이 원래 그런 것도 같다. 어떤 순간에도 삶은 돌이킬 수 없고 세상은 늘 혹독한 대가를 요구한다. 대가를 지불함에 있어 선처도 유예도 없다. 유일한 위안은 세상이 내게만 잔혹한 것은 아니라는 정도이다. 돌아보면 모두들 제 몸집 이상의 짐을 짊어진 채 흔들리며 걷고 있었다. 물론, 내가 짊어진 짐이 다른 누구의 것보다 크고 무겁게 느껴지긴 하지만 말이다.

대학병원에서 수술과 회복을 반복하는 동안, 의사들은 회진 때마다 똑같은 말을 했다.

"발가락 한번 움직여보세요."

나는 그들의 지시대로 발가락을 움직여보려 했지만, 어떻게 해야 발가락이 움직이는지, 방법이 기억나지 않았다. 그런 건 굳이 기억해내야 하는 게 아닐 텐데도 나는 어떻게든 기억해보려 애를 썼다. 그러나 머릿속으로 아무리 발가락을 움직여봐야겠다고 생각하고, 다짐하고, 명령해도 발가락은 꿈쩍도 하지 않았다. 그리고 그때마다 허방을 짚은 것처럼 마음이 푹 꺼져들었다. 그러던 어느 날 드디어 발가락이 꿈틀, 움직였다. 우연한 목격이었다. 그걸 보자마자 엄마에게 소리쳤다.

"엄마! 발가락이 움직였어!"

놀란 엄마가 다시 한번 움직여보라고 재촉했다. 나는 온몸에 힘을 주며 발가락을 다시 움직여보았다. 그러자 발가락이 꿈틀, 움직였다. 엄마가 눈물을 흘리며 내 발을 감싸안았다. 그리고 내 발에 입을 맞추며 연신 고맙다고 말했다. 엄마가 담당 간호사에게 내 발가락이 움직였다고 전하자 간호사는 덤덤한 어투로 주치의에게 연락하겠다고 했다. 엄마는 서둘러 아빠에게 전화를 걸어 내 발가락이 움직였다는 소식을 전했다. 이어서 동생에게도, 이모에게도, 외삼촌들에게도 전화를 걸어 흐느끼며 내 발가락이 움직였다고 말했다. 나는 그런 엄마 옆에서 계속해서 발가락을 움직여보았다. 발가락아 움직여라, 마음속으로 외치며 온몸에 힘을 주면 발가락이 꿈틀, 움직였다. 엄마는 내 발가락이 꿈틀거릴 때마다 울면서 합장했다. 발가락이 움직이는 건, 다시 걸을 수 있다는 뜻이었다. 세상을 다 얻은 기분이었다. 그러나 한참 후 나타난 의사들은 기대와는 다른 말을 했다.

"마비 후유증으로 강직이 온 거예요. 진짜로 발가락을 움직이는 건, 이렇게 힘을 줘서 꿈틀거리는 게 아니라 '의지'대로 움직이는 거예요. '의지'대로."

다 가짜라는 말이었다. 내가 매번 얼마나 강한 '의지'로 발가락을 움직였는데, 그게 다 가짜라는 걸까. 나는 그 말을 도저히 이해할 수가 없었다. 이후로 나는 밤낮없이 추락, 추락, 추락만을 반복했다. 잠을 잘 때도 깨어 있을 때도 온전한 정신이 아니었다. 다시는 걸을 수 없다는 진단을 받은 것도 그 즈음이었다. 나는 나의 세상이 부러져버렸다고 생각했다. 끊어진 척수처럼 다시는 이을 수 없는 반쪽짜리 세상을 제대로 살아갈 자신이 없었다.

더이상의 수술이나 외과적인 치료가 의미 없어지자, 대학병원에서는 퇴원할 것을 요구했다. 퇴원하라는 소리를 듣고도 기쁨기는커녕 두려움만 앞섰다. 나는 여전히 걷지도, 대소변을 가리지도 못하는데 퇴원을 하라니, 밤낮을 가리지 않고 이렇게나 끔찍하게 아픈데 더는 해줄 것이 없다니, 들어도 믿기기가 않았다. 하는 수 없이 엄마와 나는 집으로 퇴원하는 대신 재활병원에 입원하기로 결정했다. 그때부터 우리는 척수손상 재활로 유명하다는 재활병원들을 찾아 수도권 일대와 서울의 병원들을 떠도는 생활을 시작했다. 병원마다 차고 넘치는 환자들로 인해 입원대기 기간이 길어질 때는 뇌질환으로 편마비가 오거나 치매에 걸린 노인들이 가득한 요양병원에 입원한 채로 척수전문 재활병원에서 불러주기를 기다리기도 했다. 살면서 한 번도 겪어보지 못했던 일들을 상시로 겪던 시기였다.

재활병원에선 느닷없이 일어난 사고로 하반신이 마비되거나 사지가 마비된 사람들이 다닥다닥 붙은 좁은 병상에 살림을 차리고 무너진 일상을 이어갔다. 낮 동안엔 삼십 분 간격으로 우르르 몰려다니며 자신의 순서를 기다려 재활치료를 받고 밤이 되면 다시 우르르 몰려나가 개방된 치료실이나 복도에 있는 매트 위에서 개별운동을 하는 일상이 하루도 빠짐없이 반복되었다. 환자와 보호자, 간병사까지 한 팀이 되어 호흡을 맞추는 사람들이 수십, 수백 명 모여서 복닥댔지만 관심사는 온통 장애와 통증, 그리고 재활에 맞춰져 있었다. 하나같이 절박했고 그만큼 치열했다. 다시 걷거나 서기 위해서가 아니었다. 사고 이전처럼 스스로 밥을 먹고, 옷을 갈아입고, 침상이 아니라 화장실에 가서 대소변을 처리하기 위해서였다. 관절이 뒤틀리고 굳는 것을 최대한 늦추기 위한 안간힘이었다. 우리가 받는 치료와 운동은 모두 그런 것이었다.

그렇게 꼬박 이 년을 보내고 집으로 돌아왔다. 토지문화관으로 두번째 장편을 쓰러 가겠다고 신이 나서 집을 나섰던 그날 이후 이 년여 만에 돌아왔을 때, 집에 남겨졌던 아빠는 돌이킬 수 없이 병들어 있었고, 집과 병원을 오가며 나와 아빠를 동시에 돌봐야 했던 엄마의 양다리는 수술을 하지 않을 수 없을 만큼 휘어져 있었으며, 나는 혼자서는 똥오줌도 가리지 못하는 하지마비 장애인이 되어 있었다.

집으로 돌아온 내가 한 일은 아무것도 하지 않는 것이었다. 더이상 내 '의지'로는 아무것도 하지 않았다. 때가 되어 밥을 주면 밥을 먹었고, 날이 저물면 잠들었으며, 누군가 깨우면 다시 일어나서 정물처럼 앉아 있었다. 그것 말고는 하는 것이 없었다. 그때 나는 사고와 함께 내 삶도 끝났다고 믿었다. 어떻게든 나를 살려보려 무슨 일이든 다 하는 가족들의 노력에도 불구하고 하루종일 어떻게 하면 죽을 수 있을지만 궁리했다. 할 수만 있다면 깨끗하게 사라지고 싶었다. 하지만 나는 이미 죽는 것도 마음대로 할 수 없는 처지가 되어 있었다. 절망적인 생각들과 하나마나

한 후회, 그리고 세상을 향한 분노 같은 것들이 한데 뒤엉켜 질식할 것만 같은 시간들이 덮쳐왔다.

나는 숨통을 조여오는 그 시간들을 그저 견뎠다. 극복해보려는 의지나 거창한 다짐 같은 것이 있어서가 아니었다. 말 그대로 시간을 견디는 것 말고는 할 수 있는 것이 없어서 견뎠다. 내 방 창문 너머, 가지만 앙상하던 앵두나무에 꽃이 하얗게 만발하는 모습과 꽃이 지면서 잎이 돋아나고 열매가 맺히는 모습, 그 열매가 빨갛게 익어가는 모습, 푸르던 잎들이 붉게 물들다 결국 말라 떨어지는 모습을 방안에서 휠체어에 앉은 채로 꼬박 바라보기만 했다. 조금만 움직이면 그 꽃을, 잎을, 열매를 만져볼 수 있었을 텐데, 나는 그해 내내 끝내 그렇게 하지 않았다. 시간의 흐름은 느리고 고요했다. 끝날 것 같지 않은 시간이었다.

다른 날과 똑같이 음악이 쾅쾅 울리는 헤드폰을 쓰고 멍하니 창밖을 바라보고 있던 어느 날, 내게 남은 시간이 얼마나 될까 하는 생각이 들었다. 일 년, 아니면 십 년, 혹은 그 이상의 시간을 떠올리자 가슴이 훅 꺼져들었다. 그 긴 세월을 아무것도 하지 않고 지낼 수 있을까. 그게 가능은 한 일일까. 반쪽짜리 세상일망정 그렇게 살아도 괜찮은 걸까. 생각은 꼬리를 물고 이어졌다. 뭐라도 해야만 한다는 생각이 들었다. 마음대로 죽을 수도 없다면 언제까지고 이렇게 지낼 수만은 없었다. 무엇을 해야 할까. 오래 생각할 필요는 없었다. 무언가 해야 한다면 그것은 소설일 터였다. 세상이 동강났어도 그거 하나만은 의심의 여지가 없었다. 생각이 거기까지 미치자 소설이 쓰고 싶어졌다. 뭔가 다시 하고 싶은 일이 생길 줄은 몰랐는데 그런 순간이 왔다. 그러고 보면 내게 소설은 언제나 그렇게 다가왔다. 문득, 느닷없이, 거짓말처럼.

사고가 난 날로부터 꼬박 십 년이 흘러 출간된 소설집 『그래도, 아직은 봄밤』은 그런 시간을 건너오며 남겨진 흔적들이 모여 완성되었다. 사지가 마비된 채 매듭 묶는 일에만 골몰하는 윤과 낙지 대가리를 자르며 그런 윤을 부양하느라 지칠 대로 지쳐버린 그의 아내(「매듭」), 발달장애를 가진 이웃 청년에게 아들을 잃고 겉으로는 용서를 이야기하지만 내심으론 복수를 꿈꾸는 여자와 이웃의 아이를 해친 아들을 돌보며 어떻게든 살아가려 안간힘을 쓰는 여자(「어떤 이별」), 어린 시절 별 뜻 없이 벌인 동생의 장난으로 사지가 마비된 채 끔찍한 통증을 견디며 살아가는 형과 형의 인생을 말아먹고 그 죄책감으로 심인성 통증에 시달리며 살아가는 동생(「통증」), 고독사한 아내를 떠올리며 죽은 이들의 흔적을 정리하는 남자와 끊임없이 엇나가기만 하는 그의 자식들(「금」), 벗어날 길 없는 가난에서 자식들이나마 구제해보려 보험사기를 시도하지만 결국 실패한 채 더 큰 빚을 자식들에게 지우고 마는 아버지와 그런 가족들을 등허리의 혹처럼 짊어진 채 뜨거운 사막을 혼자서 횡단하는 딸(「리르와디, 당신의 우물」) 등 소설 속 인물들은 하나같이 시시한 삶의 풍파에 흔들린다. 그들 모두는 '남들만큼만' 살아가는 것이 유일한 소망이지만 아무도 그 소망을 이루지 못한다. 삶에 서툴고 좌절을 거듭하지만 그렇다고 그런 삶을 끝낼 수도 없는 이들의 이야기는 바로 나와 내 가족의 이야기이기도 했다.

걷는 건 바라지도 않았다. 그저 남들처럼 대소변만 스스로 가릴 수 있어도 그 나머지는 감당하고 살아갈 수 있을 것 같았다. 아니, 살을 찢고 뼈를 갈아내는 듯한 통증만 없어져도 숨통이 트일 것 같았다. 그러나 그런 일은 일어나지 않았고 앞으로도 마찬가지일 터였다. 그 모든 고통 속에서 소설을 써냈지만, 나는 내가 성공이나 극복의 길을 걸어왔다고는 생각하지 않는다. 나는 끊임없이 좌절했고 매번 주저앉았다. 세상을 원망했고 하늘에 분노했으며 끊임없이 징징거렸다. 소설은 그렇게 쓰였다.

나는 여전히 나의 세상은 부러져버렸다고 생각한다. 장애를 가진 뒤에야 삶의 소중함을 깨달았다든가 몸의 장애는 꿈을 향해 나아가는 데 어떠한 장애도 될 수 없었다고 말하고 싶지만, 내게 세상은 여전히 반쪽짜리여서 그렇게 말할 수가 없다. 장애를 가진 뒤부터 삶의 고통을 새록새록 느끼며 살아가고 있고 몸의 장애는 세상으로 나아가는 데 번번이 넘기 힘든 장애물이 되었다. 사고 이전엔 아무렇지도 않게 할 수 있었던 많은 일들을 사고 이후엔 하지 못하게 되었다. 사고 이전에 비해 사고 이후에 나아진 것은, 정말이지, 아무것도 없다. 다만 그럼에도 불구하고 지금 주어진 대로 나의 삶을 살아가야 한다는 것을 알고 있을 뿐이다. 그리고 그건 누구나 마찬가지일 것이다. 자신의 삶이 크게 나아질 거라 기대하고 살아가는 이들이 얼마나 될까. 많은 사람들은 『그래도, 아직은 봄밤』 속 인물들처럼 삶이 주어졌으니 그 길을 걷고 있는 것이 아닐까. 곳곳에 도사리고 있는 불행과 불운에 온몸으로 맞서며, 간혹 마주치는 사소한 기쁨이나 따뜻함 같은 것들에 의지한 채 작은 성취를 쌓아가면서. 우리 모두 알고 있는 것처럼 세상이 또 온통 나쁘기만 한 것은 아니니까 말이다. ✿

통증과 친구가 되어보세요

오른쪽 엉덩이 살을 예리한 칼로 도려내는 것만 같았다. 붉은 피를 철철 쏟는 살덩어리가 머릿속에 그려졌다. 오른쪽 엉덩이를 바닥에서 떼어보려고 몸을 뒤틀며 이를 악물었다. 침대 안전바를 움켜잡은 손에 힘이 들어갔고 이가 바득바득 갈렸다. 십일 년을 한결같이 앓았는데도 이럴 때 할 수 있는 거라곤 버티는 게 전부였다. 한동안 계속되던 통증이 잠시 멈추었다. 눈물이 맺힌 눈가를 닦아내며 숨을 몰아쉬었다. 그러나 그것도 잠시일 뿐이었다. 곧이어 푹, 서혜부에 칼이 꽂혔다. 푹, 푹, 푹, 시간차를 두고 계속해서 칼이 꽂혔다. 그때마다 나도 모르게 몸이 꺾였다. 악 소리조차 내지를 수 없는 고통이었다. 이번에도 두 눈을 부릅뜨며 버텼다. 다른 통증들도 고통스럽긴 했지만, 찌르는 통증에는 도무지 적응이 되지 않았다. 온몸에 어찌나 힘을 주고 버텼는지 당장이라도 눈알이 튀어나올 것만 같았다. 곧이어 감전이라도 된 것처럼 양다리가 찌릿한 통증으로 화다닥 튀어올랐다. 앙다문 이를 더더욱 세게 악물자 지이잉 이명이 울렸다. 이렇게 힘을 주며 버티다가는 두개골이 빠개지고 말 것만 같다는 생각이 들었다. 이번에야말로 어쩌면 좋을지 모르겠어서 딱딱하게 굳어버린 몸을 부르르 떨며 울음을 터뜨렸다. 엄마가 안전바를 움켜쥐고 있는 내 손을 감싸잡으며 긴 한숨을 내쉬었다. 헉, 헉, 헉, 뜨거운 숨을 토해내며 흐느꼈다. 이렇게 고통스러울 바에야 하반신을 댕강 잘라내는 편이 나을 것 같았다. 어떤 의사도 내게 통증을 견디는 방법에 대해선 가르쳐주지 않았다. 그러니 그저 버틸 수밖에. 비가 내리고 있었다.

약을 아무리 써도 차도가 없는 통증을 견디다못해 척수신경에 직접 주사제를 투입해 통증전달을 차단하는 신경차단 시술을 받은 적이 있다. 시술은 수술실에서 무마취로 진행되었는데, 당시로선 끝도 없이 이어지는 고통 속에서 나를 건져올려줄 유일한 희망 같아 보였다. 그러나 시술 후에도 통증은 계속됐다. 시술 전, 사람에 따라 간혹 차도를 보이지 않기도 한다는 설명을 듣긴 했지만, 내가 그 경우에 속하게 될 줄은 몰랐다. 매사 운이 없어도 어쩌면 이렇게까지 없는 걸까. 시술 후 회복실에서 통증 때문에 축 늘어진 채로 생각했다. 약을 바꿔가며 써봐도 도통 차도가 없을 때도 의사들은 그렇게 말했다. 흔하진 않지만 사람에 따라 간혹 약효가 뚜렷하지 않기도 하다고. 사람에 따라, 사례에 따라. 운이 없게도, 언제나 그게 나였다.

"차라리 통증과 친구가 되어보세요. 한평생 떼어놓을 수 없는 사이라면 그 수밖에 없지 않겠어요?"

퇴원 전 진료 때 의사가 말했다. 그 말을 들었을 때, 나는 내 귀를 의심했다. 통증에 시달리다못해 그걸 조금이라도 덜어보고자 받은 신경차단 시술에서조차 아무런 효과를 보지 못해 낙담하고 있는 환자에게 시술을 집도한 의사가 하는 말이 고작 통증과 친구가 되어보라는 거라니.

"선생님이라면, 그렇게 하실 수 있겠어요?"

내 물음에 의사는 얼른 대꾸하지 못한 채 한동안 입을 다물었다.

"집에 돌아가셔서 잘 관찰해보세요. 시간이 지나면서 효과가 나타날 수도 있으니까요."

잠시 후, 의사가 말했다. 더이상 할말이 없었다. 의사의 말대로 시간이 지나면서 효과가 나타나길 기대하는 것 말고는 할 수 있는 일이 없었다. 내 몸에서 일어나고 있는 일에 대해 의사들마저 해줄 수 있는 것이 없다면 나는 어떻게 해야 하는 것일까. 도무지 알 수 없었지만, 그 자리에서 더 따지고 들 수도 없었다.

흉수 손상의 후유증으로 신경병증성 통증을 앓게 되었다. 이 고약한 통증은 손상된 신경계의 교란으로 실제로는 존재하지 않는 통증을 뇌에서 잘못 인지하면서 일어나는 통증이다. 그러니까, 나는 실체 없는 통증을 밤낮없이 겪어내고 있는 셈이었다. 실존하지도 않는 통증이 어떻게 이렇게나 생생할 수 있는지 나로서는 이해할 수 없지만, 어쨌든 그 통증과 함께 십일 년을 살아왔고 앞으로 얼마나 될지 모를 세월 동안 겪으며 살아갈 수밖에 없다. 통증의 강도는 끔찍한 지경인데, 보통 산통(초산)을 1부터 10까지의 통증지수 중 7이나 7.5정도로 잡을 때 나는 8이나 9정도의 통증을 상시로 겪는다. 통증의 증상은 다양하다. 무거운 돌로 하반신을 누르는 것 같거나 금방이라도 터져버릴 것처럼 조여드는 것은 너무 흔해서 통증으로 인식되지 않을 정도다. 그 정도만 아파도 살 것 같을 텐데, 너무 자주 하반신의 살갗이 훌렁 벗겨진 것처럼 아리고 엉덩이의 살점을 칼로 한 점 한 점 도려내는 듯 고통스럽다. 무언가 뾰족한 것으로 서혜부를 푹푹 찌르는 것 같은 통증이 밀려오는 날엔 통증도 통증이지만 매번 소스라치게 놀라며 몸이 저절로 경련을 일으키는 통에 밤새 한숨도 잘 수가 없다. 가장 끔찍한 것은 두 다리가 불타는 것만 같은 작열통이었는데, 이 작열통은 실제로 통증 부위에 흔적을 남겨 신체 변형을 일으키기도 할 정도이다.

통증은 예기치 못한 순간에 예기치 못한 형태로 나타났다. 하루 이십사 시간 내내 통증에서 자유로운 시간은 없다. 심하든 덜하든 통증은 늘 존재한다. 통증은 마치 파도가 일렁이듯 강도를 달리하며 내 몸을 훑고 지나갔다. 하도 이를 악물고 갈아대서 치아에 금이 가고 깨져버린 뒤로는 마우스피스를 끼고 침을 질질 흘리는 밤이 거듭되었다. 그렇게 온종일 통증에 잠식당한 채 쩔쩔매며 일상을 이어갔다. 의사의 표현을 빌리자면 '누군가 몽둥이로 작신 두들겨패도 아픈 줄을 모를 만큼' 많은 약을 먹고 있지만 그다지 효과를 보고 있지 못했다. 나는 지금 이 순간에도 통증 때문에 어쩔 줄을 몰라하며 타닥타닥 자판을 두드리고 있다.

통증이 잠잠해지는 때가 아주 없는 것은 아니었다. 흔하지는 않지만, 통증을 인식하지 못할 만큼 무언가에 몰입해 있는 시간엔 비교적 가벼운 통증만 느끼며 시간을 보내기도 했다. 문제는 통증으로 인해서 무언가에 몰입하기가 힘들다는 데 있었다.

"너 오늘은 그다지 아파하지 않는 것 같아서 안심이 됐어."

오랜만에 만났다가 헤어질 때 친구가 이렇게 말한 적이 있다. 그의 말은 사실이었다. 친구들과 함께 웃고 떠드는 동안에는 극단적으로 고통스러운 통증이 밀려오지 않았다. 놀랍게도 꽤 긴 시간 내내 견딜 만한 통증만 있었을 뿐이다. 기분에 따라 통증의 강도가 달라질 수 있다는 사실은 무척 고무적인 일이었다. 무언가에 몰입하고 좋은 기분을 유지하는 것, 이 정도가 통증을 조절하기 위해 내가 할 수 있는 최선일 텐데, 간단하게 들리는 이 일을 실천하기란 통증을 견디는 것만큼이나 어려웠다. 집중을 하면 덜 아픈데 아파서 집중하기가 힘들고, 좋은 기분을 유지하면 덜 아픈데 아파서 좋은 기분을 유지하기가 힘들기 때문이다.

그럼에도 마약성 진통제는 되도록 덜 먹고 비마약성 진통제 중에서 그나마 효과가 나은 약을 찾아 먹으려고 애쓰고 있다. 마약성 진통제를 먹는 편이 통증에는 조금 더 효과가 있었지만 대신 맑은 정신을 유지하기가 힘들었다. 하루 중 잠시라도 맑은 정신을 유지해야만 그 시간에 무엇이 되었든 쓸 수 있다. 쓰기 위해 나머지 시간 동안 더 심한 통증에 시달리는 편을 택한 것이다. 그래도 고통을 선택한 덕에 오전 시간엔 밥벌이를 할 수 있게 되었고, 오후에도 두어 시간쯤은 읽거나 쓰는 일에 몰두할 수 있었다. 괴로움은 커졌지만, 그렇게라도 할 수 있는 일, 해야만 한다고 느끼는 일이 있어서 다행이라고 생각한다. 아무것도 하지 않고 통증에만 함몰된 채 남은 삶을 살아가야 했다면 더욱 견디기 힘들었을 것이다. 할 수만 있다면 스스로의 가치를 증명하며 살고 싶은 것은 누구나 마찬가지일 터이다. 비록 내 세상은 부러져버렸지만, 나는 부러진 세상에서나마 앞으로 나아가려 안간힘을 쓰고 있다. 그리고 나는 그런 나의 안간힘이 퍽 기특하다. ✿

그 시절 우리는

사고 후 이 년여 간 대학병원부터 재활전문병원까지 여러 병원들을 전전하며 수술과 치료, 그리고 재활훈련을 받았다. 괴롭고 고통스러운 시간이었지만, 그 시간들이 온통 나쁘기만 했던 것은 아니다. 특히, 마지막 일 년 가까이 입원해 있었던 재활전문병원에는 비교적 젊은 사람들이 많아서 어울려 지내기에 괜찮았다. 어딜 가나 사람이 모이는 곳에선 무리가 형성되기 마련이듯 나도 병실이 같거나 치료시간이 맞는 젊은 사람들과 무리를 지어 친하게 지냈다. 그러면서 사람이란 아무리 절망적인 상황 속에 던져져도 결국엔 적응을 하고 그 안에서 작으나마 즐거움을 찾아내기 마련이라는 걸 알게 되었다.

나는 즐겨 어울리던 무리 중 몇몇과 함께 한동안 보드게임에 심취해 있었는데, 우리는 평일 개인운동을 마친 뒤나 외출, 외박을 하지 않는 주말이면 2병동 휴게실 옆방에 모여 게임을 했다. 나를 비롯한 몇몇 사람들은 마약성 진통제를 먹거나 패치를 붙여야만 일상생활이 가능한 정도였는데도 기를 쓰고 게임에 참여했다. 간혹 손을 사용하는 일이 불편한 이들은 간병사나 보호자를 대동하고 와서 대신 주사위를 던지고 말을 움직이게 했다. 매일 똑같은 게임을 하면서도 우리는 매번 승부에 집착하며 흥분했다. 게임에서 이겨봐야 겨우 간식이나 커피를 얻어먹는 정도였는데도 그랬다. 게임의 재미란 원래 밑도 끝도 없는 집착에 있게 마련이긴 했지만, 가끔은 도대체 이게 뭐라고 이렇게 모여서 흥분하고 집착하나 싶기도 했다. 사실, 휠체어를 탄 여럿이 한자리에 모여 둘러앉는 일 자체가 번잡스럽기 이를 데 없는데다가, 게임에 지나치게 열중한 나머지 고성이 터져나오는 경우도 종종 있어서 모임은 몇 번이나 수간호사의 경고를 받고 와해될 뻔했다. 그러나 우리는 수간호사의 눈을 피해 질기게 모이고 또 모였다. 그렇게 모여서 게임이라도 하며 시간을 낭비하지 않으면 느닷없이 달라져버린 일상을 견뎌낼 재간이 없었다.

가끔은 단체로 외출증을 끊어서 병원 주변의 번화가를 구경 다니기도 했다. 병원이 위치한 신도심의 번화가에는 휠체어가 들어갈 만한 곳이 꽤 많았다. 점심시간이나 훈련이 빈 낮에 외출하면 근처 대형마트나 백화점을 산책 삼아 돌아다녔고, 저녁 시간에 나가게 되면 입소문이 난 식당이나 찻집 같은 곳을 찾아다니며 맛있는 걸 먹기도 했다. 가는 곳마다 사람들의 시선 속에 놓여야 했지만, 함께여서인지 그런대로 견딜 만했다. 드물지만, 절대로 술을 마시면 안 된다는 병원 규칙을 어기고 맥주를 쥐 오줌만큼씩 나눠 마시며 낄낄거릴 때도 있었다. 야간 시간엔 당직 치료사들이 병원 주변을 돌며 혹시라도 술집에 숨어든 환자가 있는지 확인하러 다녔으므로, 우리의 저녁 모임은 대체로 그전에 마무리되었다. 하지만 간혹 늦은 시간까지 술집에 있다가 당직 치료사에게 걸리거나 병실 안에 몰래 술을 숨겨두고 습관적으로 마시다가 강제퇴원을 당하는 이들도 있었다. 몸의 일부를 잃었다고 해서 아무것도 하지 않고 움츠려만 있기에는 나도 그들도 너무 젊었다. 젊은 우리들은 일탈도 절망도 매번 나름대로 우당탕탕 요란스러웠는데, 그 까닭에 재활병원에 있던 내내 소동이 끊이지 않았다.

그날은 갑자기 속에서 불덩이가 치솟는 느낌이었다. 아침에 눈을 뜨는 순간부터 그랬다. 나는 아침부터 닥치는 대로 짜증을 부려댔다. 그래도 해소가 되지 않자 급격하게 침울해져버렸다. 치료를 받을 때도 치료사 선생님들의 질문에 대답조차 하지 않았다. 엄마는 나의 그런 태도에 크게 화를 냈고 그 탓에 기분은 더욱더 가라앉았다. 밤이 깊도록 병실로 들어가지 않고 병원 안을 어슬렁대다 무조건 밖으로 나가 담배를 피워 물었다. 담배를 피우며 진정해보려 애를 썼지만 담배 한 개비가 다 타들어가도록 불붙은 가슴은 진정되지 않았다. 담배를 한 개비 더 피워 물었다. 그러나 여전히 답답한 속은 풀리지 않았다. 생각해보면 이해할 수 없는 일이 한두 가지가 아니었다. 우선은 내가 왜 이런 곳에 이렇게 처박혀 있어야 하는지부터가 납득이 안 됐다. 당연히 이후에 이어지는 질문들 역시 분명한 답을 구할 수 없는 것들뿐이었다. 어째서 내가 추락한 그 다리에는 난간이 없었는지, 응급 상황에 도착했던 병원들은 왜 그 즉시 수술을 해주지 않아 이 병원 저 병원 떠돌며 시간을 낭비하게 만들었는지, 나를 수술한 의사는 왜 한 번에 말끔히 뒤처리를 하지 못해 찢기고 눌린 신경을 그토록 오래 방치하게 만들었는지, 왜 다들 그렇게 약속이라도 한 듯이 엉망진창이었는지, 아무리 되물어도 답이 나올 리 없는 질문들이 또다시 시작되려 했다. 가슴이 조여들고 숨이 막혀왔다. 추운 날이었다. 나는 뜨거운 입김을 내뿜으며 무작정 휠체어를 몰아 횡단보도를 건넜다. 환자복 바지를 입은 하반신은 무릎 담요로 감쌌고 병실에서 입던 얇은 반팔티셔츠 위에 점퍼만 걸치고 있었다. 금방 돌아올 생각에 외출증도 끊지 않은 채였다. 횡단보도 앞 롯데리아를 지나고 스타벅스를 지났다. 휠체어를 더욱 빠르게 몰았다. 24시간 문을 여는 감자탕 가게를 지나 휘황한 네온이 우르르 반짝이는 나이트클럽 입구를 끼고 돌아 어둑한 골목길로 접어들었다.

골목길로 들어서자 인도의 폭이 좁아졌다. 중심도로와 달리 뒷골목의 보도블록은 군데군데 꺼지고 깨지고 튀어나와 있었다. 울퉁불퉁한 인도를 벗어나 차도로 내려왔다. 도로는 일방통행로인데다가 한쪽으로 차들이 주차되어 있어 비좁았다. 그래도 어두운 밤에 울퉁불퉁한 인도를 달리는 것보다는 덜 위험할 것 같았다. 나는 이 골목 저 골목을 헤매고 다녔다. 숨이 차오르면 차가운 밤공기를 깊이깊이 들이마셨다. 꽉 막힌 채 뜨겁게 끓어오르던 가슴이 차츰 가라앉았다. 그렇게 한참의 시간을 흘려보내자 간신히 살 것 같아졌다. 그제야 주변이 눈에 들어왔다. 문득 멈춰 서서 주위를 둘러봤다. 한 번도 와본 적 없는 곳이었다. 주차된 차와 술집들이 즐비했는데도 어찌된 일인지 거리를 오가는 사람은 많지 않았다. 술에 잔뜩 취한 남자 하나가 비틀비틀 지나쳐가다 말고 나를 빤히 쳐다봤다. 덜컥 겁이 났지만 남자의 시선을 피하지 않았다. 그러다 해코지를 당할 수도 있다는 생각을 하면서도 어쩐지 피하고 싶지가 않았다. 한참동안 나와 시선을 맞춘 채 휘청대던 남자는 알 수 없는 말을 웅얼대더니 돌아서서 제 갈 길을 갔다. 등줄기를 타고 서늘한 땀이 흘러내렸다.

아무래도 길을 잃은 것 같았다. 온 길을 되짚어 생각하며 방향감각을 찾아보려 했지만 쉽지 않았다. 길을 잃었다는 생각에 지레 겁을 먹었던 것이다. 한참을 헤매다 어느 모퉁이의 횟집 앞에서 왔다갔다하며 양쪽 골목을 기웃거렸다. 그렇게 우왕좌왕하다가 도로가의 배수로 덮개에 휠체어 앞바퀴가 끼면서 휠체어에서 떨어지고 말았다. '악' 소리도 내지 못하고 아스팔트 바닥에 그대로 처박혔다. 간신히 몸을 추스르며 어디 부러진 곳은 없는지, 감각이 없어 다친 것을 알 수 없는 두 다리부터 살펴봤다. 다행히 큰 문제는 없어 보였다. 그러고 나서 넘어질 때 땅을 짚은 손목을 움직여봤다. 오른손목이 저릿하고 시큰거렸다. 워낙에 건초염도 있던 터에 접질리기까지 했으니 통증은 꽤나 심했다. 그러나 아픈 건 둘째 치고 어떻게 다시 휠체어로 올라가야 할지 막막하기만 했다. 몸이 가볍고 운동신경이 좋았다면 바닥에서 휠체어로 올라가는 기술쯤 이미 습득하고도 남을 만한 기간이었지만, 운동신경이 둔하고 몸마저 무거운 나로서는 엄두도 내지 못하는 기술이었다. 주변의 도움 없이는 어떻게 해볼 방법이 없는 상황이었다. 일단 크게 다친 곳이 없다는 걸 확인은 했지만, 그다음엔 어떻게 해야 할지 떠오르지 않았다. 지금이야 오랜 휠체어 생활로 주변에 도움을 요청하는 일쯤 얼마든지 할 수 있게 되었고, 어떤 식으로 도움을 받아야 2차 부상 없이 휠체어로 올라갈 수 있는지 나를 도와줄 이들에게 자세히 설명할 수도 있지만, 당시엔 그와 같은 경험이 전무한 상태였다. 게다가 넘어지는 순간 말도 못하게 볼썽사나웠을 내 모습을 생각하면 창피해 견딜 수가 없었다. 그사이 어디서 나타났는지 사람들이 하나 둘 모여들기 시작했다. 누군가 괜찮으냐고 물으며 나를 일으켜

주려 했다. 나는 당황한 나머지 그의 손을 뿌리치고 말았다. 고맙게도 사람들은 어떻게든 나를 도우려 했는데, 나는 바보처럼 고개를 푹 숙인 채 눈물만 흘리고 있었다. 결국 이러지도 저러지도 못하던 사람들 중 용기를 내서 다시 나서준 두세 명의 남자들이(사실 짐작일 뿐이지 정확히 몇 명이었는지 기억도 나지 않는다) 나를 짐짝 들 듯 힘겹게 들어올려 간신히 휠체어에 앉혀주었다. 그날 나는 나를 도와준 이들에게 끝내 고맙다는 인사조차 하지 못했다.

병원으로 돌아왔을 때 정문은 이미 잠겨 있었다. 건물을 빙 둘러 가 당직 선생들이 드나드는 건물 후문 쪽에 도착하자 엄마가 나와서 기다리고 있었다. 엄마는 나를 보자마자 등짝부터 후려쳤다.

"간호사 선생님들한테 한 번만 봐달라고 얼마나 사정을 한 줄 알아? 빨리 들어가. 얼른! 너 아무튼 내일 날 밝으면 두고 봐. 알았어?"

엄마가 낮은 소리로 으름장을 놨다. 나는 아무 말도 하지 않고 엄마가 가리키는 대로 휠체어를 몰아 엘리베이터에 올랐다. 엄마는 그날 더이상 아무 말도 하지 않았다. 하지만 다음날은 달랐다. 아침부터 엄마는 도대체 그 시간까지 어디서 뭐하고 다니느라 전화도 받지 않았느냐고 따져 물었다. 그러나 나는 입을 다문 채 아무 대답도 하지 않았다. 엄마에게 그날 있었던 일에 대해 어떤 변명도 하고 싶지 않았다. 엄마는 지금까지도 그날 내가 답답한 마음에 밤거리를 쏘다니다 왔다고만 알고 있다. 어쩌면 그날의 일 자체를 까맣게 잊었을지도 모르고.

보드게임 모임은 그로부터 조금 더 유지되다가 결국 유야무야됐다. 내 경우엔 어느 순간부터 그 게임이 참을 수 없이 유치하고 지루하게 느껴졌기 때문인데, 다른 사람들이 시들해진 이유는 잘 모르겠다. 더이상 게임에 재미를 느낄 수 없어서 그만두긴 했지만, 갑자기 붕 떠버린 시간들이 허허로웠다. 한동안 병원 안팎을 혼자서 어슬렁대며 애꿎은 시간만 죽이다가 몇몇 나이 든 여자 환자들과 간병사들이 하고 있던 뜨개질 대열에 합류했다. 뜨개질은 보드게임처럼 굳이 모임이 필요한 일이 아니었다. 뜨개질을 하는 사람들은 각자 조용히 있고 싶은 장소에 자리를 잡고 앉아 뜨고 싶은 것을 떴으니까. 나는 주로 가족들에게 선물할 목도리나 장갑처럼 간단한 소품들을 떴는데, 처음 얼마간은 어딜 가나 무릎 위에 뜨개질 가방을 올려두고 다닐 정도로 몰두하기도 했다. 이번 취미는 아무에게도 피해를 주지 않았으므로 어느 누구의 관심도 받지 못했다. 네 개의 목도리와 두 켤레의 장갑, 그리고 워머와 모자를 뜨는 동안에도 불안과 두려움은 한여름 잡초처럼 무성하게 자라났다. 그러나 무턱대고 혼자 뛰쳐나가 밤거리를 쏘다니는 짓 같은 건 다시 하지 않았다. 그로부터 머지않아 휠체어에서 떨어지는 일쯤은 아무것도 아닌 것이 되었지만, 어쨌든 그날의 일로 나는 한동안 완전히 자신감을 잃었고 나이든 사람처럼 겁이 많아졌다.

보드게임 모임이 와해됐다고 해서 병원 내의 여러 무리들이 사라진 것은 아니었다. 젊은 그들의 피는 여전히 뜨거웠고, 병원 생활은 말도 안 되게 지루했으니까. 나는 여전히 그들과 마주치면 환하게 웃었고 가끔씩 간식 내기 탁구 같은 것도 쳤다. 그러나 더이상 그들과 무리지어 몰려다니지는 않았다. 사실, 대부분 이십대였던 그들에 비한다면 삼십대 후반에 접어들었던 내 나이는 함께 어울리기 애매한 경계에 있기도 했다. 나는 그냥 애매한 나이의 여자답게 조용히 뜨개질을 하는 것으로 이후의 병원 생활을 마무리했다. 물론, 지금도 종종 그때의 젊은 친구들과 연락을 주고받고 가끔씩은 만나기도 한다. 이제 그때만큼 젊지는 않은 그 친구들은 모이기만 하면 젊은 날의 무용담을 늘어놓는 노인들처럼 병원에서 일어났던 크고 작은 소동들을 늘어놓으며 웃곤 한다. 하지만 나는 그 시절을 떠올리면 맨 먼저 그날의 내가 떠오른다. 그리고 연이어 그 시절의 우리가, 성치 않은 몸으로 사소한 즐거움이나마 찾기 위해 안간힘을 썼던 모습들이 줄줄이 떠오른다.

조금 더 덧붙이자면, 두번째로 휠체어에서 떨어졌을 때, 나는 용기를 내 때마침 가게 앞에 나와 있던 안경점 주인과 지나가는 배달원에게 도와달라고 부탁했다. 그들은 모두 기꺼이 나를 도와주었다. 세번째로 떨어졌을 때는 주위에 아무도 없었기 때문에 침착하게 119 구급대로 전화를 걸어 도움을 요청했다. 119 구급대가 얼마나 신속하게 도착하는지 그때 처음 알게 되었다. 이후에도 휠체어에서 떨어지는 일은 반복됐다. 대형마트 앞의 낮은 턱에 걸려 수많은 인파 속에서 휠체어에서 튕겨져 나가떨어지기도 했고, 아스팔트가 폭 파인 걸 미처 보지 못한 채 속력을 내는 바람에 붕 날다시피 떨어지기도 했다. 집에서 이런저런 부주의로 인해 휠체어에서 떨어진 횟수는 셀 수도 없을 정도다. 그때마다 하늘이 도와 2차 부상은 없었지만 하나같이 위험천만한 순간들이었다.

그렇게 수많은 경험을 반복한 끝에 적어도 집에 있을 때는 혼자서도 휠체어로 올라갈 수 있게 되었다. 물론, 여전히 근력 좋고 몸이 가벼운 사람들처럼 단번에 몸을 날려 '착' 안착하지는 못한다. 그 대신 양팔로 몸을 밀어 엉덩이 걸음으로 매트까지 간다. 그런 다음 매트에 의지해 무릎띠로 묶어 고정시킨 무릎을 지렛대 삼아 상체의 힘만으로 몸을 일으켜세운 뒤 몸을 매트에 반쯤 걸치고 위로 기어올라간다. 그러고 나서 매트에 제대로 앉아 휠체어로 옮겨 앉는, 다소 번잡하고 우스꽝스러운 과정을 거쳐야 하지만, 아무튼 휠체어로 올라가는 게 가능해졌다. 그래서 나는 더이상 그날의 나를 떠올리며 움츠러들거나 울지 않는다. 대신, 그날 내가 무엇을 잘못했는지, 무엇을 놓쳤는지 되새긴다. 그리고 그날과는 다른 선택을 하기 위해 애쓴다. 아마도 충분히 실패하고 실수해봤기 때문에 가능해진 일일 것이다. 흉터로 남은 상처는 더이상 아프지 않다. 다만 상처를 기억하는 매개가 되어줄 뿐이다. 나는 내가 그날의 나를 잊지 않은 덕에 조금이나마 나아갈 수 있었다고 믿는다. 그것이 무엇이든 잊지 않는 일은, 그래서 무척 중요하다. ✿

귀를 기울이면 보이는 것들

병원 생활을 할 때, 내가 소설가라는 사실을 알고 나면 사람들은 말했다.

"내 얘기 좀 들어봐. 책을 쓰면 열두 권은 쓰고도 남을 얘기니까."

젊든 나이들었든 반응은 비슷했다. 그럴 만도 했다. 끔찍한 사고를 당해 신체의 일부를 잃거나 몸의 절반, 혹은 전신이 마비된 사람들이었다. 그런 이들의 인생이 파란만장하지 않다고 어느 누가 말할 수 있을까. 아무튼 덕분에 나는 '내 얘기 좀 들어봐'로 시작되는, 아픈 사람들의 인생 이야기를 실컷 들을 수 있었다. 그들 중에는 안정적인 직업에 종사하던 이도 있었고 하루 벌어 하루 먹고살다가 사고를 당한 사람도 있었다. 간혹은 아예 직업이랄 만한 걸 가져본 적이 없는 사람도 있었다. 연령 또한 다양해서 나이 지긋한 노인들부터 나보다 훨씬 어린 젊은이들까지 각양각색이었다. 돌이켜보면, 돈을 주고도 살 수 없는 귀한 기회였다. 문제는 그 시절의 내게 작가로서의 자아가 거의 남아 있지 않았다는 데 있었다. 나는 그냥 내 한몸 건사하기만도 벅찬 초보 장애인에 불과했다. 나를 소설가라고 사람들에게 소개하는 엄마도 못마땅했고 소설가가 무슨 상담사라도 되는 양 밑도 끝도 없이 이야기를 쏟아놓는 사람들도 귀찮기만 했다. 그런 마당에 사람들의 이야기가 귀에 들어올 리 없었다. 나는 그 귀한 이야기들을 그냥 흘려보냈다. 사람의 이름과 얼굴을 기억하는 일에 게으르고 내가 무슨 소설을 썼는지도 순간순간 잊어버릴 정도의 기억력을 가진 나는 당연히 그때 들은 이야기 대부분을 기억하지 못한다(그때 메모를 해두지 않은 건 두고두고 후회스럽다). 그런데 신기하게도 그들이 이야기해준 '사고를 당하던 순간'에 대해서만은 지나칠 정도로 또렷하게 기억이 난다.

수술을 받은 대학병원에 입원해 있을 때 내 맞은편 침상을 쓰던 아주머니는 꽤 규모가 있는 식당의 주방 찬모였는데, 퇴근길에 막 떠나려는 버스를 붙잡기 위해 정신없이 뛰다가 지나가던 견인차에 깔리고 말았다. 그 사고로 아주머니는 엉덩이를 포함한 하반신의 뼈가 으스러지다시피 했다. 몇 차례의 전원 끝에 입원할 수 있었던 한 대학병원의 맞은편 취상 주의우 비 내리는 출근길에 무단횡단을 하다가 승용차에 치였다. 가해 차량 운전자는 사고를 낸 충격 때문인지 얼마 후 급사했다는 얘기를 아무렇지도 않은 얼굴로 하는 그녀에게 많이 놀랐던 기억이 난다. 그녀는 그 사고로 경수를 다쳐 전신이 마비되었다. 젊은 환자들이 많았던 재활병원에서 만난 삼십대 주부는 아파트 7층 베란다에서 이불을 털다가 무게중심을 잃고 베란다 너머로 떨어졌다고 했다. 흉수를 다쳐 하반신이 마비되었고 팔의 신경 일부도 손상된 그녀는 나와 처음 만난 날 통성명을 하자마자 마치 자기소개라도 하듯 덤덤한 어투로 그 이야기를 해주었다. 보드게임 세트를 처음 내놓아 우리들 사이에 보드게임 열풍을 일으켰던 이십대 남자는 용접공이었는데, 하청업체의 직원으로 자기가 하지 않아도 될 일까지 도맡아 하다가 사다리에서 추락했다고 했다. 그는 나와 같은 등급의 척수손상 환자로 하반신이 마비되었다. 남편과 함께 여행을 하던 중 남편이 교통사고를 내는 바람에 혼자만 크게 다쳤다는 오십대 교사는 사고를 낸 남편이 밉지도 않은지, 병원에 들르는 남편에게 한결같이 다정했다. 누군가와 인생을 나눠보지 못한 나로서는 배우자에 대한 그녀의 놀라운 평정심이 늘 조금 의아하게 느껴졌다.

이렇게 남들이 당한 사고 당시의 상황을 세세하게 듣는 일이 사고 트라우마에 시달리는 나로서는 버겁기도 했지만, 정작 더 큰 문제는 따로 있었다. 어쩐 일인지 그들의 얼굴을 마주하면 그 얼굴 위로 영상화된 사고 장면이 자꾸만 겹쳐 떠오르는 것이었다. 그건 마치 사고 초반, 추락 당시에 대한 꿈을 끊임없이 꾸던 것만큼이나 끔찍한 경험이었다. 어쩌면 그래서 더 사람들의 이야기를 듣는 일이 싫었는지도 모르겠다.

"겨우 오십 년 걷고 이 지경이 됐으니 더 살아서 뭐해."

같은 병실을 쓰는 아주머니 중에 매일 똑같은 말을 끝도 없이 반복하며 신세한탄을 하는 이가 있었다. 여느 날과 마찬가지로 새벽부터 눈물바람을 하는 그녀의 얼굴 위로 트럭과 충돌하는 은색 승용차의 모습이 겹쳐 떠올랐다. 스님의 심부름을 하려고 절에 올라가는 길이었다고 했다. 그날의 사고로 그녀는 전신이 마비되었다. 부처님의 가호가 부족했던 것일까. 그녀와 마찬가지로 불교신자인 엄마가 들으면 기함을 할 생각을 하며 그녀를 물끄러미 바라보고 있었다.

"여기 겨우 삼십육 년 걷고 이 지경이 된 사람도 있으니까 그만 좀 해요."

남들에게 싫은 소리라고는 하는 법 없던 교사가 한소리 했다.

그녀의 남편은 돌담을 들이받을 때 핸들을 운전자 방향으로 꺾었다고 했다. 돌담과 충돌한 조수석에 타고 있던 그녀는 절단기로 차를 종이 자르듯 잘라내고 나서야 구조될 수 있었다. 겨우 삼십육 년 걷고 이 지경이 된 나는 나와는 아무 상관 없는 얘기인 양 옥신각신하는 그들을 멍하니 바라만 보았다. 냉장고를 열어 반찬통을 챙기던 엄마가 한숨을 쉬었다. 겨우 삼십육 년 걷고 이 지경이 된 딸을 둔 엄마로서 한마디하지 않을 수 없다고 생각하는 게 틀림없었다. 엄마가 다시 한번 한숨을 쉬며 입을 떼려는데 병실 문이 요란스레 열렸다. 아침 배식이었다. 네 맛도 내 맛도 없는 밥이지만 하루치 재활훈련을 받으려면 먹어야 했다. 겨우 오십 년 걷고 저 지경이 된 아주머니도, 자기 몸을 망가뜨린 것이나 마찬가지인 남편에게 변함없이 다정한 교사도, 겨우 삼십육 년을 걷고 이 지경이 된 나도 다 마찬가지였다.

문득 바라본 병실 문 사이로 휠체어를 느리게 밀며 지나가는 남자가 보였다. 밥은 거의 먹지 않고 밤낮없이 캔커피만 마셔대는 남자의 몸은 깡깡 말라 봐줄 수가 없을 지경이었다. 남자가 사라진 방향으로 술에 취해 국도변을 걷는 남자의 모습이 긴 꼬리표처럼 따라붙었다. 깜깜한 밤, 술에 취해 비틀비틀 걷고 있는 남자를 시커먼 자동차가 치고 지나갔다. 그 밤의 국도변에 차에 치여 저만큼 날아간 남자를 도와줄 사람은 없었다. 한참동안 도로 위에 널브러져 있던 남자의 하반신을 또다른 차가 밟고 지나갔다. 그 차 역시 남자를 구하지 않고 사라졌다. 나는 그만 두 눈을 질끈 감고 말았다. 그 사고로 부서진 그의 골반뼈는 그가 하반신이 마비되었다는 이유로 제대로 맞춰지지 않은 채 영영 어긋나버렸다. 그는 의료사고라고 생각했지만 병원과 법원은 그렇게 생각하지 않았다. 아무튼 그는 그 일로 인해 끔찍한 통증에 시달리고 있었다. 매사가 그런 식이었다. 매일매일 내 눈앞에서 수많은 사람들이 반복적으로 차에 깔리고 치이고 날아가고 추락했다.

그 끔찍한 영상의 반복 상영이 멈춘 것은 혼자 겉돌던 내가 나처럼 휠체어를 타고 있는 그들의 이름을 기억하기 시작하면서부터였다. 나는 내가 그들과 진심으로 어울릴 수 있을 줄 몰랐다. 그들을 무시하거나 싫어해서가 아니었다. 다만 그들과 어울린다는 건 내 장애를 인정하는 일 같아 두려웠다. 그러나 병원 생활이 길어지면서 자연스럽게 함께 어울려 운동을 하고 커피를 마시고 게임을 하는 일들이 이어졌다. 그리고 드디어 마음을 열고 이름을 부르자 그들의 얼굴이 눈에 들어오기 시작했다. 너무나 당연한 일이지만 그때껏 제대로 할 수 없었던 일, 이름을 기억하고 얼굴을 바라보는 일을 할 수 있게 되자 비로소 끔찍한 사고 영상은 소거되었다. 그때부터는 그들과 눈을 맞추고 그들의 지난 이야기를 들어주는 일이 그리 고통스럽게 느껴지지 않았다. 더 나아가 드문드문 나의 지난 시간들에 대해서도 그들에게 이야기할 수 있게 되었다.

시간이 흐르면서 우리는 우리들의 미래에 대한 이야기도 나누기 시작했다. 누군가는 퇴원 후 결혼을 계획하고 있었고, 또 다른 누군가는 다친 몸으로도 획득이 가능한 자격증 시험을 알아보고 있었다. 다친 몸이지만 손주들이 태어나면 조금이라도 돌봐줄 수 있게 되길 염원했고, 마비된 몸으로 할 수 있는 일을 진지하게 고민했으며, 장애인들의 긍정적인 사회 복귀 사례들을 찾아보려 애를 썼다. 이름을 갖게 된 그들의 얼굴 위로 끔찍한 사고 영상 대신 앞으로의 모습이 겹쳐 떠올랐다. 잘 차려입고 강연을 하는 모습이나 배우자와의 사이에서 어렵게 얻은 아이를 안고 있는 모습, 자녀들의 보살핌 속에서 천천히 안정을 찾아가고 배우자와 함께 다시 여행을 시작하는 모습들 말이다. 내 고통에 매몰되어 남의 아픔에 공감하지 못하던 시간에서 빠져나오자 귀를 기울이면 보이는 것들이 있다는 것을 알게 되었다. 마음을 주지 않으면 보지 못하는 것들, 어쩌면 영영 볼 수 없었을 모습이었다. ✿

엄마의 꽃밭

"아유, 장애인이 무슨 화장을 그렇게 곱게 했어요?"

"네? 아, 네에. 네?"

처음엔 무슨 말인지 잘 알아들을 수 없었다. 말귀를 알아듣고 나자 거슬렸다. 한편으론 내가 너무 민감한 것인가 싶었다. 하지만 역시 거슬린다는 생각을 떨쳐낼 수가 없었다. 한번 그런 생각이 들자 불쾌한 기분이 들었다. 편안한 인상의 노부인이었다. 수수하지만 단정한 차림이었고 말투도 부드러웠다. 무지한 이가 작정하고 범하는 무례가 아니라는 뜻이었다. 무엇이 문제였는지 생각해봤다. '화장'이 문제였나. '곱게'가 문제였나. 역시, '장애인'이 문제였나. '장애인이 화장을 한' 것을 특별한 일인 양 이야기한 것이 거슬렸나. 보통의 경우, 내 나이의 여성이 화장을 했다고 해서 왜 그렇게 화장을 곱게 했느냐고 묻지 않는다. 결국 노부인은 내가 휠체어에 앉아 있기 때문에 그런 말을 한 것이었다. 장애인은 나이와 성별을 막론하고 무언가를 시도하는 자체로 신기하거나 기특하고 대견스러운 존재로 인식되곤 한다. 그 말은 독립적으로는 무엇도 할 수 없는 존재로 퉁쳐지고 있다는 뜻도 된다. 그래도 되는 것인가. 그렇게 취급받아도 상관없는 것인가. 선의라면, 그저 받아들여야 하는 것인가. 더구나 나는 그 말을 한 노부인이 누구인지 알고 있었다. 점점 더 화가 났다.

재활치료를 받기 위해 대기중이었다. 수년째 드나들고 있는 병원인 만큼 낯익은 얼굴들이 있게 마련이었다. 그 노부인도 종종 마주치는 사람들 중 하나였다. 그녀는 나보다 조금 젊어 보이는 남자와 함께 와서 남자를 재활치료실에 들여보낸 뒤 재활의학과 대기실이나 그 앞 카페테리아에 앉아 하염없이 치료실 쪽을 바라보며 있곤 했다. 처음 봤을 때 휠체어를 타던 남자는 한참 전부터 휠체어를 타지 않고 걸었다. 한쪽 다리를 심하게 절었지만 지팡이나 목발을 사용하지도 않았다. 사람 얼굴을 잘 기억하지 못하는 내가 이만큼 기억하고 있을 정도였으니 노부인 쪽에서도 내가 낯익었을 것이다. 어쩌면 낯이 익은 얼굴인 내게 호감을 표현하기 위해 망설임 끝에 용기를 내서 건넨 말일 수도 있었다. 그러니까 내 기분을 상하게 한 그 말은, 장애인의 보호자가 다른 장애인에게 충분한 선의를 가지고 한 말일 가능성이 높았다. 이럴 때는 어떻게 해야 할지, 한 번도 생각해본 적이 없었다. 사실 나는, 그런 게 있는지는 잘 모르겠지만, 건강하게 화를 내는 방법을 잘 모르는 사람이었다. 게다가 유난스럽다는 낙인이 찍히는 것이 두려웠다. 사람들의 시선이나 생각이 내게 머무는 자체가 싫었다. 어떻게 반응해야 할지 갈등하는 사이 노부인의 일행인 남자가 재활치료를 끝내고 나왔다. 노부인은 내게 온화한 미소로 눈인사를 한 뒤 남자를 따라 대기실을 나섰다. 나는 얼떨결에 고개를 숙여 인사했다. 노부인과 남자가 사라지고 난 뒤 나도 시간이 되어 치료실로 들어가는데, 문득 자책이 들었다. 그런 일이 처음도 아니면서 새삼스레 부당한 것에 대해 부당하다고 얘기하지 못한 내가 비겁하게 느껴졌던 것이다. 그렇다고 그 노부인에게 뭐라고 따져 말했어야 하는지는, 여전히 잘 모르겠다.

치료와 진료를 모두 마치고도 교통약자 이동지원차량이 도착하려면 시간이 꽤 남아 있었다. 나는 병원 뒤뜰에 있는 화원으로 갔다. 날이 더웠지만 모처럼 만의 외출인데 답답한 실내에서만 시간을 보내고 싶지 않았다. 인공미를 물씬 풍기는 꽃밭을 구경하며 잘 정비된 길을 따라 휠체어를 몰았다. 군데군데 놓인 벤치엔 사람들이 자리를 잡고 앉아 이야기를 나누고 있었다. 미처 자리를 잡지 못하고 선 채로 서성이는 사람들도 여럿이었다. 길을 따라 휠체어를 모는 내내 내게로 집중되는 사람들의 시선이 느껴졌다. 다른 곳도 아니고, 아픈 사람 천지인 병원이었는데도 그랬다. 사고가 나기 전, 나는 그다지 눈에 띄는 사람이 아니었다. 하지만 이제는 어딜 가나 시선을 받는 사람이 되었다. 그리고 그 시선이 불편해 자주 화가 났다. 불편한 시선 속에 놓이게 될 걸 아는 나는 기죽기 싫어 화장에도, 옷차림에도, 머리 손질에도 바짝 신경을 쓰게 되었다. 사고 전에는 엄두도 못 내던 고가의 옷이나 신발, 가방 같은 것들도 눈 딱 감고 사들였다. 그게 무엇을 의미하는지 깊이 생각해본 적은 없었다. 다만 그렇게 하지 않으면 무시당하게 될지도 모른다는 두려움 같은 것이 있었다. 이런저런 거절을 반복해서 당하다보니 세상이 일부러 나를 밀어내고 있는 것 같은 피해의식이 생기기도 했다. 무시, 혹은 거절을 당하고 싶지 않아 나를 꾸미지만 그런 나를 알아채는 시선은 불쾌했다. 상대가 아무리 선의를 갖고 있다 해도 마찬가지였다.

사실은 그럴 용기도 없으면서, 세상의 시선에 저항이라도 하듯 반듯하게 줄 맞춰 심은 나리꽃밭 앞에 휠체어를 세우고 허리를 곧추세웠다. 뙤약볕 아래서 땀을 줄줄 흘리면서도 아무렇지 않은 척했다. 신경줄이 끊어질 듯 팽팽하게 당겨지는 느낌이었다. 뜨거운 바람을 타고 진한 나리꽃 향이 전해져왔다. 좋아하는 향이었는데도 어쩐 일인지 향기롭기는커녕 독하게만 느껴져

머리가 지끈거렸다.

엄마의 꽃밭에도 해마다 나리꽃이 만발했다. 며칠 전에도 엄마는 마당에서 꺾은 나리꽃 한 다발을 화병에 꽂아 내 방 책상 한쪽에 놓아주었다. 나리꽃 말고도 엄마의 꽃밭에선 수국이나 달리아 같은 꽃들이 앞다투어 피어났다. 엄마는 내가 다친 후, 나를 위해 내가 좋아하는 꽃을 심고 가꾸기 시작했다. 엄마 집으로 가 온 집안에 그득할 꽃향기를 맡으며 한숨 자고 나면 좀 편해질지도 모르겠다는 생각이 들었다. 엄마에게 전화를 걸었다. 다행히 엄마는 집에 있었다. 이 나이에도 세상의 벽에 부딪힐 때마다 엄마의 품을 파고들었다. 너무 쉽게 의존하는 나쁜 습관일지도 모르겠지만, 아직은 그보다 나은 방법을 찾지 못했다.

시간 맞춰 도착한 차량 기사님께 부탁해 도착지 주소를 변경했다. 기사님은 별다른 말 없이 부탁을 들어주었다. 내 집과 엄마 집은 차로 오 분가량의 가까운 거리에 위치해 있어서 운행 방향과 시간에 큰 차이는 없었다. 엄마 집에 도착했을 때, 엄마는 식탁 앞에 꼿꼿하게 앉아 천수경을 필사하고 있었다. 어쩐 일이냐는 엄마 말에 대답하지 않고 소파로 옮겨 앉았다. 엄마도 말없이 걸레를 가져와 더러워진 휠체어의 바퀴를 닦았다. 그 모습을 한참 바라보다 소파에 쓰러지듯 누웠다. 엄마가 다가와 다리를 들어올려 편하게 자리를 잡아주었다. 베란다 창문을 모두 열어

두어 맞바람이 치는 집안은 시원했고 바람 사이로 나리꽃 향기가 그윽하게 풍겨왔다.

'아, 이게 사실은 이렇게 좋은 향이었지.'

모든 것이 생각했던 대로였다. 엄마가 습관처럼 틀어놓는 영인스님의 관세음보살정근이 낮은 소리로 맴도는 것도 좋았다. 날카롭게 곤두섰던 신경이 비로소 차분하게 가라앉았다. 잠이 드는 줄도 모르게 잠에 빠져들었다. 물론 얼마 못 가 통증 때문에 소스라치게 놀라며 깨어버렸지만 달고 맛있는 잠이었다.

"며칠 너희 집에 가 있을까?"

엄마가 물었다.

"그래도 좋지."

내가 대답했다. 아빠가 돌아가신 뒤에도 엄마는 전과 다름없이 시간 맞춰 일어나 출근했고 퇴근 후에는 꽃밭을 가꾸고 자식들에게 나눠줄 음식을 만드는 일상을 이어가고 있었다.

"엄마, 이 집은 세놓고 그냥 나랑 같이 살래?"

벌써 여러 번 물은 말이었다.

"그럴까? 그러지 뭐."

엄마 역시 똑같은 대답을 반복해왔다. 문득, 우리들의 일상에 더이상은 아무 일도 일어나지 않았으면 좋겠다는 생각이 들었다. 오래전, 나는 아무 일도 일어나지 않는 내 일상이 지루하고 못마땅했다. 그래서 마음속으로 빌기도 했다.

'제발 무슨 일이든 일어나게 해주세요. 하다못해 몸 어디 한 군데가 부러지기라도 하든가.'

그런 철없는 바람 때문에 사고가 일어나 척추가 부러진 것인지도 모른다는 생각을, 첫번째 수술이 끝나고 꼼짝도 하지 못한 채 누워 있던 어느 날 갑자기 떠올리곤 스스로를 끔찍해했다. 어떤 날엔 모든 일은 그저 우연일 뿐이라고 생각했다가도, 또다른 날엔 모든 우연에 제각각 이유를 부여하며 괴로워했다. 어리석은 짓이라는 걸 알았지만 어쩔 수가 없었다.

애초엔 엄마에게 오늘 있었던 일을 조근조근 이야기할 생각이었다. 그러면 엄마는 분명 상처받은 마음을 어루만져줄 테니까. 나의 비겁한 습관마저도 괜찮다고, 누구라도 그럴 수 있다고 다독여주었겠지. 하지만 더는 아무 말도 하지 않기로 했다. 어쩐지 이미 충분하다는 생각이 들었기 때문이다. 무성한 모과나무 그늘 아래서 하늘대는 키 큰 나리꽃을 내다보며 엄마 집으로 오길 잘했다는 생각을 했다. 어차피 오늘 같은 일이 처음도 아니었고 앞으로 사는 내내 반복해서 겪어야 할 일이었다. 그때마다 답을 구하려는 노력 대신 상처 입고 화만 낸다면 괴로운 것은 나일 터였다. 생각을 정리하자 문득 허기가 느껴졌다.

"엄마, 열무국수 먹고 싶어."

엄마가 말없이 자리에서 일어나 부엌으로 갔다. 새콤하게 익은 열무김치에 만 국수를 생각하자 입안에 침이 고였다. 시원한 바람결에 나리꽃 향기가 훅 끼쳐왔다. ✿

구원은 없다

어떤 물건이 한번 눈에 들어오면 다른 건 그에 못 미쳐 보이기 마련이다. 발에 힘이 전혀 들어가지 않고 축 늘어져 있기 때문에 신기 불편한 신발은 가급적 피해야 한다는 걸 알면서도 며칠째 발목 부분에 양털을 덧댄 부츠가 사고 싶어 안달이 났다. 잘못 신었다가는 예전처럼 발가락이 접힌 채 강직이 일어나 발톱이 까맣게 죽는 부상을 입을 수도 있었다. 그러다 발톱이 빠지기라도 하면 그게 자칫 욕창으로 발전될 수도 있었고. 그걸 빤히 알면서도 사고 싶은 마음을 누르기 힘들었다. 망설이고 또 망설이다가 결국 두 눈 질끈 감고 모양만 아름답지 신고 벗기는 턱없이 불편한 양털 부츠를 사고 말았다. 그러자 이번엔 새 신발을 신고 외출이 하고 싶었다. 코로나19 때문에 한 달에 한두 번 하던 집밖 출입도 삼가고 있는 요즘이고 보면, 어여쁜 부츠를 신고 갈

곳이 없어 마음이 다 쓸쓸해질 지경이었다. 그러다 드디어 병원 진료가 있던 날, 새벽부터 일어나 땀을 뻘뻘 흘리며 정성껏 부츠를 챙겨 신었다. 그 신발을 신고 걷기는커녕 서지도 못할 거면서 뭐가 그리 좋다고 가슴까지 두근댔는지, 지금 생각해봐도 모를 일이었다. 아무튼 그날 나는 다리에 착 달라붙는 청바지를 입고 발목까지 올라오는 양털 부츠를 신었다. 한파주의보가 내려졌다는 엄마의 잔소리에도 기어이 투박한 패딩 점퍼 대신 부츠와 어울릴 만한 플리스 재킷을 꺼내 입었고, 마스크를 쓰게 되면서 잘 하지 않게 된 화장도 공들여 했다. 그리고 그런 내 모습이 흡족해 유치함을 무릅쓰고 전신 거울 앞에서 사진도 찍어두었다. '못생긴 애들 중에선 내가 제일 예뻐' 어쩌면 그런 심정이었는지도 모르겠다.

교통약자 이동지원차량 예약시간이 다 되어 지하주차장으로 내려갔다. 차는 정확한 시간에 도착해 있었다. 차량에 탑승하자 기사님이 휠체어 프레임에 고리를 걸어 차와 휠체어를 고정하는 안전띠를 단단히 매주었다. 병원으로 가는 동안 익숙한 차창 밖 풍경을 내다보며 지나는 이들의 옷차림을 유심히 살펴보았다. 사람들은 하나같이 꽁꽁 싸맨 차림이었다. 나만 너무 가볍게 입고 나온 것 같아 걱정이 되면서도 예쁜 양털 부츠를 신으려면 그 정도는 감수하는 게 당연하다고 생각했다. 차는 곧 외곽순환도로로 접어들며 속도를 내기 시작했다. 당연히 사람들의 모습도 더이상 볼 수 없었다. 그런데도 고개를 외로 돌린 채 을씨년스러운 도로 풍경만 바라보았다. 그렇게 외로 튼 고개가 결린다 싶을 즈음 차는 병원에 도착했다. 요금을 결제한 뒤 기사님의 도움을 받아 하차했다. 전동휠체어를 출발시키기 전, 고개를 숙여 발치를 내려다보았다. 옅은 하늘색 양털 부츠를 신은 두 발이 휠체어 발판 위에 가지런히 놓여 있었다. 나도 모르게 미소가 지어졌다. 기분 좋게 휠체어를 몰아 병원 안으로 들어섰다.

첫번째 진료를 받고 다음 진료까지 시간이 꽤 남아 지하 1층 카페테리아로 내려갔다. 사회적 거리두기 때문인지 띄엄띄엄 놓인 테이블은 빈자리 없이 꽉 차 있었지만 상관없었다. 나는 어딜 가든 이미 내 자리를 잡고 앉아 있는 휠체어 사용자였으니까. 그런 면에서 나는 얼마나 큰 이득을 보고 있는 것인가! 예쁜 양털 부츠 때문인지 긍정적인 생각이 솟아났다. 카페테리아 한쪽에 자리를 잡고 책을 꺼내 읽기 시작했다. 죽은 이들의 마지막 흔적을 청소하는 이가 현장 경험을 바탕으로 쓴 산문집이었다. 수년 전, 그와 같은 일을 하는 이가 화자인 소설을 쓰느라 해당 분야를 취재한 경험이 있었다. 무작정 알아낸 번호로 전화를 걸어 인터뷰를 요청해야 했다. 그러나 낯모르는 이의 인터뷰 요청은 거절당하기 일쑤였고 간신히 승낙을 받아도 전화나 이메일로 인터뷰를 진행할 수밖에 없어서 어려움이 컸다. 특히 현장 견학을 할 수 없었던 점은 두고두고 아쉬웠다. 책을 읽는 내내 그때의 기억들이 생생하게 되살아나 더 감정이 이입되었다. 그렇게 한참을 책에 빠져 있다가 별생각 없이 한 손을 다리 위에 올려놓았는데, 아뿔싸, 다리 사이가 축축했다. 소변이 샌 것이다. 생각이고 뭐고 할 겨를도 없이 들고 있던 책을 가방 속에 되는대로 쑤셔넣고 휠체어를 몰아 장애인 화장실로 갔다. 가방을 화장실 한쪽 구석에 던지듯 내려놓고 뭘 어떻게 해야 할지 차분히 생각해보려 했지만, 아무것도 떠오르지 않았다. 한동안 넋을 놓고 우왕좌왕하다 간신히 정신을 차리고 일단 소변줄부터 확인했다. 아니나 다를까 허리춤에서 소변줄이 꼬인 채로 막혀 있었다.

자연 배뇨가 어려운 경우 요도에 짧은 실리콘 관을 삽입해 소변을 인위적으로 배출하는 CIC(간헐적자가도뇨)를 하는데, 내 경우엔 소변의 양이 지나치게 들쑥날쑥해서 CIC의 시행 간격과 횟수를 규칙적으로 정해두기가 힘들었다. 그러다보니 미처 CIC를 시행하기 전에 소변이 새버리는 일이 잦았다. 물 마시는 시간과 양을 규칙적으로 제한해도 소용이 없었다. 하루에도 몇 번씩 오줌을 싸니 기저귀를 떼기가 힘들었고, 엉덩이는 온통 짓물러 터져 성한 곳을 찾기 힘들 정도였다. 요로감염도 잦아 툭하면 응급실 신세를 져야 했다. 그 스트레스로 일상생활은 엉망이 되어갔다. 외출은 엄두도 내기가 힘들던 시기였다. 그래서 방법을 찾다가 육 년 전 의사의 권유로 시스토스토미 시술을 받게 되었다. 방광에 구멍을 뚫고 가느다란 관을 연결해 요도가 아닌 방광에서 직접 관을 통해 소변을 배출하도록 하는 시술이었다. 그런데 방광과 소변주머니를 연결하는 관이 꼬인 채 막혀버리는 바람에 관을 통해 배출되지 못한 소변이 요도를 통해 새버린 것이다. 하반신엔 아무런 감각이 없으므로 당연히 요의도, 소변이 배출되어 옷이 젖어드는 것도 느낄 수 없었다. 전에도 집 근처 미용실이나 공원 같은 곳에서 소변이 샌 적은 있었다. 하지만 집과 멀리 떨어진 곳에서, 더구나 혼자 있을 때 일이 벌어진 것은 처음이었다. 뭘 어떻게 하면 좋을지 알 수가 없었다. 목구멍에 뜨거운 덩어리가 턱 걸린 것 같았다. 가슴이 답답하다못해 숨이 가빠왔다. 가방을 뒤져 전화기를 꺼내들었다. 엄마에게 전화를 걸었다. 생각나는 건 오직 엄마뿐이었다.

"엄마……"

불러놓곤 더이상 말을 잇지 못했다. 나는 그저 꺽꺽, 괴상한 울음만 소리 죽여 토해냈다. 엄마는 몹시 놀랐을 텐데도 내가 울음을 멈추길 기다려주었다.

"무슨 일 있니? 울지만 말고 왜 그러는지 차근차근 말을 해봐."

내 울음이 잦아들자 엄마가 말했다. 나는 그제야 벌어진 상황을 설명했다. 엄마는 이번에도 두서없는 내 얘기를 끝까지 다 들어준 다음, 소변이 얼마나 샜는지 살펴보라고 했다.

"휠체어 밖으로 흐를 만큼 샌 거야?"

"아니, 그 정도는 아니야. 하지만 바지가 흠뻑 젖었어요. 방석이랑 휠체어도 다 젖었을지 몰라."

목구멍을 타고 올라오는 뜨거운 숨을 애써 눌러삼키며 대답했다. 그러자 엄마는 그만하길 다행이라고 말했다. 그리고 휠체어 가방에서 수건을 꺼내 살짝 덮고 이왕 간 거니 남은 진료를 다 받은 다음 예약한 차량을 기다려 타고 돌아오는 게 어떻겠느냐고 물었다. 믿어지지 않을 만큼 차분한 목소리였다. 화가 치밀어올랐다. 나는 엄마가 지금 당장 나를 데리러 달려와줄 거라 믿어 의심치 않았던 것이다.

"냄새가 나잖아, 냄새가! 엄마라면 이 꼴을 하고 사람 많은 병원에서 그 긴 시간을 견딜 수 있겠어? 내가 사람이지 짐승이야?"

나는 마치 이 모든 사달이 엄마 때문에 일어나기라도 한 듯이 악을 쓰며 전화를 끊어버렸다. 그러곤 남은 울음을 토해내기 시작했다. 이번엔 부끄러운 줄도 모르고 정말 큰 소리로 엉엉 울어버렸다. 그날 누군가 내 울음소리를 들었다면, 장소가 장소이니만큼 온갖 비극적인 상상을 다 했을 것이다. 그렇게 한참을 울다 문득 정신을 차리고 보니 거울 속 내 모습이 눈에 들어왔다. 내가 도대체 무슨 짓을 하고 있는 건가 싶은 생각이 들었다. 쉰이 가까워오는 나이에 바지에 오줌을 쌌다고 공공장소에서 엉엉 울기나 하고, 저 꼴이 다 뭐란 말인가. 공연히 안 하던 화장까지 하는 바람에 얼굴은 더욱 볼썽사나웠다. 물티슈를 꺼내 엉망이 되어버린 얼굴부터 닦아냈다. 그리고 화장지를 뭉쳐서 소변으로 젖은 부분을 꾹꾹 눌러 조금이라도 말려보려 애를 썼다. 마지막으로 엄마가 조언한 대로 휠체어 가방에서 수건을 꺼내 젖은 부분부터 무릎까지 덮고 최대한 잘 여몄다. 여분의 바지와 팬티가 없는 상황에서 다른 뾰족한 수가 있는 것도 아니었다. 결국엔 엄마가 시키는 대로 할 거면서 왜 그렇게 화를 냈는지, 그제야 엄마에게 미안한 마음이 들었다.

화장실에서 나와 서둘러 다음 진료과 대기실로 갔다. 그곳에서 십여 분 정도 더 대기한 끝에 진료를 받을 수 있었다. 가급적 사람들과 떨어져 있기 위해 애를 썼지만 불가피한 경우가 많았다. 진료가 끝난 뒤 장소를 이동해 다음 진료도 무사히 받았다. 진료를 모두 받은 뒤에는 서둘러 병원 밖으로 나와 후문 주차장

쪽으로 갔다. 병원 안에 있는 동안엔 사람들의 눈치를 살피느라 정신이 없었다. 내 코에는 확실히 지린내가 맡아졌다. 그것도 아주 심하게. 하지만 다른 이들도 그걸 느꼈는지 어쨌는지는 알 길이 없었다. 다행인지 아닌지, 내게 지린내가 난다고 항의하는 사람은 없었던 것이다. 삼십여 분 후 귀가를 도와줄 차량이 도착했다. 마지막 난관이었다. 좁은 차 안에서는 냄새 때문에 더더욱 신경이 쓰였지만 기사님께 사과를 하거나 양해를 구하지는 못했다. 차마 말을 꺼낼 용기가 나지 않았기 때문이다.

집에 오자마자 엄마의 도움을 받아 목욕을 하고 옷을 갈아입었다. 깨끗해진 나를 침대로 옮겨준 뒤 엄마는 묵묵히 젖은 방석과 휠체어를 세탁하고 소독했다. 침대에 누워서 천장을 바라보며 하루 동안 벌어진 일들을 되돌아봤다. 언제 또 반복될지 알 수 없는 일이었다. 이번에는 소변이 샜지만 다음번엔 대변이 샐 수도 있었다. 그런 일이 벌어졌을 때 당황하지 말자고 다짐하며 행동요령을 수없이 이미지트레이닝 해왔지만 막상 일이 벌어지자 아무 소용이 없었다. 게다가 죄 없는 엄마에게 화를 내기까지 했다. 모두가 소변줄을 잘 살피지 못한 내 잘못으로 벌어진 일이었는데 말이다. 죄책감으로 가슴이 조여들었다. 또다시 눈물이 나오려는 걸 가까스로 참았다.

장애를 안고 살아간다는 건 언제 터질지 모를 시한폭탄을 하나도 아니고 여러 개 끌어안고 살아가는 것과도 같다. 그 시한폭

탄들을 매순간 잘 관리하며 살아갈 수 있다면 더없이 좋겠지만 내 바람과는 달리 그렇지 못한 경우도 분명히 생길 수밖에 없다. 그런 때를 위해 준비와 훈련이 필요한 것이다. 다친 지 이미 십 년이 넘었는데, 아직도 갈 길이 멀다고 생각하니 암담했다. 울고 불고하느라 진이 빠져서인지 깊은 물속에 가라앉은 것처럼 몸은 무겁기만 했다. 그 와중에 통증이 다시 밀려왔다. 엉덩이 통증을 견디다못해 침대 안전바를 잡고 몸을 돌려 누웠다. 두 눈을 감고 이를 꽉 악물었다. 컴컴한 어둠 속에서 빨간 금붕어 한 마리가 불쑥 떠올라 유영하기 시작했다.

금붕어들에게 잘 생기는 솔방울병이라는 질병이 있다. 이 병에 걸리면 금붕어의 배가 빵빵하게 부풀어오르고 온몸의 비늘이 주르륵 곤두서서 솔방울 형태를 띠게 되는데, 어린 시절 키우던 금붕어가 이 병에 걸린 일이 있었다. 그땐 솔방울병이라는 건 몰랐고 그냥 속수무책으로 금붕어를 떠나보내야 했다. 솔방울병에 대해 알게 된 것은 얼마 되지 않았다. 통증에 시달리던 어느 날 문득 온몸의 비늘이 곤두섰던 그 시절 금붕어의 모습이 떠오른 것이다. 통증이 잠잠해진 틈을 타 인터넷에 증상을 검색해보니 그게 바로 솔방울병이었다. 거의 사십 년이 다 된 기억인데도 그토록 생생하게 떠오른 걸 보면, 아마도 그때의 이미지가 꽤 충격적으로 남아 있었던 모양이다. 금붕어는 비늘이 온통 곤두서서 살짝만 건드려도 온몸의 비늘들이 우수수 떨어져버리고 말 것만 같았다. 어린 나는 어항 속의 금붕어를 들여다보며 금붕어의 비늘을 건드려보고 싶다고 생각했다. 그러곤 비늘이 떨어진 자리마다 붉은 피가 점점이 솟는 장면을 상상하며 두려움과 죄책감에 몸을 떨었다.

엉덩이의 살점들이 그때 그 솔방울병에 걸린 금붕어의 비늘처럼 한 점 한 점 포를 뜨듯 베여 벌어졌다. 벌어진 살점 틈마다 선혈이 퐁퐁 솟아났다. 모두 상상에 불과했지만 정말로 그런 통증이 나를 덮쳐왔다. 숨을 들이쉴 때마다 피비린내가 훅 끼쳐오는 것 같았다. 침대의 안전바를 간신히 부여잡고 통증이 물러가길 기다렸다. 시간이 흐르면서 엉덩이의 통증이 조금 덜해지는 듯했다. 그러자 이번엔 서혜부가 아려오기 시작했다. 오늘 같은 날은 좀 봐줘도 좋으련만, 통증은 절대로 사정을 봐주지 않았다. 그렇다고 끝을 보여주는 것도 아니었다. 그저 잠깐의 시간차를 두고 부위를 달리하며 질기게 따라붙을 따름이었다. 수렁에 빠진 기분이었다. 누군가 나타나 이 수렁에서 나를 단박에 건져올려주면 좋겠지만, 영영 아무도 나타나지 않을 거라는 건 누구보다 내가 잘 알고 있었다. 나는 지금 영원히 깨지 않을 악몽을 꾸고 있는 중이었다. ✿

턱

재활병원에 입원해 있을 때 친하게 지냈던 사람들 몇몇이 모여서 함께 점심을 먹기로 했다. 그들 중에는 나와 한동네에 사는 이도 있어서, 우리는 그의 집에 모여 배달음식을 시키기로 했다. 거창한 외출은 아니었지만, 오랜만의 나들이여서 평소엔 잘 안 하던 화장도 하고 공들여 머리 손질도 했다. 외출 준비를 마쳤을 때는 약속시간이 가까워 있었다. 엄마도 합석하기로 한 터여서 우리는 함께 집을 나섰다. 창밖으로 보이는 오월의 햇살은 좀 따가워 보였는데, 막상 나와보니 맑은 하늘에 시원한 바람까지 불어주어 나들이하기 맞춤한 날씨였다. 아파트 단지 울타리마다 만개한 장미가 무겁게 늘어져 있었다. 사실 그동안은 장미가 피어나고 있다는 사실조차 모른 채 집에만 콕 박혀 있었다. 흔치 않은 외출에 공연히 들떠 장미 넝쿨 옆에서 셀피도 잔뜩 찍고, 엄마까지 장미 넝쿨 앞에 세워두고 사진을 찍어주며 법석을 떨었다. 사진을 다 찍은 후엔 엄마와 함께 찍은 사진들을 하나씩 넘겨보느라 또 한참의 시간이 흘렀다. 시간을 확인한 우리는 서둘러 다시 움직이기 시작했다.

새로 조성된 지 몇 년 되지 않았는데도 벌써 여기저기 내려앉아 울퉁불퉁해진 보도는 휠체어가 다니기에 다소 위험했다. 그러나 그날은 그마저 너그럽게 이해될 만큼 넉넉해진 마음이었다. 나 혼자였다면 휠체어가 뒤집히거나 휠체어에서 떨어질지도 모를 장애물과 경사가 곳곳에 있었지만 다행히 그때마다 엄마의 도움을 받아 안전하게 통과할 수 있었다.

지인 집에 도착하니 아직 두 친구는 오기 전이었다. 연락을 해보니 한 친구는 장애인콜택시를 이용해 오는 중이었고, 나머지 한 명은 직접 운전을 해서 오고 있었다. 한동네 살면서도 자주 만나지 못하는 탓에 지인과 밀린 수다를 떠는 사이 나머지 두 친구가 도착했다. 시끌벅적하게 인사를 나눈 우리는 고심 끝에 식사 메뉴를 결정하고 음식을 주문했다. 외식이 잦지 않은 우리에겐 그것도 나름대로 설레는 외식이었다. 음식이 도착하길 기다리며 이런저런 얘기를 나누는데 J가 말했다.

"어디 근사한 식당 같은 데서 만났으면 더 좋았을 텐데."

우리는 모두 그 말에 동의했다. 우리가 근사한 식당 대신 집을 만남의 장소로 정한 것은 돈이 없어서도 시간이 부족해서도 아니었다. 그저 근방에서 휠체어 넷이 함께 들어갈 만한 식당을 찾아다니는 일 자체가 너무 힘들고 구차한 것 같아 지레 포기한 것이다. 침묵을 깨며 K가 이야기를 이어갔다.

"근사한 식당 같은 데서 우릴 반겨야 말이지. 나는 어디 들어갈 만한 식당을 찾을 때마다 세상에게 거절당하는 것 같아서 기분이 영 별로야. 그러고 다니느니 차라리 집에 처박혀 있는 편이 속 편해. 저번에도 봐. 우리 넷이 우르르 몰려 들어가니까 벌써 표정부터 딱 달라지잖아."

그때까지 유쾌하게 이야기를 나누던 이들의 얼굴이 일제히 어두워졌다.

"점심시간이라서 점심 먹으러 갔는데 점심시간에는 받아줄 수가 없다니, 그게 말인지 똥인지. 정말 너무 화가 나서 싸우고 싶은 걸 간신히 참았다니까. 그때 이후론 더 나가기가 싫어졌어. 들어갈 수 있는 식당을 찾아야 한다는 게 너무 기운 빠지고 속상하잖아."

내가 울컥해서 덧붙였다. 우리는 실제로 턱이 없는 식당을 찾아 한참을 헤맨 끝에 들어간 식당에서 바쁜 시간이라 휠체어 손님들을 받기 힘들다는 거절을 당한 경험이 있었다. 그리고 모두들 그런 경험이 처음도 아니었다. 그러자 그때까지 조용히 듣고 있던 P가 이야기했다.

"그래도 열심히 찾아다녀야 해. 집에만 있으면 괜히 우울해지고 몸도 안 좋아지잖아. 찾아보면 갈 만한 데도 많아. 자꾸 나가려고 노력해야지 안 그럼 세상은 영영 불편한 곳으로 머물러 있고 말잖아. 그게 결국 갇혀 사는 삶이지 뭐겠어. 우리, 스스로를 가두지 말자."

비슷한 시기에 사고를 당해 함께 병원 생활을 한 우리는 휠체어 생활을 시작한 지 모두 십 년이 조금 넘었다. 그런데도 여전히 사람들의 시선이 불편하다는 K의 말이 걱정스러우면서도 이해가 됐다. 나는 K가 던진 말을 속으로 되뇌어보았다.

'세상에게 거절당하는 기분……'

정말이지 적확한 표현이었다. 휠체어 사용자가 된 후로 나도 수많은 순간 그런 기분에 사로잡히곤 했다. 턱이 없는 식당을 찾아야 할 때, 울퉁불퉁한 보도를 지날 때, 버스나 지하철 같은 대중교통 수단을 포기해야 할 때처럼 휠체어로 넘기 힘든 세상의 턱 앞에 서게 될 때나, 아무 잘못도 없이 쏟아지는 시선 속에 갇혀야 할 때마다 세상이 나를 밀어내고 있다고 생각했다. 그리고 그런 생각이 들수록 외출할 의욕이 사라지곤 했다. 이런저런 불편을 핑계삼아 집안에 나를 가둔 채 살아왔다 해도 과언이 아니었다. 그러고 보면 P의 말이야말로 맞는 말이었다. P는 사고가 난 이후 오히려 더욱 적극적으로 스스로를 관리했고 온갖 불편에도 불구하고 끊임없이 외출을 시도했다. 차로 옮겨 타다 떨어져서 다리에 골절상도 입었고 특정 부위의 욕창도 심해졌지만 치료는 치료대로 받으면서 또다시 사고 전처럼 자연스럽게 외출을 시도하는 그에게 감탄한 적이 한두 번이 아니었다. P처럼 적극적으로 세상으로 나아가지 못하는 내가 좀 한심하게 느껴져서 기운이 빠졌다. 하지만 어렵게 모인 자리에서 내내 우울한 생각에 빠져 있을 수만은 없었다. 나는 다시 기운을 내 더 크게 웃고 떠들며 분위기를 바꿔보려 했다. 그러나 중간중간 말이 끊길 때마다 생각에 잠기는 것을 어쩔 수 없었다.

우리 네 사람은 십여 년 전까지만 해도 아무런 제약 없이 거리를 활보하던 사람들이었다. 각자의 일이 있었고 목표도 있었으며 수많은 관계에 둘러싸여 바쁜 나날을 보냈다. 그러던 우리가 어느 날 갑자기 일어난 예기치 못한 사고로 사지가 마비되거나 하지가 마비되었고, 일도 관계도 대부분 잃고 휠체어를 탄 채 툭하면 세상의 거절을 겪으며 살아가고 있었다. 남들처럼 살아가기 위해선 어쨌든 남들과는 다른 '노력'을 해야만 하는 처지가 된 것이다. 처음 몇 번은 주눅이 들었지만 거절이 계속되자 화가 났다. 나는 잘못한 것이 없었다. 그런데 왜 늘 나만 주눅이 들거나 화를 내야 하는 것일까. 아마 그 자리에 있는 모두가 비슷한 생각을 해봤을 것이다. 세상은 왜 우리를 주눅들고 화나게 하나. 우리는 정말 잘못한 것이 하나도 없는데!

나는 원래도 돌아다니길 좋아하는 사람이 아니긴 했다. 하지만 몸이 불편해진 이후 외출 횟수는 극단적으로 줄어들었다. 가족들과의 외출이라면 그래도 부담이 덜했지만, 친구나 지인들과의 만남이라면 약속을 한 순간부터 마음이 불편해졌다. 서울에서 살며 그곳에서 바쁘게 일하고 있는 이들에게 내가 사는 소도시로 모여달라고 얘기하는 것도 미안했다. 어떤 모임이든 통증이나 욕창 등의 문제로 갑자기 약속을 연기해야 하는 일이 종종 생기는데다가, 기껏 참석을 해도 내가 끼면 장소에 제약이 많아져서 여러모로 폐를 끼치게 됐다. 우선은 장애인 주차장이 있는지, 그다음으론 휠체어가 들어갈 수 있도록 승강기가 있는 건물인지, 문턱이 높진 않은지, 턱이 있다면 경사로는 설치되어 있는지, 장시간 머물러야 할 경우 근처에 장애인 화장실을 갖춘 곳이 있는지 하는 점까지, 체크해야 할 부분이 너무 많았다. 중심가의 상가 밀집지역에는 그래도 열심히 찾아보면 들어갈 수 있는 곳을 찾을 수 있었지만, 조금만 외곽으로 나가면 들어갈 수 있는 식당이나 카페를 찾기가 점점 어려워졌다. 실제로 얼마 전, 동료 작가 몇몇과 교외의 호숫가 부근에서 만나려다 끝내 적당한 장소를 찾지 못한 일이 있었다. 음식점과 카페 등이 넘치게 많이 들어서 있는데도 내가 들어갈 수 있는 곳(경사로가 설치되어 있고 턱이 없는 건물)을 끝내 찾지 못했던 것이다. 하는 수 없이 우리는 호숫가와 멀지 않은 곳에 있는 선배 작가의 집으로 약속 장소를 옮겨야 했다. 덕분에 집주인인 선배 작가의 정성이 듬뿍 담긴 식사를 대접받는 기회가 되긴 했지만, 나는 여러모로 번거로워진 게 꼭 나 때문인 것만 같아서(실제로 그렇기도 했고) 모임 내내 미안한 마음을 가지고 있어야 했다. 지인들은 전혀 불편하지 않았다고 이야기했지만, 그것과는 상관없이 자꾸 움츠러드는 마음은 어쩔 수가 없었다.

이런 고민을 털어놨을 때, 한 친구는 말했다.

"그 정도 번거로움도 감수할 준비가 되어 있지 않은 사람이라면 굳이 만날 필요 없지 않을까? 너를 정말로 아끼는 사람들은 언제든 네가 있는 곳까지 와서 너와 함께 턱을 넘을 준비가 되어 있을 거야."

친구의 말은 정말이지 큰 위로가 되었지만 한편으로는 좀 씁쓸한 마음이 들었다. 어째서 나를 아끼는 사람들은 항상 나와 함께 턱을 넘어야만 하는 것일까. 나도 그들도 턱을 넘지 않아도 되는 세상이면 안 되는 것일까. 게다가 나는 나를 아끼는 이들뿐만이 아니라 낯선 이들과도 자유롭게 만나 새로운 관계를 형성해나가고 싶었다. 다른 친구들처럼 원하는 순간에 가볍게 자리를 털고 일어나 미술관도 가고 극장에도 가고 싶었다. 잦은 모임과 복잡한 인간관계에 치여 어디로든 도망가고 싶었던 오래전의 답답함도 다시 한번 느껴보고 싶었다. 휠체어를 타는 나는 휠체어를 타지 않는 이들이 느끼는 것이라면 피로까지도 부러웠다. 휠체어를 타고도 어디든 가서 누구든 만나며 내가 할 수 있는 일들을 자유롭게 할 수 있다면 얼마나 좋을까. 그 결과가 좋든 나쁘든 그건 또다른 문제였다.

지금까지 자주 실망하고 화를 내야 했지만, 언제든 그런 날이 올 거라는 걸 의심하고 싶지는 않다. 휠체어 사용자들에게 열린 세상은 휠체어를 사용하지 않는 사람들에게도 활짝 열린 세상일 테니, 결국 내가 바라는 세상은 모두를 위한 세상일 테다. 그런 세상을 마다할 사람은 없을 거라고, 그러니 그런 날이 오기는 올 거라고, '순진하게' 믿어보고 싶다. ✿

세상 속으로

친구의 도움을 받아 지하철을 타고 가서 전시회를 관람하는 일정에 도전했다. 일단 집에서 4호선 인덕원역까지 교통약자 이동지원차량으로 이동하면 그곳에서 친구와 만나 함께 지하철을 타고 과천 현대미술관에 가기로 한 것이다. 미술관이 있는 대공원역에서 다른 친구 한 명도 합류하기로 했다. 휠체어 장애인이 되고 난 뒤로는 미술관 관람은 물론 지하철을 비롯한 대중교통을 이용한 적이 없으니 모두 십여 년 만의 일이었다. 약속을 정한 순간부터 온갖 불안들로 가슴이 요동치기 시작했다. 사고 전에는 당연하던 일들이 더이상 당연하지 않게 되어버린 경험을 반복적으로 하면서, 나는 사소한 일에도 겁을 먹고 움츠러드는 사람이 되었다. 그런 나에게 십여 년 만의 미술관 관람과 지하철 타기는 일상을 뒤흔들 만큼 커다란 사건이었다. 사실, 사고 전에는 각종 전시회 관람에 꽤나 열심이었다. 그러던 것을 이렇게 오래도록 갈 생각조차 하지 않았던 것은 수년 전 지역 예술회관을 찾았을 때 느꼈던 불편과 불쾌한 감정들이 너무 강렬했기 때문이다.

길었던 입원 생활을 마치고 집으로 돌아온 지 일 년쯤 되었을 때의 일이다. 재활치료를 받기 위해 병원에 오갈 때마다 무심코 지나치던 예술회관에 내걸린 현수막이 새삼스레 눈에 들어왔다. 예술회관에서 상연 예정인 뮤지컬의 홍보 현수막이었다. 문득, 사고 전 마지막으로 본 뮤지컬이 떠올랐다. 그해 삼월 세종문화회관 대극장에서 상연된 작품이었다. 대극장 안을 가득 메웠던 음악과 배우들이 뿜어내던 열기가 떠오르자 가슴이 뜨거워졌다. 소도시의 예술회관에서 상연되는 작은 공연이었지만, 그래도 어쩌면, 다시 한번 그날의 열기를 느껴볼 수 있지 않을까 하는 기대감이 피어올랐다. 그 자리에서 바로 표를 예매했다. 휠체어를 사용하는 장애인임을 밝히고 장애인 주차구역과 공연장 내의 장애인석, 엘리베이터 설치 여부, 장애인 화장실 유무 등 장애인 편의시설이 제대로 갖추어져 있는지 확인하는 것도 잊지 않았다. 목적지에 대한 사전지식 없이 외출했다가 장애인 편의시설이 없어서 겪어야 했던 낭패를 다시 겪고 싶지는 않았다.

드디어 공연 당일이 되었다. 일찍부터 서두른 덕에 예술회관에 도착했을 땐 공연 시작 시간까지 한 시간 가까이 남아 있었다. 드물게 청명한 하늘에 만개한 벚꽃, 사방에서 흩날리는 꽃잎까지, 모든 것이 마음에 꼭 들었다. 지하주차장에 진입해 장애인 전용 주차구역마다 불법주차되어 있는 비장애인들의 차를 발견하기 전까지는 말이다. 나와 같은 휠체어 사용자는 장애인 전용 주차구역이 아닌 곳에서는 하차가 불가능하다. 일반 주차구역 두 칸을 차지하거나, 그마저 여의치 않으면 차들이 오가는 통행로에서 하차하는 위험을 감수하는 수밖에 없다. 결국 그날도 나는 통행로에서 하차한 뒤 엄마가 일반 주차구역에 주차를 마칠 때까지 기다려야만 했다. 하차를 하는 동안 두어 대의 차가 날카로운 경적을 울리며 지나쳐갔고 그때마다 난 죄지은 사람처럼 움츠러들었다. 주차를 마치고 온 엄마와 함께 공연장으로 올라가기 위해 건물 내부로 통하는 입구로 갔다. 그런데 건물 내부로 통하는 입구 어디에서도 승강기는 찾을 수 없었다.

하는 수 없이 예술회관으로 전화를 걸었다. 사정을 설명하며 승강기의 위치를 묻자 전화를 받은 직원은 생각지도 못한 대답을 들려주었다. 승강기가 지하주차장까지는 내려오지 않는다는 것이었다. 사전에 문의할 땐 듣지 못한 정보였다. 지하주차장에 장애인 전용 주차구역을 만들어놓았으면서 어떻게 승강기가 내려오지 않을 수 있느냐고 물었지만 직원은 지하주차장과 연결된 승강기는 없다는 대답만 반복했다. 나는 치미는 화를 억누르며 내가 이제 어떻게 해야 할지를 물었다. 직원은 다소 딱딱한 어투로 차를 빼서 지상주차장으로 올라오라고 했다. 별수없이 차들이 오가는 통행로에서 승차하는 위험을 또 한번 감수해야 했다. 그렇게 애를 써서 지상주차장으로 올라왔지만, 지상주차장의 입구는 쇠사슬로 봉쇄되어 있었다. 결국 다시 전화를 걸었고 예술회관 직원이 직접 나와서 주차장 입구에 친 쇠사슬을 걷어줄 때까지 기다려야 했다. 공연 시작 시간까지는 삼십 분이 채 남아 있지 않았다. 비장애인들과는 달리 승하차나 이동에 시간이 오래 걸리는 탓에 서둘러야 했다. 우리는 텅 빈 지상주차장의 장애인 전용 주차구역에 주차를 마치고 다시 하차한 뒤에야 예술회관 안으로 들어갈 수 있었다. 하지만 문제는 거기서 끝나지 않았다.

우리가 들어간 곳에는 승강기가 없었다. 예매한 표를 찾기 위해 중앙홀로 가려면 넓고 긴 계단을 올라가야만 했는데, 그 계단에는 휠체어 리프트도 설치되어 있지 않았다. 나는 또다시 사무실에 전화를 걸었다. 다시 나타난 직원의 안내를 받아 건물에서 빠져나온 뒤 건물 밖으로 빙 돌아 정문을 통해서야 중앙홀에 도착할 수 있었다. 사전에 제대로 설명을 해주었거나 안내 표지판만 세워놓았어도 그런 혼란은 없었을 터였다. 우리는 공연장에 들어가기 전 장애인 화장실에 들러 소변주머니를 비우려던 계획을 포기한 채 숨 돌릴 틈도 없이 표를 찾아 공연장 안으로 들어갈 수밖에 없었다. 공연 시작 시간이 임박한 탓이었다. 그런데 어렵게 찾아 들어간 공연장 안에선 또다른 문제가 기다리고 있었다.

이번에는 장애인석에 잔뜩 쌓여 있는 짐들이 문제였다. 아무리 이용자가 적기로서니 어떻게 공연장 내부의 좌석에 짐들을 방치해놓을 수 있는지, 그쯤 되자 장애를 가진 것이 나인지, 아니면 나를 둘러싼 세상인지 헷갈릴 지경이었다. 결국 나는 안내 직원과 엄마가 함께 공연이 시작된 뒤까지 대충 치워준 통로 쪽 장애인석에 자리를 잡고 여전히 잔뜩 쌓여 있는 짐에 반쯤 기댄 채 공연을 관람해야 했다. 엄마 역시 예매했던 좌석이 아닌, 나와 멀찌감치 떨어진 뒷자리 아무 곳에나 앉을 수밖에 없었다. 수 년 만에 보는 뮤지컬이었지만, 그날 공연을 보는 내내 나는 아무런 감흥도 느낄 수 없었다. 감흥은커녕, 마치 세상이 내게 차갑게 등을 돌린 것만 같다는 생각이 들었다. 그리고 잘못한 것도 없이 부당한 대우를 받은 것처럼 억울했다. 가벼운 마음으로 극장에 영화를 보러 갔다가 뜻하지 않게 겪은 불편이나 불쾌는 더 말할 것도 없었다. 그런 감정들이 쌓이고 쌓여서 나를 점점 집안에만 가둬놓았던 것이다. 아무튼 난 그런 나쁜 기억들을 애써 떨쳐내고 새로운 봄, 드디어 다시 시도할 용기를 냈다.

벌써 여름이 오는 건가 싶게 화창하던 날씨는 약속한 날이 다가오자 달라지기 시작했다. 약속을 취소해야 하는 게 아닐까 싶을 만큼 좋지 않은 날씨가 한동안 이어졌다. 여행을 앞둔 사람처럼 일기예보의 변화에 촉각을 곤두세웠다. 나중엔 시간만 나면 날씨 어플을 들여다보며 히죽거리다 징징대길 반복해서 엄마의 걱정을 샀을 정도다.

드디어 약속한 날이 되었다. 다행히 비는 내리지 않았지만 구름은 무거워 보였고 바람도 찼다. 교통약자 이동지원차량을 타고 인덕원역에서 하차하자 바람이 심하게 불고 있었다. 엄마의 조언을 무시하고 얇은 봄 원피스를 입고 나온 터라 추위에 오들오들 떨며 친구를 기다려야 했다. 잠시 후 친구가 도착했고, 우리는 승강기를 타고 역으로 내려갔다. 다행스럽게도 인덕원역에는 승강기가 승강장까지 연결되어 있어서 불편함 없이 내려갈 수 있었다. 지하철이 도착하길 기다리며, 우리는 지하철 이용이 생각했던 것보다 편리하다는 이야기를 나누었다. 나는 이런 식이면 나 혼자서 휠체어를 타고 친구들이 있는 서울까지 가는 것도 문제가 없을 것 같다며 좋아하기도 했다. 지하철에 탑승하자 지하철 안의 사람들이 흘끔흘끔 훔쳐보는 시선이 느껴졌지만 상관없다고 생각했다. 나는 그저 앞으로 혼자서 지하철을 타고 어디든 다닐 수 있을 거라는 생각만으로도 절로 신이 났다. 그러나 나의 기대는 하차할 역에 도착해 지하철 문이 열리는 순간 산산이 깨지고 말았다. 내가 타고 있는 수전동휠체어가 통과하기에는 지하철 문과 승강장 사이의 거리가 너무 멀었던 것이다. 걷는 사람들에겐 발이 빠지지 않도록 주의해서 건너면 그만일 그 틈이, 휠체어를 탄 내게는 앞바퀴가 빠져 휠체어에서 떨어질 수도 있을, 그래서 2차 장애를 입을 위험성이 충분할 만큼 위험했다. 친구도 나도 당황해서 우왕좌왕하는 사이 지하철 문이 닫혀버렸다.

"와, 문이 너무 빨리 닫힌다. 몸 불편한 사람들은 어쩌라고 이렇게 빨리 닫히는 거야?"

친구가 말했다. 공연히 얼굴이 달아오르고 식은땀이 흘렀다. 내려야 할 역을 지나쳐버렸다는 생각 때문이었을 것이다. 다행히 나보다 침착하고 요령 있는 친구는 다음 역에서 내 휠체어를 뒤로 기울여 앞바퀴를 든 다음 휠체어를 밀어 나 혼자서는 건너기 힘든 간극을 건너갈 수 있도록 도와주었다. 어쩌다보니 한 정거장을 더 가서 내린 우리는 승강기를 찾아 다시 한번 더 우왕좌왕한 끝에 건너편 승강장으로 이동할 수 있었다. 잠시 후 반대방향으로 가는 지하철이 도착했고, 이번에도 너무 넓은 지하철과 승강장 사이의 틈을 친구의 도움을 받아 넘어설 수 있었다. 그렇게 현대미술관이 있는 대공원역에 하차하고 났을 땐 전시회고 뭐고 진이 다 빠져버린 후였다.

친구 덕분에 무사히 건널 수 있었지만, 나 혼자서는 건너기 힘든 간극과 마주할 때마다 한껏 의기소침해져버렸다. 겨우 십여 센티미터의 그 틈이, 여차하면 내 삶을 집어삼키고 말 크레바

스라도 되는 양 절망스러운 기분마저 들었다. 후에 나보다 오래 장애를 가진 채 살아왔고 대중교통 이용도 많이 해본 선배 장애인은 승하차 역마다 미리 연락해서 타고 내릴 때 역무원의 도움을 받을 수 있다고 조언해주었다. 그러나 매번 하차할 역에 시간 맞춰 전화해 승강장으로 역무원을 불러 하차하는 것도 보통 일은 아닐 듯했다.

대공원으로 들어서자 잘 단장된 길이 펼쳐졌다. 무너져내린 곳 하나 없고 휠체어로 가기 힘든 턱도 없었다. 조금 전까지 틈과 턱에 치여 우왕좌왕하던 나는 어리둥절할 지경이었다. 이렇게 잘 만들 수도 있는데, 왜 다른 곳은 이렇게 만들지 못할까 의문이 들었다. 의기소침해진 마음을 애써 털어내고 대공원역에서 합류한 친구와 수다를 떨며 잘 단장된 길을 휠체어를 타고 산책하듯 걸었다(이제 내 발은 휠체어 바퀴가 대신하고 있으니, 휠체어를 탄 채로 걷는다고 표현해도 될 듯하다). 흐린 날씨였지만 나들이 나온 사람들이 꽤 있었다. 비로소 마음이 편안해졌다.

그날 나는 정작 전시회보다는 잘 정비된 길을 친구들과 함께 바람을 쐬며 걸을 수 있었던 그 잠깐 동안의 시간이, 그 길 내내 끊이지 않았던 정다운 대화 같은 것들이 훨씬 더 좋았다. 리프트 승강장에 걸려 있던 알록달록한 우산들, 꽃은 졌지만 대신 잎이 무성해진 벚나무 길, 휠체어가 다니기에 아무런 불편함 없이 잘 정돈된 거리는 그전까지 내가 휠체어로 다녀야 했던 울퉁불

통한 인도, 휠체어 바퀴로 넘어서기엔 너무 높고 넓었던 턱과 틈, 어딜 가나 시선이 집중되는 나의 몸 같은 것들로 인해 쌓였던 피로감을 털어낼 수 있을 만큼 기꺼웠다. 사실, 전시 자체는 특별할 것이 없기도 했다. 코로나19로 인해 전시는 축소되었고 전시관도 휑했다. 물론 오래간만에 보는 작품들이 반갑기도 했지만 어째서인지 전시관 특유의 냄새에 머리가 아프고 가슴이 답답해서 중간중간 전시관을 벗어나 쉬어가며 전시를 돌아봐야 했다.

관람을 마치고 우리는 다시 대공원역으로 갔다. 이번에도 승강장과 지하철 사이의 넓은 틈을 친구의 도움으로 건너 지하철에 탑승할 수 있었다. 친구들은 애초 출발지였던 인덕원역으로 가서 간단히 저녁식사를 한 뒤, 내가 예약 차량을 타고 귀가하는 걸 지켜봐주겠다고 했다. 인덕원역에 도착해 지상으로 올라온 우리는 식사를 할 만한 식당들이 모여 있는 골목으로 향했다. 휠체어 생활을 시작한 후로 외식을 할 때 먹고 싶은 음식이 무엇인지가 우선적으로 고려되었던 적은 없다. 늘 턱이 없어 휠체어가 들어갈 수 있을 만한 식당을 찾는 것이 우선이었는데, 사실 그조차 녹록지 않을 때가 많았다. 이번에도 마찬가지였다. 우리는 무엇을 먹을지 의논도 하지 않은 채 휠체어가 들어갈 수 있는 식당 찾기에만 급급했다. 그러나 인덕원역 주변 상가지역에는 턱이 없는 식당이 거의 존재하지 않았다. 휠체어가 들어갈 수 있을 만한 경사의 경사로가 설치된 곳도 롯데리아 정도가 다였다. 그래도 모처럼 만의 외출인데 겨우 기성품 햄버거나 사먹고 헤어지기가 아쉬워서, 우리는 골목 안쪽으로 조금 더 들어가 살 만한 식당을 찾아보기로 했다. 그러나 안쪽으로 들어가도 사정은 나아지지 않았다. 하는 수 없이 턱이 낮은 곳 몇 군데를 골라 진입해보려 시도했다. 친구가 내 휠체어를 뒤로 기울여 앞바퀴를 턱에 걸친 다음 휠체어를 들어올리는 방식이었는데, 그러려면 일단 앞바퀴를 턱에 걸칠 수 있어야 했다. 그러나 턱들은 번번이 그보다 높아 우리 힘으로는 시도조차 해볼 수가 없었다. 날은 이미 어두워지기 시작했고 바람도 차졌다. 결국 포기해야 하나 싶은 순간 발견한 닭갈비집에서 우리는 한번 더 진입을 시도해보았다. 하지만 이번에도 역시 앞바퀴가 턱에 잘 걸쳐지지 않았다. 다 관두고 햄버거나 먹자는 말이 턱밑까지 올라왔다. 그 순간, 식당 안에서 우리 모습을 지켜보고 있던 남자 손님들이 밖으로 나와 휠체어를 들어올릴 수 있도록 도와주었다. 우리는 남자 손님들의 도움을 받고서야 간신히 식당 안으로 들어갈 수 있었다.

식사를 마치고 시간 맞춰 차량이 예약되어 있는 장소로 자리를 옮겼다. 나는 친구들의 배웅을 받으며 무사히 집으로 돌아올 수 있었다. 병원 진료를 제외하고는 엄마 없이 한 첫번째 외출이었다. 더구나 십여 년 만에 지하철도 탔고 미술관에 가서 전시회도 관람했으며 낯선 장소에서 식당을 찾아 헤매기도 했다. 물론 그 과정에서 상처받고 실망하기도 했다. 다시 또 비슷한 시도를 할 수 있을까를 생각하면 솔직히 까마득했다. 그러나 결과적으로 그 모든 과정을 무사히 해냈다는 사실이 더 중요하게 느껴졌다. 그뒤로 이틀간은 꼼짝없이 누워 앓았다. 앓는 동안 이불을 들쓰고 그날의 경험들을 되짚어보았다. 며칠 더 앓아눕는다 해도 조금도 아깝지 않을 경험이었다는 생각이 들었다. 물론, 너무 넓어서 혼자서는 건널 수 없었던 지하철과 승강장 사이의 틈과 친구들의 도움을 받아도 올라갈 수 없었던 턱, 경사도가 급해 올라갈 엄두도 나지 않던 경사로 같은 것들이 아니었다면 더없이 좋았을 것이다. 그러나 이미 존재하는 것들로 더이상 나를 묶어두지 말아야겠다는 생각이 들었다. 어쨌거나 나는 다시 세상으로 나가고 싶었다. 무수한 턱들을 앞세워 사회가 아무리 나를 밀어낸다 해도 나는 여전히 세상 속, 사람들 틈에 있고 싶었다. ✿

장애인은 쉽게 가르침의 대상이 된다

어느 날 함께 입원해 있던 친구와 나란히 담배를 피우며 이야기를 나누고 있었다. 그림자가 길게 늘어지는 시간이었다. 돌이켜보면, 한숨밖에 나오지 않던 시절이었다. 그즈음 나는 재활이란 다시 걷기 위한 치료가 아니라는 사실을 인정할 수밖에 없었다. 그런데 그걸 인정하고 나자 휠체어 생활에 점점 익숙해지는 스스로를 견디기 힘들었다. 손상 등급이나 사고 시기가 나와 비슷한 친구 역시 마찬가지일 터였다. 게다가 그에겐 사랑하는 아내와 한창 사춘기인 아이들이 있었다. 한 가정을 책임지고 있던 그에게는 혼자 몸인 나와는 또다른 좌절과 고통이 있었을 것이다. 가정을 꾸려본 경험이 없는 나로서는 친구의 고민을 안타까운 마음으로 들어주는 것 외엔 할 수 있는 일이 없었다. 그에게 도움이 될 만한 위로를 해주지 못해 미안할 따름이었다. 우리는 그렇게 주거니 받거니 한숨만 내쉬고 있었다.

담배 한 대가 다 타들어갈 무렵이었다. 우리를 스쳐지나갔던 한 할아버지가 굳이 걸음을 되돌려 우리에게로 다가왔다. 그러곤 혀를 끌끌 차기 시작했다.

"아니, 몸도 성치 않은 사람들이 이렇게 담배를 피우면 쓰나!"

할아버지는 짐짓 근엄한 표정으로 호통 비슷한 훈계를 늘어놓더니 구부정한 허리를 짚고 선 채로 우리를 빤히 내려다봤다. 할아버지의 다른 한 손에선 담배가 타들어가고 있었다. 어이가 없었지만 나로서는 갑작스러운 상황에 당황하기도 했고 연세 지긋한 할아버지에게 대놓고 화를 내기도 민망해 아무 대꾸도 하지 못했다. 우리가 있던 곳은 흡연이 가능한 구역이었다. 또, 당시 나와 친구는 아무리 봐도 미성년자 같아 보이지는 않는 외모였다. 만약 우리가 휠체어에 앉아 있지 않았다면 그 할아버지가 우리에게 호통을 치거나 혀를 차는 일은 없었을 거란 생각이 들었다. 그러자 비로소 화가 나기 시작했다. 뭐라도 한소리 해야겠다 싶어 입을 떼려는데 친구가 먼저 말했다.

"할아버지보다 건강하니까 신경쓰지 말고 가던 길이나 가세요."

담배를 비벼 끈 친구는 아예 휠체어까지 돌려세워 할아버지를 똑바로 마주보았다. 뜻밖의 반응에 당황했는지, 할아버지는 서둘러 걸음을 옮겼다.

"하여간 별 참견들을 다 한다니까. 사람이 이 꼴로 있으니까 우습게 보이는 거야 뭐야!"

친구는 그전까지 본 적 없는 무서운 표정으로 일갈했다.

"그러게 말이에요. 왜들 저러는지 알 수가 없네. 그냥 신경쓰지 말아요."

친구의 화를 가라앉혀보려 몇 마디 거들었다. 친구는 담배를 한 대 더 피워 물었다. 나는 친구가 담배를 다 피울 동안 그 옆에서 몇 마디 더 보태며 상한 마음을 다독였다. 누군가는 자격지심이라고 할지도 모르겠지만, 나는 지금도 그때 그런 일이 일어난 것은 우리가 휠체어를 타는 사람들이기 때문이라고 믿고 있다. 혹시 나 혼자였다면 내가 젊은 여자였기 때문에 그런 일이 생긴 거라고 생각할 수도 있겠지만, 사십대 남성인 친구가 함께였으므로 나로선 그렇게 생각할 수밖에 없었다.

휠체어 생활을 하는 친구 셋과 오랜만에 맥줏집에서 만나 맥주를 마시던 날에도 그랬다. 각자 바쁘고 이동이 수월치 않다보니 자주 만나지 못해 더 반가운 친구들이었다. 우리는 만남 전부터 단톡방을 열어 약속 장소를 정하는 데 신경을 썼다. 휠체어 진입 자체가 어려운 곳도 많았고 설사 휠체어 진입이 가능하다 해도 휠체어 넉 대에 동행인들까지 한꺼번에 들어가서 식사든 뭐든 하자면 여러모로 불편해지는 상황이라는 걸 경험으로 알고 있었기 때문이다. 우리는 긴 의견 교환 끝에 휠체어 진입이 가능하고 테이블 간격도 넓은 편인 시내의 한 대형 맥줏집으로 약속 장소를 정했다.

오랜만에 만난 우리는 그 맥줏집에 모인 다른 사람들처럼 기분좋게 먹고 마시고 깔깔대며 즐거운 시간을 보내고 있었다. 먹고 마셨다고는 해도 모두 휠체어에 앉아 있는 처지다보니 생각처럼 마음껏 마실 수는 없었다. 그저 다른 사람들처럼 조금씩 들뜬 기분으로 잔을 부딪치며 거듭 건배를 외치는 정도였다. 간혹 지나치게 빤히 쳐다보는 사람들의 시선이 불편하긴 했지만 그래도 우리끼리는 참 좋았다. 그런데 내 뒤편 테이블에 앉아 있던 남자 하나가 벌떡 일어나더니 화를 내기 시작했다.

“몸도 정상이 아닌 사람들이 왜 술집에 몰려와서 떠들고 난리야. 가뜩이나 시끄러워 죽겠는데!”

우리 일행이 다른 사람들보다 지나치게 떠들었다고 생각하지도 않았지만, 설령 그랬다 해도 얼마든지 좋은 말로 조용히 해달라고 요청할 수 있는 일이었다. 게다가 남자는 거기에서 그치지 않고 도무지 이해할 수 없는 말을 늘어놓기 시작했다.

"아픈 사람들이 술이나 퍼마시고 말이야. 그러면 되겠어? 보기도 안 좋잖아, 보기도. 다른 사람들 생각도 좀 해줘야지, 몰려다니며 민폐나 끼치고, 뭐하는 거야!"

아무리 술에 취한 사람의 말이라 해도 참기 힘들었다. 아니나 다를까 친구들 중 몇이 격분하며 반발했다. 남자의 일행들이 나서서 사과하며 남자를 말리지 않았다면 자칫 싸움으로 번졌을지도 모를 일이었다. 그랬다면 우리 모두에게 더할 수 없이 끔찍한 날이 되었을 테고 말이다. 기분을 망친 우리는 맥줏집에서 나와 잠시 헤매다 어느 카페로 자리를 옮겼다. 그리고 누가 먼저랄 것도 없이 조금 전의 경우와 비슷한 경험담들을 꺼내놓으며 함께 속상해했다. 카페에서도 우리가 들어설 때부터 끊임없이 흘끔대거나 꽤나 긴 시간 동안 빤히 쳐다보는 사람들이 없지 않았다.

도대체 그 남자는 무슨 생각으로 그런 무례한 말을 했던 걸까. 일단 우리는 아픈 사람들이 아니었다. 단지 두 다리 대신 휠체어를 사용하는 사람들일 뿐, 우리들 중 다른 병을 앓고 있는 이는 없었다. 장애는 병이 아니라 어떤 사람의 정체성을 결정짓는 다양한 특질 중 하나에 불과하다. 게다가 보기 안 좋다니. 그런 끔찍한 혐오의 말이 어디 있단 말인가. 상식적인 사람이라면 도무지 상상할 수 없는 상황이겠지만, 실제로 우리는 이런 황당한 경험을 적잖이 하게 된다.

대중교통을 이용하는 친구들의 이야기를 들어보면 그 정도와 빈도는 훨씬 심각했다. 사람이 붐비는 출퇴근 시간에는 대중교통 이용을 자제하라는, 충고인지 경고인지 모를 소리를 출근길에 종종 듣곤 한다는 얘기를 들었을 때는 말문이 막힐 지경이었다. 사람들은 휠체어에 앉아 있는 이들도 자신들과 똑같이 사회생활을 하고 있을 거라고 생각하지 않을 때가 종종 있다. 심지어 평범한 사회에서 존재 자체를 지우려 들기도 한다. 식당이나 카페에 가서 음식값을 결제할 때 카드를 낸 나를 제쳐두고 동행한 가족이나 지인에게 내 카드를 돌려주며 감사인사를 하는 경우는 나 역시 종종 겪는 일이다. 나는 그 사람들이 악의를 가지고 그런 행동을 했을 거라고는 생각하지 않는다. 실제로 그들 중에는 아주 친절하게 도움의 손길을 내미는 경우도 적지 않았다. 하지만 그들이 무심결에 드러내는 잘못된 인식으로 인해 누군가는 끊임없이 상처 입는다. 내가 의도치 않았어도 누군가에게 상처를 주는 태도나 언어가 있다면 스스로 고치기 위해 노력해야 하지 않을까. 내가 아무리 선의를 가진 보통의 사람이라고 해도 누군가를 배제하고 아프게 한다면 그것은 차별이고 혐오일 수 있다. ✿

내 아픔을 아는 사람들

사고 후 대학병원에서 몇 차례의 수술과 치료를 마친 다음부터 재활병원을 옮겨다니며 이 년여를 보냈다. 입원 대기 기간 때문에 대학병원에서 안양의 요양병원으로, 거기서 다시 서울의 재활병원으로, 다시 안양으로, 또다시 부천으로 서너 군데의 병원을 전전해야 했다. 당시만 해도 나와 같은 척수장애를 전문으로 다루는 병원이 그리 많지 않았다. 그래서 몇 안 되는 척수장애 전문 재활병원엔 사람이 몰릴 수밖에 없었다. 적게는 몇 주에서 길게는 몇 달씩 입원 대기가 걸려 있기도 했다. 다행히 젊은 척수 장애인들에게 필수 코스처럼 여겨지는 신촌의 세브란스 재활병원과 부천의 재활병원에 입원해 있을 수 있었다. 힘든 재활 과정이었지만, 비슷한 처지의 젊은 사람들이 모여 있다보니 나름대로 재미있는 일도 적지 않았다.

재활병원의 일상은, 당연한 일이지만 재활에 초점이 맞춰져 있다. 아침에 일어나 식사를 마치면 치료 시작 전까지 손발자전거를 타거나 스트레칭 등을 하며 본격적인 운동치료를 위해 몸을 풀었다. 치료가 시작되는 아홉시가 되면 각 삼십 분간의 치료 스케줄에 맞춰 환자와 보호자가 2인 1조로 바삐 움직였다. 휠체어를 탄 사람과 휠체어를 미는 사람들이 각자의 병실에서 쏟아져나와 또 각자 치료가 예정되어 있는 매트를 향해 맹렬히 달려가는, 그러면서도 결코 서로 부딪치지는 않는 모습은 아슬아슬하다못해 어딘가 기묘해 보일 지경이었다. 이 기묘한 장면은 삼십 분에 한 번, 각각의 치료가 끝날 때마다 반복되었다.

오전 치료가 끝나면 각자 병실에서 배식 나온 점심을 먹었고 점심시간이 끝나면 다시 오후 치료가 시작되었다. 모든 일과가 끝나면 녹초가 되기 일쑤였지만 저녁식사를 마친 사람들은 다시 병실 밖으로 몰려나갔다. 경쟁적으로 매트나 손발자전거, 기립기 등 운동기구를 차지하기 위해서였는데, 경쟁에서 승리하기 위해서 식사는 물론 뒷마무리까지 아주 빠르게 해치워야 했다. 운좋게 매트나 운동기구를 차지한 사람들은 또다시 보호자(간병을 해주는 가족이나 급여를 주고 고용한 전문 간병사)와 2인 1조가 되어 마사지나 스트레칭으로 몸을 푼 뒤 개인운동을 시작했다. 매트나 운동기구를 맡지 못하면 다음 차례가 돌아오길 기다릴 수밖에 없기 때문에 경쟁은 꽤나 치열했다. 가끔 한 사람이 너무 오래 차지하고 있어 다툼이 일어나기도 했다.

재활이라는 게, 장애를 입은 몸으로 일상에 다시 적응하는 것을 목표로 한다는 걸 알고는 있었지만, 병원에 있는 대부분의 환자들과 그 가족들의 내심에는 열심히 재활하다보면 기적이 일어나지 않을까 하는 기대가 없지 않았다. 저녁 운동시간에 그런 기적의 사례들에 대한 정보를 서로 나누며 우리라고 그런 기적을 맞이하지 말란 법 없지 않느냐며 의지를 다지는 광경을 수도 없이 목격했다. 내가 들어본 기적의 사례 중 가장 믿기 힘들었던 것은 하반신 완전마비 판정을 받았던 남자가 칠 년 동안 매일 네 시간씩 발가락을 노려보며 '움직여라, 움직여라, 움직여라……' 하고 주문을 외운 끝에 기적적으로 발가락이 움직였고, 이후 훈련을 거듭해 다시 걸을 수 있게 되었다는 얘기였다. 그 일이 누군가에게 실제로 일어난 일이라면 정말이지 축하할 일이겠지만, 나로서는 좀처럼 믿기지 않는 이야기여서 아직까지도 가장 황당했던 기적 사례담으로 기억하고 있다(그런데 사실은 나도 그 얘기를 들은 뒤로 발가락을 노려보며 '움직여라, 발가락' 하고 주문을 외워 보았다). 이렇게, 장애 당사자나 그 가족들은 기적에 기대하는 바가 큰 만큼 재활운동에 대한 열성 또한 대단했다. 나처럼 '기적이고 뭐고 의사가 안 된다고 했으면 안 되는 거지, 그딴 거짓말이 사실일 리 없다'고 생각하게 된 사람들이나 꾀도 부리고 몰려다니며 각종 말썽을 일으켰지, 대부분의 사람들은 성실하게 제

할 일들을 해냈다.

하반신이 마비되면 그냥 걷지 못하게 되는 게 아니라 몸의 중심 자체를 모두 잃게 된다. 갓 태어난 아기가 맨 처음 고개를 가누고 몸을 뒤집고 기고 앉고 붙잡고 일어서다 드디어 첫걸음을 떼어놓듯이, 마비 환자들도 수술 후 마취에서 깨어난 뒤 맨 처음 목을 가누고 몸을 좌우로 뒤집고, 앉고, 앉은 몸을 들어올릴 힘이 생기면 드디어 두 다리를 대신할 휠체어로 옮겨 앉는 방법을 배우게 된다. 수술을 마치고 첫 재활치료를 받게 된 날, 재활치료실에 침대 채로 옮겨진 내가 가장 먼저 배운 것은 침대의 안전바를 붙잡고 옆으로 돌아눕는 것이었다. 그 정도도 마음대로 되지 않아 퍽 힘들어했던 기억이 난다. 수술 부위가 거의 회복되고 드디어 침대에서 벗어나 매트로 옮겨지고 나서 맨 처음 배운 것은 양팔을 크게 휘둘러 몸을 옆으로 돌려 뉘는 일이었다. 너무나 당연하게 돌아눕던 과거와는 달리 몸의 움직임 하나하나에 신경을 곤두세운 채 팔을 휘둘러 그 반동을 이용해야 하는 일은 생각보다 어려웠다. 몇 번의 실패 끝에 돌아눕는 데 성공하게 된 뒤로는 치료시간 내내 몸을 좌우로 굴리는 동작을 반복해서 익혔다. 그다음으로는 팔을 휘둘러 돌아누운 상태에서 두 손으로 바닥을 짚고 몸을 일으켜 앉는 법을 배웠다. 수많은 실패 끝에 마침내 내 힘으로 일어나 앉았을 때의 감격은 이루 말로 다 할 수 없을 정도였다. 내 힘으로 일어나 앉은 게 도대체 얼마 만이었는지, 처음 일어나 앉은 순간엔 너무 놀라 바닥을 짚은 손을 뗐다가 그대로 넘어가고 말았다. 그 바람에 이 매트 저 매트에서 환자들을 치료하던 치료사 선생님들이 단체로 뛰어오는 소동이 일어나기도 했다.

"손을 떼니까 넘어가네요?"

선생님들도 놀랐겠지만 누구보다 놀랐던 내가 괜찮으냐고 묻는 담당 치료사에게 멋쩍게 웃으며 건넨 말이었다. 바닥을 짚은 손을 뗐다고 몸이 통나무처럼 넘어가버리는 게 어이없고 당황스러우면서 의도치 않게 주의를 끈 사실이 창피하기도 했다. 바닥을 짚은 손을 떼고도 넘어가지 않기까지는 또 여러 시간 동안 몸의 중심을 찾는 훈련을 받아야 했다. 그렇게 힘들게 바닥에서 손을 뗐지만, 그 손을 가슴께까지만 올려도 또다시 넘어가기 일쑤였다. 아니면 작은 공 하나만 집어도 도로 중심을 놓치고 말았다. 그러니 앉아서 팔을 마음대로 움직이기 위해서, 또 공 같은 물체를 집어올리기 위해서도 계속해서 훈련을 받아야 했다. 야구공만한 고무공을 들고 손을 위아래로 마음대로 뻗쳐도 끄떡없게 된 후엔 그걸 던져 치료사와 주고받는 훈련을 했다. 그게 가능해지기까지 며칠의 시간이 더 필요했고 공의 크기가 점점 더 커지다 마지막으로 커다란 짐볼을 던지고 받을 수 있게 되기까지는 정말 쉽지 않은 훈련의 시간을 거쳐야 했다. 그렇게 훈련에 훈련을 거듭해 양팔로 내 몸을 들어올린 채 중심을 잡을 수 있게 되었을 때, 비로소 휠체어로 옮겨 앉는 연습을 시작할 수 있었다. 물론 지금처럼 혼자서 휠체어로 옮겨 앉기까지는 또 긴 훈련의 과정이 필요했다.

이렇게 숨막히게 반복되는 치료와 운동 사이에서 거의 유일하게 진심으로 기분좋았던 시간이 치료사 선생님과 함께 탁구나 배드민턴을 치는 시간이었다. 기본 치료가 끝나면 훈련을 게임처럼 만들어서 운동을 계속할 수 있도록 배려해주는 치료사 선생님이 있었다. 그 선생님에게 치료를 받을 수 있어서 행운이었다고 지금까지도 생각하고 있을 만큼 그의 게임 치료는 즐겁고 신이 났다. 치료 매트가 즐비한 치료실 내에서 이뤄지는 운동이었기 때문에 정식으로 탁구대를 놓고 친 건 아니었다. 그저 탁구채나 배드민턴 라켓으로 셔틀콕을 쳐서 주고받는 방식이었는데, 가끔은 가상의 라인을 정해놓고 점수를 내서 진 사람이 음료수나 아이스크림을 사는 내기도 했다. 라켓으로 셔틀콕을 힘껏 치다보면 가슴속까지 시원해져서 좋았다. 지금도 가끔 답답할 때면 그때 치료실을 팡팡 울리던 셔틀콕 소리가 그리워진다. 그래서 복지관에서 진행하는 탁구나 배드민턴 교육을 찾아보며 정식으로 배워볼까 몇 번 고민하기도 했는데, 업무시간과 겹치는 등 시간이 잘 맞지 않아 매번 포기해야 했다.

함께 탁구나 배드민턴을 쳐주던 그 치료사 선생님은 근력운동을 유독 힘들어하는 나를 위해 함께 여러 궁리를 해주었다. 중심을 잡은 채로 활발히 움직일 수 있도록 탁구채로 셔틀콕을 때리는 운동을 하게 해준 것도 그렇고, 언젠간 등근육 운동을 하기 싫어하는 내게 매트 밖으로 상체를 내놓고 허리와 등에 힘을 줘 상체를 유지한 채 바닥에 앉은 치료사 선생님과 함께 화투를 치도록 했다. 지루하고 힘들기만 한 치료시간이 언제 흘러가는지도 모르게 만드는 비상한 능력을 가진 이였다. 나이도 어린 그가 환자들이 즐겁게 운동할 수 있도록 그런 게임들을 궁리해내기까지 얼마나 마음을 썼을지, 지금 생각해봐도 참으로 고마운 일이다.

양팔은 쓸 수 있는 상태였기 때문에 운동치료가 주가 되긴 했지만 일상생활 적응 훈련도 받아야 했다. 이를테면, 혼자서 양말과 신발을 신는 법, 바지를 입고 벗는 법, 변기로 옮겨 앉는 법, 지금은 소용없게 되었지만 카테터로 소변을 빼는 법이나 혼자서 좌약을 넣고 대변을 보는 법 같은 것들이었다. 과장 조금 보태서 숨쉬는 것만 빼고 모두 다 새로 배워야 했다. 그러고 보면 재활병원의 치료사 선생님들은 도로 아기가 되어버린 사람들을 온전한 어른으로 키워 다시 사회로 돌려보내는 일을 하는 이들 같기도 하다.

재활병원에서의 이 년은 분명 나를 성장시켰다. 중도장애인의 삶에 적응하게 해주었고, 무엇보다 삶을 송두리째 집어삼킬 것 같았던 고통이 나만의 것은 아니라는 걸 알게 해주었다. 비슷한 고통을 겪고 있는 사람들끼리 모여서 복닥거리며 지내다보니, 도저히 견딜 수 없을 거라 믿었던 고통이 예사로 여겨졌던 것이다. 퇴원을 한 지 십 년이 가까워오지만 지금까지도 가끔씩 그 시절을 함께 보낸 이들을 만나 시간을 보내곤 한다. 서로의 생존을 확인하고 속속들이 이해하고 있는 아픔에 대해 이야기 나누는 것만으로도 너무나 큰 위로가 되는데, 아마도 가장 힘든 시기를 함께 건너왔다는 동질감이 우리들 사이에 있기 때문인 것 같다. 지금은 코로나19 방역지침을 따라야 해서 몇 년째 만나지 못하고 있지만, 다시 좋은 시절이 오면 모여서 단체로 휠체어를 힘차게 굴리며 휠체어가 들어갈 수 있는 식당이나 카페를 찾아 헤맬 것이다. 세상에 존재하는 수많은 턱 앞에서 함께 좌절하고 분노하겠지만 결국엔 극복하면서. ✿

2부

그간에
밀린 이야기들

달려라 1호

첫 조카가 태어나던 날엔 때아닌 함박눈이 펑펑 쏟아졌다. 삼월 하순, 이미 포근한 바람이 불어오던 때였다. 이제 막 태어난 아기의 얼굴을 처음 보았던 순간엔 가슴이 푹 주저앉으면서 다리에 힘이 풀려 휘청대고 말았다. 여린 입술을 달싹이며 꼬물거리는 아기가, 조금 전까지 이 세상에 존재하지 않았던 생명이, 내 눈앞에서 살아 숨쉬고 있다는 사실이 믿기지 않았다. 누구에게나 그렇겠지만 내게도 첫정이란 특별한 데가 있어서, 첫 조카를 떠올리면 아직도 가슴이 떨리고 마음 깊은 곳에서부터 알 수 없는 온기가 차오른다. 둘째 조카와 셋째 조카를 사랑하는 마음 역시 깊고 깊으니 누구를 더 사랑하고 덜 사랑하고의 문제는 아니고, 글쎄, 이걸 뭐라고 설명하면 좋을지 자식을 낳아 키워본 적 없는 나로서는 설명하기 힘들지만, 어쨌든 첫째 조카를 생각하면 조금은 다른 감정이 드는 것이 사실이다. 그런 아이가 자라 어느새 소녀가 되었다. 키와 발 사이즈는 이미 제 엄마보다 훌쩍 커버렸을 정도다.

소녀가 된 1호는 재잘재잘 잘 떠들던 어린 시절과는 달리 어딘가 모르게 데면데면해져서 함께 무언가를 하기보다는 저 혼자 말없이 핸드폰을 들여다보고 있는 시간이 훨씬 길어졌다. 그런 아이에게 이런저런 말을 걸어보기도 하는데, 요즘은 무슨 얘길 해도 반응이 영 시큰둥하다. 자연스러운 변화겠지만, 조금 서운해지는 것은 어쩔 수가 없다. 내가 이런데 배 아파 낳은 제 엄마는 오죽할까 싶기도 하고, 아이들이 자랄수록 주변 어른들도 함께 성장하지 않으면 곤란하겠구나 하는 생각도 든다.

아이가 초등학교 2학년이 막 되었을 때의 일이다. 주말 오후, 모두가 본가에 모여 식사를 한 후 이런저런 얘기를 나누던 중에 아이의 엄마인 올케가 근심스러운 얼굴로 아이 얘기를 꺼냈다.

"선생님이 그러시는데, 애가 시간만 나면 운동장에 나가서 달린대요. 애들이랑 같이 달릴 때는 드물고 대부분 혼자서 뛰어다닌다고 하네요. 왜 그러는지 모르겠어요. 혹시 친구 사귀는데 어려움이 있는 건 아닌가 하는 걱정이 들더라고요."

올케의 말에 아이가 혼자서 운동장을 달리는 모습을 떠올려 봤다. 가슴이 덜컥 내려앉았다. 혼자 달리는 아이라니. 왕따니 학폭이니 하는 말을 입에 담지 않아도 떠오르는 모습 자체가 외롭고 슬펐다. 나만 그런 생각을 한 것은 아니었는지, 곧 아이의 할머니, 할아버지, 아빠 할 것 없이 입을 모아 아이를 걱정하기 시작했다.

"학교생활에 문제가 있는 거 아니야?"

"요새 친구 못 사귀는 게 제일 큰 문제라던데."

"놀이터 같은 데서는 어때? 동네에서도 애들이랑 잘 못 어울려?"

"아니요. 처음 보는 애들이랑도 잘 어울려 놀아요. 친하게 지내는 친구도 적지 않은 편이고요."

"근데 학교에서는 왜 그러지?"

어른들이 걱정을 하고 있는 순간에도 아이는 제 동생과 함께 온 집안을 누비며 놀이에 열중하고 있었다. 아무리 봐도 밝고 건강하기만 한 아이였다. 아이는 우리 모두에게 처음을 선사했다. 첫 아이, 첫 손주, 첫 조카로 모두에게 처음이었던 아이는 넘치는 사랑 속에서 제 생각을 표현하는 데도 거침이 없었다. 글과 그림에도 또래보다 뛰어난 재주를 보여서 어른들을 흐뭇하게 해주었다. 그런 아이가 담임선생님의 걱정을 사는 문제 행동을 보이고 있다는 사실이 믿기지 않았다. 소아전문 상담사에게 상담을 받아봐야 하지 않겠느냐, 그러지 말고 친구들과 함께 놀라고 아이를 타일러보는 게 먼저다, 그러고 보니 애가 좀 유별난 데가 있는 것 같지 않느냐 등등 어른들끼리 이런저런 걱정과 묘안과 회의적인 의견 들을 늘어놓고 있는데, 문득, 아직 아이의 얘길 들어보지 않았다는 생각이 들었다. 아무리 어린아이라 해도 어떤 행동을 했을 땐 아이 나름의 이유가 있었을 텐데, 우리들 중 누구도 아이에게 그 이유에 대해 묻지 않았던 것이다. 모두의 말을 끊고 제 동생과 함께 그림 그리기에 열중하고 있는 아이를 불렀다. 아이는 스케치북을 가슴에 꼭 끌어안고 어른들이 모여 앉아 제 얘기로 열을 올리고 있던 거실로 나왔다.

"1호야, 고모가 궁금한 게 있는데 물어봐도 될까?"

"뭔데요?"

"선생님이 그러시는데, 1호가 쉬는 시간이나 급식 먹은 후에 혼자서 운동장에 나가 달리곤 한다던데, 정말 그래?"

"네."

"왜 그러는 거야?"

"뭐가요?"

"왜 다른 친구들처럼 다 같이 놀지 않고 혼자서 달리기를 하는 건지 궁금해서."

모두의 시선이 아이를 향했다. 우리 모두의 처음인 아이는 별 이상한 질문을 다 들어보겠다는 듯 고개를 갸웃거렸다. 그러곤 아주 짧게 대답했다.

"달리기를 좋아하니까요."

"아니, 왜 혼자서 달리냐고. 친구들이랑 같이 놀지 않고."

아이의 아빠가 답답하다는 듯 다시 물었다.

"친구들이랑 같이 놀 때도 많아요. 근데 달리기가 하고 싶을 땐 달리기를 해야 하잖아요."

아이의 대답에 가장 먼저 웃음을 터뜨린 건 아이의 할머니인 엄마였다.

"애가 에너지가 넘쳐서 그러는 걸 괜히 걱정했네. 하긴, 너희 고모도 어려선 노상 겅중겅중 뛰어다녔으니까. 나무는 또 얼마나 잘 탔게. 나무만 보면 기어이 올라가선 도무지 내려올 생각을 하지 않아서 애먹었다니까."

엄마의 말에 걱정으로 가득하던 가족들의 표정도 풀어졌다. 나는 여전히 걱정스러운 마음이 들기도 했지만 한편으론 아이의 대답에 가슴이 뛰었다. 달리기가 하고 싶을 땐 달리기를 해야 한다니. 그 단순하고도 중요한 진리를 아이는 몸소 실천하고 있었던 것이다. 아이의 맑은 눈을 지그시 들여다보았다. 아이는 어느새 할머니가 들려주는 고모와 아빠의 말썽꾸러기 시절 이야기에 푹 빠져 있었다.

그날, 나는 집으로 돌아오기 전에 아이를 꼭 끌어안은 채 속삭였다.

"고모는 앞으로도 1호가 달리고 싶을 땐 달리는 사람이었으면 좋겠어."

아이가 까만 눈동자를 반짝이며 고개를 끄덕였다. 물론 그 얘기를 하던 순간에도 나는 이런저런 걱정에서 아주 놓여나지는 못하고 있었다. 아이가 달릴 세상에 대해 내가 잘 모르고 있을지도 모른다는 생각 때문이었다. 하지만 그보다는 아이가 원할 때 달릴 줄 아는 아이라는 사실에 대한 안도감이 더 컸다. 그리고 가능하면 오래, 아이가 그 마음을 잊지 않았으면 좋겠다고 생각했다.

나도 한때는 달리고 싶을 때 달릴 줄 아는 아이였다. 거침없이 산과 들을 뛰어다니고 내 키보다 몇 배나 높은 나무를 겁없이 기어오르던 시절의 마음을 어쩌다 잊게 되었는지 기억나지 않지만, 내게도 그런 시간이 분명히 있었다. 물론, 삼십여 년 전 내가 달리던 세상과 앞으로 아이가 달려야 할 세상은 많이 다를 것이다. 하지만 무엇을 원하는지 분명히 아는 사람이라면 설사 세상에 걸려 넘어져서 오래 일어나지 못하게 된다 해도 달리는 순간의 감각을 아주 잊어버리지는 않을 것이다. 그리고 거침없이 땅을 박차던 때의 감각을 기억하는 한, 언제든 다시 달리기를 시작할 수 있을 것이다.

소녀가 된 아이는 여전히 경중경중 뛰어다니기를 좋아한다. 친구들과 함께 오늘만 사는 아이처럼 뛰어놀 때도 있지만, 오래전 모두의 걱정을 사던 때처럼 혼자일 적도 많다. 어른들은 여전히 아이의 어떤 면에 대해선 걱정을 하고 어떤 면에는 안심을 하며 아이를 지켜보고 있다. 그러고 보면 흔들리는 것은 언제나 아이보다는 어른들이었던 것 같다. 내가 아이였을 적, 어른들은 얼마나 흔들리는 마음으로 나를 지켜보았을까. 이만큼 나이가 들어서야 그 불안했을 마음들이 조금이나마 가늠이 됐다. 이제 자라면서 아이는 점점 어른들에게 비밀이 많아질 것이다. 이성이든 동성이든 어른들이 생각하는 것보다 훨씬 진지한 관계들도 만들어나갈 테고, 그 관계 속에서 이리저리 치이며 아프게 성장할 것이다. 자라는 동안 내가 그랬듯 수도 없이 세상에 걸려 넘어질 것이고, 그때마다 좌절한 채 주저앉아 울지도 모른다. 어른들은 그런 아이의 모습에 번번이 흔들리고 대책 없이 허둥대겠지. 그렇게 아이는 달려 저만의 세상을 만들어나가고 아이가 만들어내는 새로운 세상에 조금씩 밀려나며 우리는 우리대로 그동안의 낡은 세상을 정리해나가는 것도 나쁘지 않겠다. ✿

마음을 보는 아이

주말 내내 복닥대던 조카들이 돌아가고 난 다음날 집안 곳곳에서 2호가 남기고 간 흔적들을 발견했다. 동전만한 크기의 그것은 캐릭터 그림을 정성껏 그려 오린 것이었다. 2호는 표정이 제각각인 그 캐릭터 그림들을 내 침대 옆 벽에, 서재 서랍의 칸칸에, 그동안 출간된 내 책들이 꽂힌 책장에, 그리고 책상 왼쪽 끝 모서리에 붙여두었다. 딱 2호처럼 작고 귀여운 그림이었다. 나는 지금껏 그 캐릭터 그림들을 하나도 떼어내지 않고 두었다. 그리고 작업 중간중간 그 그림들을 마치 2호 보듯 보면서 활자에 지친 눈을 쉬곤 한다. 종일 통증에 시달린 내 시선이 옮겨가는 곳마다 붙어 있는 그 그림들이 마치 고통을 어루만져주는 2호의 마음 같아서 떼어낼 수가 없었다.

캐릭터 그림뿐만이 아니었다. 아이들이 돌아가고 난 다음에 보면 정신없이 늘어놓고 사용하던 화장대 위와 서랍 속까지 말끔히 정리가 돼 있을 때가 많았다. 물어보지 않아도 2호가 한 일이라는 걸 알 수 있었다. 아이는 제 할머니가 청소를 할 때면 시키지 않아도 함께 걸레를 들고 책장을 닦는다거나 거울과 유리를 닦는다거나 하는 식으로 할머니를 돕곤 했다. 한번은 아이의 수고가 너무 고마워 따로 고맙다는 인사와 함께 용돈을 준 적이 있다. 2호는 발그레해진 얼굴로 쭈뼛쭈뼛 용돈을 받았다. 나는 얼굴 가득 해사한 웃음을 머금은 아이가 너무 예뻐서 꼭 끌어안아주었다.

2호가 태어날 땐 나도 병원 생활을 하던 중이었기 때문에 가볼 수 없었다. 대신 아기의 외출이 가능해진 후에 동생과 올케가 아기를 데리고 내가 입원해 있는 병원에 들러주었다. 세브란스 재활병원에 입원 대기를 걸어놓고 온갖 뇌질환을 앓는 노인들로 북적대는 요양병원에 입원해 있을 때였는데, 아직 허리에 힘이 잘 들어가지 않아서 무척 긴장한 채 아기를 받아 안았던 기억이 난다. 사진으로만 보던 2호는 유난히 작고 하얀 아기였다. 아기에게서 풍기는 달큼한 젖비린내를 맡으며 아기의 작은 손을 손가락으로 조심스레 쓰다듬었다. 아기가 꼬물꼬물 제 손가락을 움직여 크고 굵은 내 손가락을 제법 힘껏 쥐었다. 죽음을 머리맡에 풀어헤쳐놓고 온종일 자다 깨기만 반복하는 노인들 틈에서 생기라고는 없이 버석버석 말라가던 영혼에 물기가 도는 느낌이었다.

3호가 지금보다 더 아기이던 시절부터 3호를 돌보는 일은 언제나 2호가 도맡다시피 해왔다. 그냥 함께 놀아주는 정도가 아니라, 씻기고 입히고 먹이는 일을 누가 시키지 않아도 척척 해냈다. 2호는 어느덧 제 덩치만큼 커버린 3호를 여전히 아기 다루듯 살뜰히 보살핀다. 용변을 보고 난 동생의 뒤처리까지 군말 없이 해주는 열두 살 누나가 몇이나 될까. 3호를 돌보는 2호를 보고 있으면 그저 놀라울 뿐이다. 그렇게 2호는 세 아이를 키우는데다 직장생활까지 해야 하는 제 엄마의 어려움을 미리 읽고 제가 할 수 있는 일을 알아서 하는 아이였다.

그렇게 엽렵한 2호도 세상의 모든 둘째들이 그렇듯 사이에 끼인 아이였다. 무엇을 하든 평균 이상으로 해내는 언니한테 치이고, 막내라는 이유만으로 어른들의 귀여움을 독차지하는 동생한테 치이며, 아이는 벌써부터 이런저런 서러움을 느끼는 듯했다. 가만히 생각해보면 나부터도 늘 2호는 우선순위에서 밀어두었다. 1호는 첫째니까 특별했고, 3호는 늦둥이 막내라서 남달랐는데, 2호는 늘 잘 참는 아이, 제 주장이 강하지 않은 아이라 여겼던 것이다. 덜 사랑하는 것도 아닌데 말 그대로 '어쩌다보니' 그렇게 되었다. 예민하고 눈치 빠른 아이가 그걸 모를 리 없었다. 언제부턴가 아이는 가끔씩 '할머니도 고모도 엄마 아빠도 나는 맨날 맨 마지막'이라며 소심하게 투덜댔다. 그럴 때마다 가슴 한 쪽이 뜨끔했다.

어린 시절 나도 2호처럼 집안일을 열심히 도왔다. 누가 시켜서가 아니라 언제나 빚과 일에 쫓기는 엄마가 너무 지쳐버린 나머지 우리를 버리고 떠날까봐 두려워서 그랬던 것 같다. 남매 중에 장녀인 나는 그러라고 요구하는 사람이 없었는데도 맏이로서의 책임감에 짓눌린 채 유년기를 보냈다. 동네 아이들을 죄 몰고 산이며 들이며 장터를 쏘다녀서 걱정을 사던 아이였던 나는 엄마의 한숨 속에 녹아 있는 고통을 읽게 된 어느 밤을 기점으로 달라졌다. 아니, 달라져야 했다. 나는 혹시라도 2호가 나처럼 제 엄마의 고통을 읽어버린 게 아닐까 걱정이 된다. 어린 시절에 어른의 고통을 이해한다는 게 아이를 얼마나 무겁게 짓누르는지 잘 알기 때문이다.

엄마가 울고 있었다. 그냥 우는 게 아니라 주먹 쥔 손으로 가슴을 탁, 탁, 탁 치며 온 얼굴을 일그러뜨린 채 소리 없이 울고 있었다. 아빠는 그 밤도 들어오지 않았다. 아빠가 어디에 있는지, 엄마도 나도 알고 있었다. 저녁 무렵, 엄마의 닦달로 동생의 손을 이끌고 아빠를 찾으러 다녀온 터였다.

빵꾸집 뒷방 문 앞에서 잠시 머뭇대다 용기를 내 방문을 열어젖혔다. 방안을 가득 메우고 있던 담배 연기가 쏟아져나왔다. 동생이 기침을 해댔다. 담배 연기가 가득한 그 방에서 아빠는 벌겋게 충혈된 눈으로 화투를 치고 있었다.

"아빠, 엄마가 오래."

동생을 시켜 소리치게 했지만 아빠는 들은 척도 하지 않았다. 동생의 등을 툭 쳤다.

"아빠! 엄마가 오래!"

동생이 더 크게 소리쳤다. 아빠는 하는 수 없다는 듯 자리에서 일어나 밖으로 나왔다. 그러나 아빠는 우리와 함께 집으로 돌아갈 생각은 없는 모양이었다. 대신에 주머니를 뒤져 오백 원짜리 동전 하나를 찾아 동생의 손에 쥐여주었다.

"아빠는 조금만 더 있다 갈 테니까 먼저 가. 얼른!"

아빠가 동생과 나의 등을 떠밀었다. 나는 냅다 동생의 엉덩이를 걷어찼다. 잘못한 것도 없이 걷어차인 동생이 아빠가 쥐여준 동전을 내던지며 땅바닥에 주저앉아 울기 시작했다. 나는 악을 쓰며 우는 동생의 옆구리를 꼬집어뜯었다. 그러자 동생은 아예 땅바닥을 구르며 울어댔다. 방안에서 화투를 치고 있던 아저씨들이 한소리씩 했다. 아빠가 눈을 부라리며 내 등짝을 후려치려는 시늉을 했다. 시늉만, 했다. 나는 아빠가 절대로 나를 때리지 않을 거라는 걸 알고 있었다. 아빠는 화투를 쳐서 번 돈을 몽땅 날려먹기도 하는 말썽꾼이었지만 가족을, 특히나 하나뿐인 딸을 때리는 사람은 아니었다. 그걸 알기 때문에 엄마도 우리를 그 방에 보낼 수 있었을 것이다. 그러나 아빠가 순순히 우리를 따라 집으로 돌아올 사람도 아니었다. 그걸 알면서도 엄마는 우리를 그 방에 보낸 것이다. 아니나 다를까 동생을 번쩍 안아 일으켜세운 아빠가 나와 동생을 억지로 돌려세웠다. 나는 아빠의 손길을 뿌리치며 버텼지만 엄마가 시킨 대로 아빠를 붙잡고 늘어지지는 않았다. 어째서인지 그러고 싶지 않았기 때문이다. 어쩌면 나는 그 순간 아빠보다 엄마에게 더 화가 났던 것도 같다. 아빠는 하는 수 없다는 듯 한숨을 푹 내쉰 뒤 우리를 그냥 놔두고 다시 그 방으로 들어가버렸다. 동생은 내 옷자락을 잡고 흔들며 울었다. 나는 눈물이 솟으려는 걸 꾹 참으며 아빠를 집어삼킨 그 방을 노려보았다.

엄마도, 나도, 아빠도 뻔히 결과를 알고 있었던 그 일은 내가 중학생이 되고 할머니가 돌아가실 때까지 되풀이됐다. 엄마가 우리를 버리고 떠나도 하나 이상할 것 없는 상황이었다. 나는 세상의 모든 아이들이 그렇듯 엄마를 사랑했다. 그리고 사랑하는 엄마가 나를 떠날까봐 늘 두려움에 떨었다. 엄마가 시키지 않아도 주말이면 실내화를 빨기 시작했다. 날이 저물어오면 빨래를 걷어 갰고 먼지 앉은 집안을 걸레질했다. 엄마의 퇴근이 늦어지는 날에는 쌀을 씻어 안치고 식사가 끝나면 재게 일어나 시키지 않아도 설거지를 했다. 필요한 게 있어도 선뜻 사달라고 말하지 못했고 필요하지 않은 것은 더군다나 욕심내지 않았다. 제발 아빠가 빨리 들어오기를 바라며 늦도록 잠을 이루지 못했으며 작은 소리에도 잘 깨서 새벽에 들어온 아빠와 엄마가 싸우는 소리를 엿들었다. 그런 밤이면 영락없이 전쟁이 터져서 모든 것이 파괴되는 꿈을 꾸곤 했다. 나에게 가족은 언제나 전쟁의 포화 속에 놓인 것처럼 불안정한 존재였다. 나는 내 아빠가 엄마에게 그랬듯 누군가가 내 삶에 치명적인 절망감을 안길 것이 두려워 일찌감치 결혼을 포기했다. 그리고 엄마가 내게 그랬듯 내가 누군가에게 말도 안 되게 절대적인 존재가 될 수도 있다는 사실이 두려워 출산 역시 포기했다. 비겁했다는 걸 알고 있지만 후회는 없다. 나는 딱 지금 정도의 삶을 감당하며 사는 것이 내 깜냥에 맞는다고 생각한다.

이유야 제각각 다르겠지만 가정을 꾸리고 책임지며 살아가는 삶이 고단하지 않을 리 없다. 동생도 올케도 서로를 사랑하는 것과는 별개로 서로에게 어떤 절망을 안기며 살아가긴 마찬가지일 것이다. 그리고 눈치가 잰 아이들은 부모의 한숨에 어린 고통을 놓치지 않는다. 혹시라도 2호가 그런 걸 보았으면 어쩌나, 제 동생을 씻기고 입히고 먹이는 아이를 볼 때마다 생각하곤 한다. 2호가 가격 같은 건 염두에 두지 않고 선물을 사달라고 조르고, 왜 나만 동생을 돌봐야 하느냐고 자주 투덜대며, 늦잠을 자고 일어나 이부자리를 정리하지 않는다고 제 엄마에게 잔소리를 듣는 아이였으면 좋겠다. 쉰이 가까워오도록 철들지 않아도 좋을 삶을 살아가고 있는 고모여서일까. 나는 그저 1호도, 2호도, 3호도, 조금만 더 천천히 어른이 되었으면 좋겠다. ✿

손주바라기의 영정사진

엄마는 아빠가 아이들을 아주 싫어하는 사람인 줄 알았다고 했다. 우리 남매가 클 때 워낙 무심하기도 했고, 그 중간에 친척 아이들을 볼 때도 예뻐하는 내색이라곤 없었기 때문이다. 무심한 아빠가 얼마나 낯설었으면 아기였던 나는 아빠와 눈만 마주쳐도 빽빽 울어댔다고 한다. 아무한테나 덥석덥석 잘 안겨서 누구나 예뻐했던 동생도 여간해선 안아주는 법이 없었다는 말은 엄마와 할머니에게서 수도 없이 들었다. 그래서 나 역시 아빠는 원래 아이를 싫어하는 사람인 줄로만 알고 있었다. 그러던 아빠가 첫 손녀가 태어나자 달라졌다. 아기를 안고 어르면서 신기해했고 아기의 작은 웃음에도 뛸 듯이 기뻐하는 것은 물론, 다른 방에서 아기의 울음소리라도 들릴라치면 무슨 큰일이 나기라도 한 것처럼 뛰어가 왜 우는지 이유를 확인하고서야 안심하곤 했던 것이다.

멀지 않은 곳에 사는 동생 내외가 아기를 보고 싶어하는 아빠 때문에 자주 아기를 데리고 집에 다녀가느라 고생 좀 해야 했다. 엄마가 유난스럽다고 할 만큼 손녀에 대한 아빠의 사랑은 지극했다. 둘째가 태어나자 아빠의 손주 사랑은 더욱 극진해졌다.

어느 날 아빠는 엄마에게 신용카드를 만들어달라고 했다. 평소 아빠는 신용카드 쓰는 걸 빚내는 것과 동일시하며 극도로 싫어해서 그때껏 아빠 명의의 카드를 발급받아본 적이 없었다. 엄마는 의아해하면서 카드를 한 장 만들어 아빠에게 건넸다. 한 달 뒤 카드 명세서가 날아왔을 때 우리는 모두 웃음을 터뜨리고 말았다. ○○마트 2000원, ○○마트 4950원, ○○마트 3600원, ○○마트 3000원, ○○마트 2400원…… 명세서 속 내역은 모두 아파트 상가에 있는 마트에서 사용한 것이었다. 그즈음 아빠의 즐거움은 작은 손녀를 유모차에 태우고 큰 손녀는 걸려서 아파트 단지를 산책하는 일이었다. 아마도 그때마다 손녀들에게 군것질거리를 물려주고는 싶은데 매번 현금을 준비해 가지고 다니는 게 번거로워서 카드를 만들어달라고 한 모양이었다. 다치고 난 뒤 아빠와 보내는 시간이 길어진 뒤로 내가 장난삼아 부르는 아빠의 별명이 '귀여운 의석씨'였는데, 카드 명세서에 줄줄이 찍힌 사용 내역이야말로 귀여운 의석씨다운 것이었다. 손녀들이 자라면서 명세서에 찍히는 숫자가 점점 커졌을 뿐, 아빠가 돌아가시는 순간까지 카드 사용 용도는 변함이 없었다.

그렇게 예뻐하던 손주들을 두고 아빠는 어떻게 떠날 수 있었을까. 가족사진을 볼 때마다 생각하곤 했다. 가족사진을 찍던 날, 아빠와 엄마의 영정사진도 함께 찍었다. 동생은 영정사진 찍는 모습을 보고 싶지 않다며 가족사진만 찍고 일찌감치 사진관 밖으로 나갔지만, 나는 아빠와 엄마가 영정사진 찍는 모습을 처음부터 끝까지 지켜보았다. 항암과 방사선 치료를 받는 동안 아빠의 검은 머리카락은 한 올도 남김없이 백발이 되어버렸다. 백발의 아빠가 오랜만에 양복을 차려입고 카메라 앞에서 어색한 미소를 짓고 있었다. 아빠가 사랑해 마지않는 두 손녀는 카메라 뒤에서 천진하게 장난을 쳤다. 그 모습이 너무 처연해 눈물이 날 것만 같았다. 나는 터져나오려는 울음을 꾹 눌러삼키며 어색해서 어쩔 줄 몰라하는 아빠를 향해 활짝 웃어 보였다. 눈물을 흘린다고 나아질 일은 하나도 없었다. 엄마는 아직 건강하니 먼 후일의 얘기겠지만 아빠의 영정사진은 당장이라도 쓰일 수 있을 때였다. 사진을 다 찍은 뒤에는 사장님께 검버섯과 잡티 같은 것들을 가능하면 깨끗하게 보정해달라고 부탁했다. 아빠는 그때까지도 잔뜩 긴장한 얼굴로 내 주변을 맴돌고 있었다. 나는 공연히 우왕좌왕하고 있는 아빠의 손을 꼭 잡았다. 미지근한 체온과 손바닥에 박인 굳은살이 느껴졌다. 평생 가족들을 먹여 살린 손이었다. 지게를 간신히 질 수 있게 된 나이부터 일을 쉬어본 적이 없다고 했던가. 이런저런 일탈로 방황을 하던 시절에도 일손을 놓은 적이 없었다. 나는 아빠의 손을 만지작댔다. 군데군데 굳은 살이 박이긴 했지만 길쭉한 손가락이 쭉 고른 예쁜 손이었다.

아빠는 유복자였다. 할아버지는 아빠가 태어나기 두 달 전에 예기치 못한 사고로 세상을 등졌다. 아빠의 나이 많은 형들은 할아버지가 돌아가시자 얼마 안 되는 땅뙈기와 초가삼간을 팔아치우고 고향을 떠났다. 집도 절도 없이 버려진 아빠와 후처였던 할머니는 아빠가 다 자라 어른이 되도록 남의 집 뒷방살이를 면할 수 없었다. 아빠는 손발이 유독 예뻤지만 그 예쁜 손으로 연필을 쥐는 대신 낫을 잡아야 했다. 친구들이 책보를 메고 학교에 갈 시간에 아빠는 지게를 지고 산에 올랐다. 쌀은 언감생심 꿈도 못 꿀 일이고 닥치는 대로 일을 해야만 보리쌀이나마 팔아 먹을 수 있는 형편이었다. 아빠는 가마솥에 보리 한 줌과 물 한 바가지를 넣고 펄펄 끓인 멀건 보리죽 얘기를 자주 했다.

"네 할머니는 멀건 윗물만 떠드시고 건더기가 가라앉은 아랫물은 내게 주셨지."

아빠는 그 얘기가 매번 가슴에 사무쳤겠지만 나로서는 반복되는 옛날이야기가 지겹기만 했다. 이렇게 빨리 떠날 줄 알았으면 그때 조금 더 진지하게 얘기를 들어줄 것을, 공감하는 말이나마 건네볼 것을. 후회는 언제나 너무 늦고 뼈저리다.

사진을 찍은 뒤에는 다 함께 저녁식사를 했다. 우리는 아빠가 먹고 싶다는 양념갈비를 파는 갈빗집에 자리를 잡고 고기를 먹었다. 동생은 고기 굽는 연기가 아빠 쪽으로 가지 않도록 한 칸 떨어진 옆 테이블에 혼자 앉아 땀을 뻘뻘 흘리며 고기를 구워 날랐고 '귀여운 의석씨' 우리 아빠는 제비새끼처럼 천진한 얼굴로 동생이 날라온 고기를 쏙쏙 집어 먹었다. 엄마가 싸주는 쌈은 끝내 마다하면서 내가 싸주는 쌈은 아무 말 없이 받아먹어서 엄마의 원성을 듣기도 했고, 다른 반찬들도 먹어보라 반복해서 권하는 엄마와 옥신각신하기도 했다. 일찍 식사를 마친 조카들은 놀이방에서 놀았고 우리는 후식을 먹으며 이런저런 얘기를 나눴다. 평소와 다를 것 없는 시간이어서 그때 우리가 무슨 얘기를 나눴는지는 기억나지 않는다. 그저 늘 그랬듯 아빠의 옛날 이야기가 반복되었을 것이라 짐작할 밖에는. 생각해보면 아빠에 대해선 좋은 기억보다 나쁜 기억 쪽이 더 선명했다. 그 밖의 모습들은 기억나지 않거나 아예 모르는 것투성이였다. 아빠가 한 시절의 방황으로 가족 모두를 고통스럽게 한 것은 사실이었다. 그러나 끝내는 가족 곁으로 돌아와 긴 세월 있는 힘껏 가족들을 건사한 것 역시 사실이었다. 그런데도 우리 모두 아빠에겐 늘 너무 박하기만 했다. 그 세월 내내 아빠는 얼마나 외로웠을까.

그날 찍은 가족사진은 동생 집과 우리집에 각각 걸려 있지만 영정사진은 제사를 지내는 동생이 간직하고 있다. 지난 제사 때 아빠의 영정사진 앞에서 셋째 조카는 이렇게 말했다.

"할아버지, 3호 보러 오셨어요? 3호 이만큼 컸어요. 할아버지가 지켜주셔서 아주 건강해요."

생각지도 못한 얘기에 가족들은 다 같이 놀라고 또 숙연해졌더랬다. 손주바라기 아빠가 정말로 그날 우리 곁에 다녀갔다면, 이제 다섯 살이 된 막내 손주의 의젓한 말에 꽤나 흐뭇했을 것 같다.

태어난 모든 생명은 원래의 자리로 돌아가게 마련이다. 생은 공평하지 못하지만 죽음만은 누구에게나 공평하게 찾아온다. 죽음 이후에 대해선, 잘 모르겠다. 그걸 아는 사람이 있을 거라고도 생각하지 않는다. 다만, 바람이 있을 뿐이다. 우리가 언젠간 다시 만나 그간에 밀린 이야기를 나눌 기회가 있기를, 딱 한 번만 더 굳은살 박인 당신의 손을 잡아볼 수 있기를, 긴 세월 내내 외롭게 둬서 미안하다고 사과할 수 있기를, 나의 이런 바람이 아주 영 허무맹랑한 것만은 아니기를.

꽃으로 피어난 아이

올케가 3호를 가졌다는 사실을 알았을 때, 올케 본인은 이런저런 걱정이 많은 듯했다. 오죽하면 임신 사실을 밝히며 아이처럼 울음을 터뜨리기까지 했으니까. 하지만 의석씨의 암 투병으로 한껏 의기소침해 있던 나머지 가족들은 덮어놓고 기뻐했다. 그중에서도 우리 의석씨는 정말이지 그때껏 본 적이 없을 정도로 좋아했다. 나는 그런 의석씨에게 딸 손주만 둘을 둔 것이 알게 모르게 서운했던 모양이라고, 아들 손주 없어도 상관없다던 그동안의 말은 모두 거짓말이었던 거냐고 핀잔하기도 했다. 그런 핀잔을 받으면서도 의석씨는 기쁨을 감추려 들지 않았다. 올케의 임신 기간 내내 의석씨는 초조하게 아이를 기다렸다. 죽어도 아이가 태어나는 걸 보고 죽었으면 좋겠다는 말을 입버릇처럼 해서 엄마를 속상하게 했을 정도였다. 위로 두 아이들에게도 그랬지만 뒤늦게 찾아온 3호는 의석씨에게 조금 더 특별한 존재 같아 보였다. 암이 뇌로 전이돼서 기대여명이 얼마 남지 않았다는 선고를 받은 날에도 의석씨는 나날이 포동포동 살이 오르는 3호를 안아 어르며 말갛게 웃었다. 의사들의 선고야 어떻든, 의석씨의 목표는 3호가 유치원에 들어가는 것을 보고 죽는 것이었다. 결국 목표를 이루지 못하고 3호의 돌을 열흘 앞둔 날 떠나고 말았지만, 의식이 있던 모든 순간 가장 애틋하게 그리워한 대상은 사십 년 넘는 세월을 함께 산 아내도, 당신이 직접 낳아 기른 두 자식도 아니라, 생의 마지막 순간 마치 당신을 대신하려는 듯 우리를 찾아온 어린 생명이었다.

지난봄, 십 년 만에 나온 소설집을 의석씨에게 보여주기 위해 산소에 다녀왔다. 산소는 충남의 선산에 모셔져 있는데, 휠체어가 들어가기 힘든 산중에 있어서 보통 나는 차가 들어갈 수 있는 곳까지만 함께 가고 차 안에 혼자 남아 식구들이 성묘하고 돌아오길 기다리고는 했다. 의석씨가 떠나고 얼마 되지 않았을 때, 산소의 모습이 보고 싶어 무리를 해서 좀더 들어갔는데, 동생을 포함한 다른 가족들의 수고가 너무 컸던 게 마음에 걸렸다. 그래서 이후론 함께 끝까지 가보자는 가족들의 권유를 번번이 내 쪽에서 거절했다. 그런데 이번에는 거절하지 않았다. 살아생전 의석씨가 그렇게 보고 싶어했던 새 책을 돌아가신 뒤에라도 내가 직접 보여드리고 싶었다.

산소가 있는 선산 근처에 도착해 나는 엄마의 승용차보다 바닥이 높고 힘이 좋은 동생의 SUV로 옮겨 탔다. 수풀이 우거진 산길을 차로 조금 더 올라가 산소들이 모여 있는 장소에 이르렀다. 주차를 하고 동생에게 안기다시피 차에서 내려 휠체어로 옮겨 앉았다. 거기서부터는 동생이 휠체어를 뒤로 젖혀 안고, 들린 앞바퀴 양쪽의 프레임은 엄마와 올케가 각각 한 쪽씩 들고 비탈길을 내려가야 했다. 그 비탈길을 다시 올라서 돌아올 일을 생각하면 더더욱 심란했지만 나는 휠체어 위에 눕다시피 앉아 동생에게 폭 안긴 채로 두 눈을 질끈 감았다. 길이 나 있긴 해도 비탈이 심한 풀숲이어서 몇 번이나 미끄러질 뻔한 위기가 있었고 그때마다 크게 놀랐다. 몸이 훅 꺼지는 느낌이 들 때마다 가슴도 폭 주저앉아 저절로 신음인지 비명인지 모를 소리가 새어나왔다.

"할아버지, 3호 왔어요! 3호가 이만큼 커서 할아버지한테 놀러왔어요! 참 예쁘지요?"

산소에 도착해 어른들 모두 기진맥진해 있는데 3호가 의석씨 산소 앞으로 우다다다 뛰어가더니 산소를 끌어안듯 폭 쓰러지며 소리쳤다. 그 모습이 어찌나 예쁘던지 우리 모두는 누가 먼저랄 것도 없이 와, 하며 웃고 말았다. 사실 3호가 돌이 되기도 전에 의석씨가 떠났으니 3호의 기억 속에 의석씨가 남아 있을 리 없었다. 다만 우리 모두 기회가 있을 때마다 할아버지가 3호만 보면 얼마나 활짝 웃었는지, 3호와 무엇무엇을 함께 하고 싶어했는지, 할아버지에게 3호가 어떤 의미였는지, 그러니까 할아버지가 3호를 얼마나 사랑했는지, 3호에게 이야기해주었을 뿐이다. 우리는 사진에서 본 모습으로만 할아버지를 기억할 3호가 할아버지의 극진했던 사랑을 이야기로나마 느낄 수 있기를 바랐다. 그 덕분인지 3호는 이제 누가 먼저 이야기 꺼내지 않아도 자연스럽게 우리 곁에 없는 할아버지에 대해 묻고 할아버지가 저를 얼마나 사랑했는지 자랑스럽게 이야기하게 되었다.

거짓말처럼 우리에게 와준 첫정 1호와 내 사고 직후에 태어나는 바람에 마음껏 안아줄 수도 없었던 2호, 누구 하나 소중하지 않은 아이가 없지만, 의석씨가 우리 곁을 떠남으로 인해 3호를 바라보는 마음은 또 조금 다를 수밖에 없었다. 3호를 보고 있으면 그럴듯한 유언 한마디 남기지 못하고 말을 잊기 전까지 그저 3호가 유치원에 다닐 때까지 살고 싶다는 말만 반복하던 의석씨가 떠올라 가슴속에 물이 차오르는 기분이었다. 3호를 바라보는 심정이 나만 그러하진 않았을 것이다. 그러고 보면 3호는 우리 모두의 가슴 밭에 차오른 눈물을 양분 삼아 꽃으로 피어난 아이였다.

우리는 성묘를 지내고 난 뒤 산소 옆 한쪽에 자리를 펴고 앉아 과일을 깎아 먹으며 의석씨 얘기를 했다. 아이들은 나비를 쫓아 우르르 몰려다니더니 어느새 술래잡기라도 하는지 소리를 지르며 한때는 우리들 곁에 있었지만 이제는 사라져버린 이들이 잠들어 있는 산소 사이를 뛰어다녔다. 다디단 과일을 깎아 먹던 어른들 사이에선 3호의 귀여운 인사와 이제 제법 그럴듯하게 절을 하던 모습이 화제로 떠올랐다.

"그걸 너희 아빠가 봤으면 얼마나 좋았겠니. 정말 말도 못하게 좋아했을 텐데."

엄마는 의석씨가 생의 마지막까지 보고 싶어한 사람은 3호였을 거라고 얘기했다. 우리 모두는 그 말에 동의하듯 제 누나들을 따라 무덤가를 뛰어다니며 풀을 뽑거나 노래를 부르는 3호를 한동안 말없이 바라보았다. 잠시 후 엄마가 정신없이 뛰어다니는 아이들을 불러모으고 자리를 정리했다. 초여름 한낮의 열기가 대단해서 오래 앉아 있기는 힘들었다. 산소에서 차로 돌아갈 때는 다시 한번 휠체어에 앉은 나를 옮기기 위해 가족들이 애를 써야 했다. 차가 있는 곳으로 돌아왔을 땐 나를 포함한 모두가 땀범벅이 되어 있었다.

자동차 에어컨에 땀을 말리며 점심 메뉴를 의논했다. 근처 바닷가로 이동해서 1호와 2호가 좋아하는 해산물과 칼국수를 먹기로 했는데, 막상 바닷가에 도착했을 땐 휠체어가 안전하게 들어갈 수 있는 집이 드물어 상가 지역을 차로 몇 바퀴나 빙빙 돌아야 했다. 엄마가 식사 후에 이모와 외삼촌댁에도 잠시 들렀다 가자고 했다. 엄마와 아빠는 모두 서해안의 작은 도시에서 태어나고 자랐다. 지금도 이모와 외삼촌을 포함한 친척 어른 여러 분이 그 도시에 살고 계신다. 아빠도 노후엔 형제들이 나고 자란 그곳으로 돌아가길 원했다. 태어난 곳을 떠나지 않고 평생 그곳에서 살아간다는 건 어떤 것일까. 이모나 외삼촌들을 볼 때마다 생각했다. 그리고 먹고살기 위해 나고 자란 곳을 떠나 낯선 도시로 갈 수밖에 없었던 엄마와 의석씨는 어떤 심정이었을지도 궁금했다. 의석씨는 수십 년 전 가족을 이끌고 아무 연고도 없는 서울의 위성도시로 올라와 둥지를 틀고 자식들을 키워냈다. 바다와 산을 누비며 자란 남자가 반평생을 고속도로를 달려 밥을 벌었다. 말년에 고향의 바닷가에 소박한 집을 짓고 싶어했지만, 건강이 허락하지 않아 끝끝내 도시의 병원을 벗어나지 못한 채 돌아가고 말았다.

식사 후에 찾아가 만난 이모에게 엄마가 자랑처럼 이야기했다.

"누가 시키지도 않았는데 산소로 쪼르르 달려가더니, 할아버지 3호 왔어요, 3호가 이만큼 커서 할아버지한테 놀러왔어요, 예쁘지요, 이러곤 덥석 안기더라니까. 그걸 황서방이 봤어야 하는데, 봤으면 정말 자지러지게 좋아했을 텐데."

"그러게. 즈이 할아버지가 어지간히 예뻐했어야 말이지."

이모가 고개를 끄덕이며 제 엄마 품에 안겨 있는 3호를 지그시 바라보았다. 엄마는 외삼촌을 만났을 때도 똑같은 말을 했다. 그뿐만 아니라, 엄마와 나는 산소에 다녀온 지 수개월이 지난 지금까지도 심심찮게 그 이야기를 하며 흐뭇해하곤 한다. 추억을 곱씹으며 시간을 견디는 노인들처럼, 이제 우리도 그렇게 시간을 흘려보내고 있다.

베란다에 심은 방울토마토가 열매를 꽤 맺었다. 1호와 2호, 그리고 3호가 놀러와서 따먹을 수 있도록 빨갛고 노랗게 익어가는 토마토 열매를 하나도 따지 않고 그대로 두었다. 애초부터 아이들에게 보여주기 위해 키우기 시작한 것이었다. 이 주에 한 번 꼴로 들르는 아이들이 집에 오면 엄마의 얼굴도 꽃처럼 피어났다. 그리고 의석씨 마지막 생애의 의지이기도 했던 3호가 제 누나들과 함께 뒹굴며 복닥대는 우리집은 그대로 꽃밭이 되었다. ✿

작별

자꾸만 오타가 나고 가슴이 울렁거렸다. 일을 하겠다고 책상머리에 앉아 있기는 했지만 상태가 좋지 않은 의석씨 생각에 집중할 수가 없었다. 의석씨는 폐암 치료를 받던 도중 뇌로 암이 전이되어 더이상 손을 쓰지 못한 채 호스피스 병동에 입원해 있었다. 서울 병원에 입원해 있던 시절부터 집에서 멀지 않은 곳에 있는 병원의 호스피스 병동으로 옮겨오기까지, 나는 겨우 대여섯 번 병원을 방문했을 뿐이었다. 중간에 집으로 퇴원했을 때 자주 가서 길게 만나기도 했지만, 한집에 살고 있지 않으니 한계가 있었다. 의석씨의 마지막을 지키지 못하게 될까봐 무서웠다. 그러나 내가 병원을 방문하기 위해선 엄마나 동생의 도움이 필요했다. 안 그래도 간병사의 손길을 거부하는 의석씨의 병간호에 내 뒤치다꺼리까지, 병원과 내 집을 오가느라 정신이 없는 엄마에게 더한 부담을 지울 수는 없었다. 그렇다고 제 가정과 일이 있는 동생을 마냥 오라 가라 부르기도 힘들었다. 나는 그날그날 엄마나 동생으로부터 의석씨의 상태를 전해듣거나 엄마가 녹화해 온 동영상 같은 걸 보며 걱정과 두려움을 달랬다. 통증에 시달려 온몸이 땀범벅이 되어버린 밤이면 언제 세상을 등질지 알 수 없는 의석씨에게 마음대로 가보지도 못하는 내 처지가 서글퍼 혼자서 울기도 했다. 그런데 그날은 혼자서 우는 것만으로는 해결이 되지 않을 만큼 의석씨가 그리웠다. 도저히 안 되겠다는 생각이 들었다.

오전 근무를 마치고 활동지원사 선생님의 도움을 받아 수전동휠체어로 갈아탔다. 며칠 여유를 두고 계획을 세웠다면 교통약자 이동지원차량을 예약해 이용할 수도 있었겠지만, 갑작스럽게 마음을 먹은 터라 당일 배차의 기회는 오지 않았다. 가고자 하는 노선에 저상버스가 배차되어 있는지 알 길이 없었고(나중에 알아봤지만 역시나 저상버스는 운행하지 않았다) 일반 택시도 이용할 수 없으니 휠체어로 가보는 수밖에 없었다. 길이 험할 텐데 괜찮겠냐는 활동지원사 선생님의 걱정은 귀에 들어오지 않았다. 무슨 일이 있어도 당장 의석씨한테 가겠다는 의지만 가지고 길을 나섰다. 난생처음 혼자서 휠체어로 꽤 먼 거리를 가는 것이었다.

사실, 두 다리가 아닌 휠체어 바퀴로 움직여야 하는 입장에선 집밖으로 나가는 순간, 온갖 장애물과의 투쟁이 시작된다.

내가 사는 곳은 지어진 지 몇 년 되지 않은 대단위 아파트 단지였는데도 불편한 점이 많았다. 새로 지어진 상가 건물에도 여전히 휠체어의 진입이 어려운 점포가 훨씬 많았고, 새로 깐 지 얼마 되지 않은 보도블록 역시 벌써부터 푹푹 주저앉거나 깨져버렸다. 그런 마당에 구시가지의 불편함에 대해선 더 말할 것도 없었다. 병원은 수도권 소도시의 구시가지에 위치하고 있었다. 인도는 여기저기 꺼지고 패이고 튀어나온 곳 천지였다. 걷는 사람들에겐 다소 불편할 뿐일 작은 문제들도 휠체어를 타는 사람에겐 큰 위협이 될 수 있었다. 낮은 턱이나 좁은 틈을 미처 보지 못해 자칫 휠체어가 걸려 넘어가기라도 하면 그로 인해 2차 장애를 입게 될지도 모르는 일이었다. 구시가지의 인도엔 휠체어의 작은 앞바퀴로는 넘기 힘든 턱과 움푹 파인 홈, 배수로 덮개 같은 틈이 곳곳에 존재했다. 워낙에 위험 요소가 많다보니 앞으로 나가면서도 좀처럼 바닥에서 시선을 뗄 수가 없었다. 그 탓에 핸드폰을 들여다보느라 앞을 제대로 보지 않고 걷는 사람들과 피할 틈도 없이 부딪히는 일도 심심찮게 벌어졌다. 나와 상대방 모두에게 위험한 일이었다. 게다가 낯선 사람들의 발길에 휠체어나 몸이 채일 때마다 두려움과 동시에 알 수 없는 모멸감이 일었다. 어째서인지, 걷는 사람들의 시야 속엔 앉아 있는 우리들이 잘 보이지 않는 것 같았다. 덜컹거리는 휠체어를 따라 이리저리 흔들리다 나도 모르는 사이 발이 휠체어 발판에서 떨어져 위험한 순간도 있었다. 도저히 넘어서기 어려운 턱이나 혼자서 휠체어를 밀고 올라가기 힘들 만큼 급한 경사로 앞에 이르면 방향을 틀어 골목길로 빙 둘러 가거나 낯모르는 이들에게 도움을 청하기도 했다. 이도 저도 안 될 땐 위험천만하게 도로를 달려야 했다. 지나치는 차들이 경적을 울려댔다. 모골이 송연할 정도로 놀랐지만 하는 수 없었다. 경사가 급한 인도의 시작점이나 끝 지점, 횡단보도 앞 등에 세워놓은 볼라드(단주)도 자칫하면 휠체어와 부딪힐 수 있는 위험 요소였다. 그다지 높지 않은 턱이나 경사, 볼라드 같은 것 앞에서 자꾸만 놀라고 위축되는 내가 무능하게 느껴졌다. 그래도 오로지 의석씨만 생각하며 병원을 향해 달렸다. 그렇게 한 시간을 넘게 달려 병원에 도착하고 나니 폭삭 늙어버린 기분이었다.

호스피스 병동의 위치를 안내받아 병동 앞에 도착해선 출입증이 없어서 엄마에게 전화를 걸어야 했다. 전화를 받고 병동 앞으로 나온 엄마는 무척 놀란 듯했다. 위험하지 않았냐고 묻는 엄마에게 이 정도는 나 혼자서도 얼마든지 올 수 있다며 짐짓 큰소리를 쳤다. 엄마와 함께 찾은 병실에서 드디어 만난 의석씨는 눈을 커다랗게 부릅뜬 채 똑바로 누워 있었다. 입도 반쯤 벌리고 있었다. 엄마는 이제 의석씨는 아무 말도 하지 못하게 되었지만, 이야기 도중 잠깐씩 눈동자가 흔들리는 걸로 봐서 당신이 처한 상황을 이해하고 있을지도 모른다고 말했다. 사람이 마지막까지 청각은 열려 있다고 어디선가 들은 적이 있다는 말도 덧붙였다. 호스피스에 입원하기 직전까지만 해도 부축이 필요했지만 걸었고, 어눌하나마 의사소통도 가능했다. 내가 보지 못한 사이에 급격히 나빠진 의석씨의 상태를 눈으로 보면서도 믿기지가 않았다. 이불을 살짝 들춰 의석씨의 다리를 봤다. 앙상하게 마른 다리가 애처로웠다. 한 손은 의석씨의 손을 잡고 다른 한 손은 의석씨의 다리를 쓰다듬었다. 미지근한 체온이 얼마 남지 않은 의석씨의 여명 같아서 괜히 울적해졌다.

"아빠, 나 왔어. 나 안 보고 싶었어? 난 아빠 보고 싶었는데."

의석씨의 벌어진 입가가 허옇게 터 있었다. 나는 엄마가 접어 놓은 가제에 물을 묻혀 의석씨의 입가를 조심스럽게 닦아주었다. 그걸 본 엄마가 물수건을 만들어 오겠다며 자리를 비웠다. 나는 하얗게 센 수염이 꺼칠한 의석씨의 얼굴을 쓰다듬으며 귓가에 속삭였다. 지금이 아니면 기회가 없을 것만 같았다.

"아빠, 우리만 두고 가려니까 걱정이 많지? 근데 걱정 안 해도 돼. 아빠가 그랬잖아. 아무나 소설가 하는 거 아니라고. 글 쓰는 재주는 하늘이 내리는 거라면서. 그러니까 엄마랑 내 걱정은 하지 마요. 내가 어떻게든 엄마 잘 모실 거야. 응? 정말이야."

의석씨의 눈초리에 물기가 차오르는 듯 보였다. 나는 내려놓았던 젖은 가제로 의석씨의 눈가를 훔쳐주었다.

"사랑해, 의석씨. 사실은 내가 의석씨를 너무 많이 사랑하고 있었는데, 그걸 제대로 모르고 살았어. 살면서 사랑한다고 자주 말해주지 못해서 미안해요. 사랑해, 의석씨. 너무너무 사랑해, 아빠."

의석씨가 내 말을 모두 알아들었는지, 그것은 알 수 없었다. 의사는 뇌 기능이 대부분 소실되어 제대로 인지하지 못하고 있을 거라고 했다니, 나로서는 의석씨가 부디 내가 한 말을 알아듣고 있기를 바라는 수밖에 없었다. 진작 찾아와 얘기를 나눴어야 했다는 생각이 들었다. 겨우 이런 식으로 작별하게 될 줄 알았다면, 평소에 더 많이 표현했어야 했다.

물수건을 만들어 온 엄마가 침상의 커튼을 둘러쳤다. 그리고 물수건으로 우리 아빠, 의석씨의 얼굴과 손을 닦아냈다. 환자복 상의 단추를 풀어 조심스럽게 벗겨내곤 앙상하게 마른 가슴팍과 단 며칠 사이에 뼈가 잡히도록 살이 내린 팔도 쓱쓱 닦았다. 상체를 다 닦은 엄마가 새 환자복 상의를 입힌 뒤 담요를 접어 의석씨에게 둘러주었다. 그런 다음 환자복 바지도 마저 벗겼다.

엄마는 새 물수건으로 의석씨의 다리와 발, 발가락 사이까지 꼼꼼하게 닦았다. 기저귀를 찬 의석씨의 모습이 생경해 조금 당황스러웠다. 나는 새 환자복 바지를 의석씨에게 입히는 엄마의 얼굴을 물끄러미 바라보았다. 눈 밑 그늘이 더 짙어졌고 입술은 다 부르터 있었다. 의석씨에게 약속한 대로 엄마를 잘 모실 수 있을까. 의석씨 없이도 우리는 별 탈 없이 살아갈 수 있을까. 사실은, 자신이 없었다. 조금 전 내가 의석씨 귓가에 속삭인 말들은 허풍에 지나지 않았다. 어쩌면 의석씨도 그걸 알고 있지 않을까.

"엄마한테 데리러 오라고 전화를 하지, 왜 혼자서 왔어. 그 먼 길을, 위험하게."

소변주머니 속 소변을 통에 따라내며 엄마가 말했다. 소변 색이 검붉었다. 그걸 보자 다시 한번 덜컥 겁이 났다.

"아빤 우리가 하는 말 알아듣고 있겠지? 다 이해하고 있겠지?"

"글쎄. 그렇게 믿어야지 별수 있니."

소변주머니를 벌겋게 물들인 의석씨의 검붉은 오줌이 마치 무은 징조처럼 여겨져서 가슴이 내려앉았다. 움직이지도 못하고 말도 못하며 검붉은 오줌을 누는 의석씨. 벌써 오래전부터 이별을 준비해왔지만 막상 진짜로 헤어져야 한다고 생각하니 조금이라도 더 붙잡고만 싶었다. 연명치료를 거부하는 의석씨의 의지에 너무 쉽게 동조한 것 같아 후회도 됐다. 그땐 그게 최선이라고 생각했는데, 방법이 정말 그것밖에 없었는지, 혹시 회피하고 싶었던 것은 아닌지, 나의 진심에 의구심마저 들었다.

집으로 돌아가는 길은 병원으로 향했던 길만큼 험하고 힘들었다. 덜컹덜컹 흔들리는 휠체어에 앉아 수많은 턱과 경사를 간신히 넘어갈 때마다 삶과 죽음의 경계를 오가는 것만 같아 무서울 지경이었다. 사실 난 아직 작별할 준비가 되어 있지 않았다. 할 수만 있다면 앙상하고 딱딱하지만 아직은 체온이 느껴지는 의석씨의 손과 다리를 좀더 만지고 싶다는 생각뿐이었다. 날이 어둑해져서야 집에 돌아온 나는 해가 완전히 지고 집안이 어둠에 잠기도록 넋을 놓고 앉아 있었다. 작은 강아지 사랑이가 곁에 와서 낑낑대는 소리를 듣고서야 집에 불을 밝히고 사랑의 저녁밥을 챙겨주었다. 그러곤 습관처럼 씻고 화장품을 바르고 침대로 올라갔다.

의석씨가 떠난 후에도 일상은 이어질 것이다. 상상하기 힘들지만 그렇게 될 거라는 걸 알고 있었다. 아무리 소중한 사람과의 작별이라 해도 헤어짐 이후에도 삶은 이어질 테고 시간은 모든 것을 희미하게 지워갈 것이다. 그렇게 잊혀도 되는 일이든 아니든 아무 상관 없이. 흐르는 시간은 힘이 세니까. 그런데 의석씨는? 의석씨는 어떻게 되는 걸까. 꼬리를 물고 이어지던 생각이 턱 막혔다. 죽음이 모든 것의 끝일지 새로운 시작일지, 누가 알겠는가. 그저 작별을 하며 했던 약속을 지키기 위해 애쓰는 것 말고는 내가 할 수 있는 일이 없다는 게 서글펐다. 침대에 누운 채 환한 천장등을 바라보며 생각을 거듭했다. 몸이 땅으로 꺼질 것처럼 피곤했지만 밤새 잠을 이룰 수 없었다. 새벽녘엔 잠깐, 세상이 무너질 듯 서럽게 울기도 했다. 내 인생에서 처음으로 진짜 '작별'을 하고 돌아온 날이었다.

나의 살던 고향은

장터 초입에 위치한 작은 양품점의 이름은 '선영양행'이었다. 그곳에서 엄마는 식구들의 밥을 벌었다. 가게에 딸린 두어 평짜리 방에선 할머니와 엄마, 나, 그리고 동생까지 네 식구가 복닥거렸다. 아빠는 리비아에서 레미콘을 몰았는데, 그곳에서 보내오는 돈은 모두 빚을 갚는 데 쓰였다. 갚고 또 갚아도 끝이 보이지 않는 빚더미 속에서 엄마는 온 가족의 밥이 걸린 '선영양행'의 운영에 사력을 다해야 했다. 할머니로 말하자면, 집안일에는 별 관심도 없고 보탬도 안 되는 양반이었다. 덕분에 나와 동생을 돌본 이들은 '회산식당'의 민호 엄마, '경수미장원'의 경수 엄마, 쥬단학 아줌마였던 영석이 엄마, 그리고 싸롱 '우산속'의 경희 언니였다. 실제로 초등학교 입학식 날에도 나는 엄마 대신 민호 엄마의 손을 잡고 학교에 갔다. 엄마는 전날 서울로 물건을 떼러 가서 그날 아침나절에 돌아왔지만, 물건 정리를 비롯한 장날 장사 준비를 혼자 해야 해서 입학식에 갈 여력이 없었다.

나는 걸핏하면 민호네 집에서 밥을 먹었다. 우리집 밥상에는 맨날 배추김치나 총각김치, 묵은 나물 같은 것만 올라왔는데, 민호 엄마는 삼겹살도 구워주고 갑오징어도 데쳐줬기 때문이다. 선영양행과 나란히 붙어 있던 회산식당엔 방이 여러 개였고 식당에서 일하는 언니들도 적을 땐 두셋, 많을 땐 대여섯 명씩 북적거렸다. 그 언니들은 민호네 식구들과 함께 살았는데, 해가 중천에 뜨도록 늦잠을 자고 일어나 밤이 되면 한복을 곱게 차려입고 회산식당의 방들을 들락거렸다. 엄마는 민호네가 저녁 장사를 시작하는 시간이 되면 민호네 집에 가지 못하게 했지만, 나는 엄마의 눈을 피해 민호네 집으로 건너가서 민호랑 밤이 늦도록 텔레비전을 봤다. 민호는 눈이 크고 순해터진 아이여서 내 말이라면 무엇이든 잘 들어주었다. 민호 엄마 역시 나를 귀여워해서 우리집에서는 가족 중 누군가 많이 아플 때나 먹을 수 있는 복숭아 통조림이 들어간 화채 같은 걸 간식으로 내주곤 했다. 그 때문에 민호와 선영이가 연애를 한다는 낙서가 학교 담벼락과 화장실 문짝에서 지워질 날이 없었지만 나와 민호는 크게 신경쓰지 않았다. 그런 낙서를 하는 아이들이나 함께 어울려 흙바닥을 뒹구는 아이들이나 다 개가 개여서 적어도 앞에서 들리게 떠드는 애들은 없었기 때문이다.

민호네 아빠는 광부였다. 영석이네 아빠도 광부였고 유리네 아빠도 광부였다. 우리 아빠는 광부가 아니었지만, 내 친구들 대부분은 광부의 자식들이었다. 광부의 자식들인 아이들과 빚 많은 해외근로자의 자식인 나는 종일 몰려다니며 흙바닥을 굴렀다. 산기슭을 누비며 칡뿌리를 캐 먹기도 했고, 장바닥이니 농협창고 마당이니 할 것 없이 우르르 몰려다니며 땅따먹기, 자치기, 말뚝박기, 비석치기, 구슬치기, 딱지치기 같은 걸 하며 놀았다. 놀잇감은 끝도 없어서 언제나 시간이 모자랐다. 어두워져서야 땅강아지 같은 몰골을 하고 집으로 돌아가면 너나없이 등짝을 얻어맞기 일쑤였지만, 다음날 아침이면 끄떡없이 다시 모여 또다시 흙바닥을 뒹굴었다.

장날이 되면 선영양행도 회산식당도 경수미장원도 싸롱 우산속도 눈코 뜰 새 없이 바빠졌다. 그리고 장터의 어른들만큼이나 장터의 아이들도 바빠졌다. 바쁜 어른들이 손님들을 상대하는 동안 우리는 사람들로 북적이는 장터를 휘젓고 다녔다. 밥때가 되면 아무 집에나 몰려가 끼니를 때웠고 놀 만큼 놀고 나서야 각자 집으로 흩어졌다. 장날의 마지막 코스는 장이 파한 장터와 싸전을 돌며 정신없이 바빴을 어른들이 흘리고 간 동전을 줍는 일이었다. 한 푼도 못 건지는 날도 있었지만 꽤 쏠쏠한 수입을 올리는 날도 있었다. 우리는 주운 동전을 가지고 회산상회로 몰려가 군것질거리를 사서 나눠 먹었다. 나중에 그런 사실을 알게 된 엄마한테 등짝을 얻어맞고 다시는 안 그러겠다고 약속했지만, 다음 장이 서면 도로 마찬가지가 되었다.

똑같이 술장사를 하는 집이었는데도 엄마는 내가 회산식당에 가는 건 뭐라지 않으면서 우산속에 가는 건 별로 좋아하지 않았다. 나는 엄마 눈을 피하기 위해 싸롱 '우산속'의 뒷방 문을 통해 우산속으로 숨어들었다. 경희 언니는 내가 뒷방 문으로 들락거리느라 잠을 깨워도 뭐라는 법이 없었다. 간혹 언니와 한 이불 속에 잠들어 있던 아저씨들이 싫은 내색을 했지만 언니는 별로 신경쓰는 눈치가 아니었다. 아저씨들이 돌아가고 나서야 자리를 털고 일어난 경희 언니는 길고 구불구불한 머리카락을 둥그렇게 틀어올리며 하루를 시작했다. 나는 그 모습을 지켜보며 조용필의 '촛불' 같은 노래를 흥얼거리곤 했다. 언니는 조용필의 열렬한 팬이어서 내게 조용필의 노래들을 가르쳐주었다. 내가 배운 노래를 곧잘 따라 불러 기분이 좋아진 날엔 반짝이는 오백 원짜리 동전을 상으로 주기도 했다. 언니가 씻고 화장을 하고 장사 준비를 하는 동안 나는 홀의 가장 안쪽 자리에 앉아서 남은 안주를 모아놓은 봉지를 풀어 오징어를 골라 먹거나 부엌 벽에 걸린 조미김을 한 봉지씩 뜯어다 먹으며 혼자 놀았다. 그 중간에 엄마한테 들켜 등짝을 얻어맞으며 끌려가는 날도 없지 않았지만 며칠 후면 또다시 '우산속'으로 숨어들곤 했다. 지금 생각해보면 경희 언니 입장에선 엄마의 태도가 기분 나빴겠다 싶은데, 언니는 엄마에게 뒷덜미를 잡혀 끌려가는 내게 늘 환히 웃으며 손을 흔들어주었다.

소설쓰기를 시작한 지 얼마 되지 않았던 습작 시절, 나는 경희 언니에 대한 기억을 모티프로 단편소설을 한 편 썼다. 제 아이를 잃은 여자가 이웃의 아이에게 집착하는 내용의 소설이었는데, 그 소설을 쓰는 동안 경희 언니에 대한 기억은 일정 부분 왜곡되었다. 쓸데없이 반질반질 윤이 나기 시작했달까. 언니의 새까만 눈동자나 목덜미의 점 같은 것들이야 바로 어제 본 것처럼 생생해졌지만, 새롭게 직조된 기억 속의, 아니 소설 속의 언니는 1980년대 초 탄광촌의 작은 싸롱에서 조용필의 노래를 흥얼거리며 담배 연기를 내뿜던 그 경희 언니와는 조금 다른 사람이 되어버렸다. 그리고 그때 이후 난 소설 속의 경희 언니와 오래전의 경희 언니를 되는대로 버무려 떠올리게 되었다. 어쩌면 이 글 속의 경희 언니도 오래전 진짜 경희 언니와는 조금 다른 모습일지도 모르겠다. 그래도 뭐, 경희 언니는 서운해하거나 나무라지 않을 것 같으니까.

열한 살 겨울, 우리 가족은 그곳을 떠나 수도권의 한 도시에 새 둥지를 틀었다. 그곳의 친구들과는 그로부터 이 년쯤 더 편지를 주고받다 차츰 뜸해졌다. 그래도 어른들끼리는 계속해서 연락을 주고받은 덕에 간혹 그곳 식구들의 소식을 전해들을 수 있었다. 회산식당의 민호 엄마는 민호 아빠와 이혼한 뒤 민호와 따로 살게 되었고, 쥬단학 아줌마 영석이 엄마와는 지금까지도 한 번씩 서로의 집을 오가며 살고 있으며, 경수미장원의 경수 엄마는 이미 한참 전에 암으로 세상을 등졌다. 친구들의 광부 아버지들은 하나같이 진폐증을 오래 앓다가 돌아가셨다. 싸롱 우산속의 경희 언니에 대해서는 아는 사람이 없었다. 우산속이 식당이 아닌 싸롱이었기 때문인지, 아니면 그녀에게 아이가 없었기 때문인지, 그것도 아니면 그녀가 애초부터 흔적을 남기지 않는 사람이었던 것인지는 알 수 없지만 말이다.

내가 태어난 곳은 아니지만 누군가 고향을 물을 때마다 난 마음속으로 선영양행과 회산식당, 경수미장원과 우산속이 자리한 그 장터를 떠올리곤 한다. 가난했지만 모두가 똑같이 가난해서 가난이 뭔지 몰라도 되던 시절이었다. 아마 누구에게나 그런 곳이 있을 것이다. 바닷가 마을에서 태어나 매연 가득한 도시에서 삼십여 년을 살아왔지만, 여전히 나의 살던 고향은 시커먼 탄가루를 뒤집어쓴 아버지들이 탄 때 가득한 손으로 신명나게 젓가락을 두드리던, 그리고 그들의 자식들이 날이 저물도록 장터를 누비던 그곳이다. ✿

좋은 날

가족들과 오이도에 다녀왔다. 날이 차졌으니 조개찜을 먹으러 가자는 엄마의 제안으로 즉석에서 결정된 나들이였다. 엄마는 아마도 조개찜이 먹고 싶어서라기보다 한동안 외출을 하지 못한 내게 바람을 쐐주고 싶은 마음에서 꺼낸 말이었을 것이다. 때마침 전날부터 우리집에 와서 묵고 있던 조카 1, 2, 3호와 애들을 데리러 온 동생 내외, 그리고 엄마와 내가 차 두 대에 나눠 타고 길을 나섰다. 2호와 막내 3호가 할머니랑 같이 가고 싶다며 우리 차에 탔다. 아이들은 차에 타는 순간부터 내릴 때까지 잠시도 쉬지 않고 노래를 부르고 웃고 떠들고 싸워댔다. 덕분에 오이도에 가는 길 내내 아이들과 함께하는 게 즐거우면서도 혼이 나갈 듯 정신이 없었다.

오이도에 도착해 상가 주변을 차로 돌며 휠체어가 들어갈 수 있을 만한 가게를 찾았다. 턱이 없는 가게는 주차가 불편했고, 주차가 용이하면 가게 입구의 턱이 너무 높거나 아예 계단으로 되어 있었다. 그 많은 가게 중 경사로 설치가 제대로 되어 있는 가게는 눈에 띄지 않았다. 하는 수 없이 턱이 있지만 동생의 도움을 받으면 넘어갈 수 있을 만해 보이는 가게를 골라 차에서 내렸다. 그러나 차 안에서 볼 땐 그다지 높아 보이지 않았던 턱이 막상 넘으려니 꽤나 높아서 우리 힘만으로는 들어가는 게 불가능했다. 결국 가게 직원들까지 나서서 휠체어를 들어올려서야 가게 안으로 들어설 수 있었다.

우리는 손님이 하나도 없는 1층의 주방 앞쪽 자리에 둘러앉았다. 승강기가 마련되어 있는 상가가 없어서 가게마다 자랑해 마지않는 바다 전망이나 아늑한 분위기는 포기할 수밖에 없었지만, 그런 정도의 일은 너무 흔해서 그다지 마음 쓰이지 않았다. 그보다는 예상했던 것보다 훨씬 비싼 음식 가격에 더 놀라고 말았다. 여행지 음식 가격은 이해의 범주를 넘어서기 일쑤여서 번번이 알고도 속는 기분이 들었다. 그렇다고 어렵게 들어와 자리를 잡은 가게에서 도로 나가기도 곤란했다. 게다가 어딜 가나 비슷한 가격일 터였다. 나는 애초에 먹으려 했던 조개찜이 포함된 코스 음식을 사람 수에 맞춰 주문했다. 다행히 음식이 나오자 아이 어른 할 것 없이 모두들 맛있게 잘 먹어주어서 과하다 싶었던 비용도 아깝지 않았다.

식사가 끝나고 우리는 식당 앞 도로 건너편 제방 길을 산책하기로 하고 우르르 식당에서 몰려나갔다. 식당 앞 도로를 건너 동생의 도움으로 경사가 급한 비탈길을 어렵게 올라 제방 길에 들어섰다. 하늘은 티 없이 맑았고 초겨울 치곤 기온도 푹한 편이어서 산책하기엔 맞춤한 날이었다. 전망대에 들어서자 아이들은 여기저기 기웃거리며 다른 아이들과 함께 뛰어다니기 시작했고, 엄마는 꼬리잡기라도 하듯 막내 3호를 따라다녔으며, 동생과 올케는 가족들이 마실 음료를 사오겠다며 자리를 떴다. 나는 사람들로 북적이는 전망대 한쪽에 자리를 잡고 물이 빠진 갯벌을 구경했다. 인파 속에서 갯골을 따라 흐르는 물과 그 안에서 무리를 이루거나 외따로 떨어져 있는 새들의 움직임을 지켜보는 내내 어쩐지 가슴 한편이 단단하게 다져지는 것 같았다. 이유는 잘 모르겠지만, 그 순간 세상 속에서 낯선 사람들에게 둘러싸여 있다는 사실이 어쩐지 의미 있게 느껴졌다.

하늘도 바다도 좋았지만, 그날 가장 좋았던 것은 나와 함께 걸어준 1호였다. 어느새 제 엄마보다 크게 자란 1호는 이제 어딜 가나 내게 든든한 길동무가 되어주었다. 제방 길 산책로를 휠체어로 달리는 내내 1호는 나와 나란히 발을 맞춰 걷다가 오르막이 나타나면 내 뒤에서 힘껏 휠체어를 밀어주었다. 내리막에서는 혹시라도 내가 속도를 제어하지 못할까 걱정스러운지 "고모, 조심조심! 천천히 내려가세요!"라며 주의를 주기도 했다. 그해 마지막 눈과 함께 찾아온 3.14킬로그램의 아기가 어느새 저만큼 자라 날 걱정하고 있다니, 늘 가볍기만 했던 주머니가 비로소 가득찬 듯한 기분이었다.

한때는 혹시라도 조카들이 자라서 내가 휠체어를 타는 장애인이라는 사실을 부끄러워하면 어쩌나 걱정하기도 했다. 그러나 그건 기우에 지나지 않았다. 조카들은 휠체어를 타는 나를 너무나 당연한 존재로 받아들였다. 내게 영향을 받아서인지 장애가 있는 다른 친구들을 대하는 모습도 여느 친구들을 대할 때와 다름없이 편안하고 평범했다. 어디서든 나를 보면 힘껏 달려와 폭 안기는 아이들을 품에 안을 때면 이런 아이들을 믿지 못하고 공연한 걱정을 했던 것이 미안해질 정도였다. 사춘기가 오고 더 자라 어른이 되어도 아이들은 지금처럼 나와 내 장애를 당연한 것으로 여길 거라는 걸, 이제는 믿는다.

끝없이 이어질 것만 같은 제방 길을 1호와 함께 달렸다. 사람들이 꽤나 북적였지만, 휠체어를 굴려 앞으로 나가는 데 방해가 되진 않았다. 나를 본 사람들이 기꺼이 조금씩 움직여 길을 열어 주었기 때문이다. 어쩌면 지금껏 나는 유독 눈에 보이는 턱과 세상으로 나가는 데 방해가 되는 장애물만 눈여겨보느라 그러한 사실을 느끼지 못했을 뿐, 사실은 많은 배려 속에서 생활해왔는지도 모르겠다. 돌아오는 길엔 오랜만에 본 붕어빵을 사서 다 같이 나눠 먹었다. 모두들 아주 맛있게 먹었는데, 반평생을 상어와 물고기에 집착해온 3호만은 붕어빵을 먹는 대신 오래 가지고 놀며 차 안 여기저기에 팥고물을 짓이겨놓았다.

바닷가에 와서 본 거라고는 북적이는 사람들과 물 빠진 갯벌뿐이었지만 조금도 아쉽지 않았다. 어느새 자라서 고모의 휠체어를 밀어줄 수 있게 된 1호도 장하고, 조심스레 길을 비켜주던 사람들의 배려도 새삼 눈물겨웠으니까. 게다가 물 빠진 갯벌의 갯골은 얼마나 신비롭던지! 큰돈 들여 멀리 떠난 것도 아니었는데, 돌아왔을 때의 마음은 다른 어느 때보다 충만해져 있었다. 물론, 집에 돌아와 양말을 벗으면서는 "역시 집이 최고"라고 중얼거렸지만 말이다.

3부

움직여라,
발가락

그래도, 아직은 봄밤이라고

내게 소설은 생존의 다른 이름이었다. 살아남은 내가 할 수 있는 게 글쓰기뿐이어서, 그것마저 하지 않는다면 내 존재를 나 자신에게조차 설명할 길이 없어서 소설을 썼다. 아니, 쓸 수밖에 없었다. 그러나 소설을 쓰면서도 내가 쓴 소설이 책으로 묶일 수 있을 거라고는 생각하지 못했다. 나는 한껏 의기소침해져 있었고, 세상에 내 존재를 알리는 일 앞에선 무기력하기만 했다. 내가 소설을 쓰는 건 살아남기 위해서였지, 그 소설이 다른 무엇이 될 수 있을 거라는 기대는 아주 오랫동안 가질 수가 없었다. 그렇게 살아왔는데, 어느 날 세상이 내게 손을 내밀어주었다. 그리고 거짓말처럼 책이 만들어졌다. 사고가 난 지 꼭 십 년째 되던 해였다.

책이 나오자마자 가장 먼저 한 일은 아빠 산소에 다녀오는 것이었다. 살아 계실 때 그토록 기다렸던 책을 한시라도 빨리 아빠에게 보여주고 싶었기 때문이다. 돌아오는 길엔 외가에 들러 이모와 외삼촌도 만났다. 모두들 어찌나 감격하고 기뻐해주는지 내가 혹시 세상을 구한 건 아닌지 어리둥절할 지경이었다. 엄마도 그날만은 으쓱해하는 모습이었다. 내 사고 이후 엄마는 형제자매들 사이에서 한없이 불쌍하고 안쓰러운 존재였다. 형제자매들의 속깊은 배려를 고마워하면서도 한편으로는 배려의 대상이 될 수밖에 없는 현실에 풀죽어하는 게 사실이었다. 그랬던 엄마가 오랜만에 활기에 차서 형제자매들을 대하는 모습을 보고 있자니 휠체어 생활을 하면서 점점 휘고 있던 척추가 다 반듯하게 펴지는 기분이었다. 짧은 만남을 뒤로하고 돌아오려는 내 손에 외숙모가 두툼한 봉투를 쥐여주셨다. 그 자리에서 열어볼 수 없어서 집에 돌아와서야 봉투를 확인했는데, 생각보다 큰돈이어서 받아도 되는지 고민에 빠졌다. 그렇다고 이미 받은 돈을 뒤늦게 되돌려드리기도 민망한 노릇이었다. 고민 끝에 돈의 절반을 떼어 엄마한테 드렸다. 엄마는 외삼촌이 너 쓰라고 준 걸 왜 나를 주느냐며 한사코 사양했지만 그냥 엄마 통장에 입금시켜버렸다. 그러고 나자 마음이 조금 편해졌다.

가족들과 함께 십 년 만에 나온 새 책의 의미를 재차 삼차 되새기며 며칠을 보내고 나자 불현듯 불안감이 밀려들었다. 아무도 내 책을 읽어주지 않을지도 모른다는 불안감, 책을 읽은 이들이 실망할지도 모른다는 두려움으로 잠을 이루기 힘들었다. 이미 발표한 작품은 더이상 내 것이 아니니 불안감도 두려움도 가질 필요 없다고 생각해보려 애썼지만 이번에도 내 마음은 내 뜻대로 되지 않았다. 비슷한 시기에 출간된 동료들의 책을 읽은 후 불안감은 가중되었다. 잘 쓰는 사람들이 이미 이렇게 많은데 공연히 아까운 종이만 없앤 것은 아닐까 하는 생각이 들었던 것이다. 세상에서 내가 가장 못난 것 같았고 애틋하기 그지없던 내 소설들은 볼품없게만 느껴졌다. 책이 출간된 뒤 진행된 몇몇 언론사와의 인터뷰와 온라인상에 속속 올라오는 리뷰들은 분명히 기쁘고 뿌듯했지만 한편으로는 불안감을 증폭시키는 원인이 되기도 했다. 어쩐지 그들이 내 소설보다는 내가 가진 장애에 주목하고 있는 것 같다고 느껴졌기 때문이다. 이미 책이 나오기 전부터 각오했던 일이지만, 막상 세상이 내게 원하는 것은 소설이 아니라 장애를 입고도 소설을 써낸 장애 극복 서사일지도 모른다는 생각이 들자 한없이 쓸쓸해지기까지 했다.

마음 가는 대로 축 늘어져 있자니 모처럼 기분좋은 엄마의 마음을 상하게 할 것 같아 그것도 하지 못하겠고, 늘 하던 대로 친구들에게 징징대며 위로를 받고 싶었지만 너는 왜 늘 똑같은 말을 반복하게 하느냐고 묻던 친구의 말이 떠올라 더는 징징대기도 민망했다. 다치기 전에 좋아하던 술도 담배도 산책도 더이상 할 수 없게 된 나로서는 이렇다 할 스트레스 해소법도 없었다.

"무슨 걱정 있니?"

여기저기 전화해 내 책을 자랑하던 엄마가 텔레비전 화면을 멍하니 바라보고 있는 내게 물었다. 아무리 티를 내지 않으려 해도 엄마의 눈을 속일 수는 없었다.

"그냥 좀 가라앉네."

대수롭지 않다는 듯 대답했지만 엄마는 내게서 시선을 거두지 않았다.

"정말 별거 아니야. 그냥 좀 가라앉은 것뿐이니까 걱정하지 않아도 돼."

"그런 것 같지 않은데? 무슨 일이야. 그렇게 속으로만 끙끙댄다고 해결되는 일은 없어. 쏟아내야 속이라도 풀리는 법이야."

엄마의 말에 괜히 울컥했다. 나는 긴 한숨과 함께 말을 꺼냈다.

"그냥. 다른 사람들이 쓴 소설에 비해 내 소설이 너무 초라한 것 같아서. 다들 잘 썼는데, 나만 그러지 못한 것 같아."

내 말에 안 그래도 커다란 엄마의 눈이 한층 더 커졌다.

"무슨 그런 말을 해. 초라하긴 뭐가! 엄마가 보기엔 대한민국에서 네 소설이 최고로 좋아. 얘가 대체 무슨 소리를 하고 있는 거야. 얼마나 귀한 책인데 그런 말도 안 되는 생각을 하고 있어. 엄마 믿어. 엄마가 언제 거짓말한 적 있어? 네 소설 좋아. 얼마나 재미있다고!"

엄마가 잔뜩 흥분해서 이야기했다. 그 모습이 고맙기도 하고 미안하기도 하고 귀엽기도 해서 웃음을 터뜨리고 말았다.

"하지만 엄마는 언제나 내 소설이 제일 재미있다고 하잖아. 엄마는 내 엄마니까 그렇게 생각하는 것뿐이야."

내 말에 엄마가 쓰읍, 숨을 들이마시며 눈을 흘겼다.

"쓸데없는 소리 하지 말라니까 그러네. 그리고 그건 널 믿고 책을 내준 출판사에 대한 예의도 아닌 거 같은데. 안 그래?"

예상치 못했던 말에 웃음기가 싹 가셔버렸다. 엄마 말대로 이런 못난 자괴감에 빠져 있는 것은 나를 믿고 내 책을 내준 출판사와 편집자에 대한 예의가 아니었다. 얼마 전 친구가 말한 대로 가난한 집 장남 같은 마인드가 필요한 시점이었다. 하지만 난 도통 무엇을 해야 할지 알 수가 없었다. 나조차 신뢰하지 못하는 나를 누구에게 믿어달라고 할 수 있을까. 안타깝게도 내 상태가 딱 그랬다. 나는 생각 끝에 출간 후 던져놓고 펼쳐보지도 않았던 내 책을 펼쳐들었다. 그리고 연필로 줄을 그으며 신중하게 읽어 내려가기 시작했다. 내가 쓴 글이었지만 하나같이 낯설었다. 이 정도면 내 소설이 내가 생각하는 것처럼 정말로 그렇게 엉망인지 확인해봐도 괜찮을 것 같았다. 우선은 그렇게 시작하는 수밖에 없었다. 지레 겁먹지 말고, 무턱대고 절망하지도 말고. 세상 어떤 일을 한들 지금과 같은 좌절이 없을까. 언제고 나만 괴롭고 나만 두려운 것 같지만 사실은 누구나 괴롭고 누구나 두려울 터였다. 물론 지금은 이렇게 생각해놓고 또 언제 완전히 망해버렸다고, 더는 버틸 힘이 없다고 징징댈지 알 수 없는 노릇이긴 하다. 한 고개를 넘으면 또다른 고개가 나타나기 마련이고 사람은 쉽게 변하지 않는 족속이니까 말이다. ✿

가진 것과 원하는 것

재작년까지 격일로 재활치료를 받으러 다녔다. 대단한 치료를 받는 건 아니었고 관절이 굳지 않도록 마사지를 받거나 다리를 대신해야 하는 팔의 근력을 키우는 일, 휠체어 생활에 좀더 익숙해질 수 있는 요령 같은 것들을 익혔다. 어느 해 가을, 내 바로 옆 매트에서 양 하지를 절단한 아저씨가 나와 같은 시간대에 훈련을 받았다. 나는 우리 엄마보다 대여섯 살쯤 젊어 보이는 아저씨가 훈련받는 모습을 매번 눈여겨보곤 했다. 아저씨는 재활훈련을 시작한 지 얼마 안 되었는지 중심 잡기조차 버거워했다. 처음엔 다 그렇다. 하반신이 마비되거나 절단되었을 때, 우리 몸은 이전까지의 중심을 완전히 잃어버린다. 갓 태어난 아기처럼 모든 것을 다시 시작해야 하는 것이다.

수술을 마치고 짧은 회복기간을 거친 뒤 재활훈련을 시작했을 때, 내가 가장 먼저 받은 훈련은 침대에 누운 채로 침대 안전바를 잡고 몸을 돌려 눕는 것이었다. 수술부위가 채 아물지 않은 상태였고 부러진 척추를 지지하는 보조기도 착용하고 있어서 혼자서 몸을 돌려 눕는 것조차 엄두를 내지 못하던 때였다. 조금 더 회복이 된 뒤에는 치료실의 운동매트로 옮겨져 훈련을 받았는데, 양팔을 크게 휘둘러 그 반동을 이용해 모로 눕는 연습을 했다. 그다음은 모로 누운 상태에서 상체를 팔에 의지해 몸을 일으켜 앉는 것이었다. 그때까지도 상반신에 커다란 보조기를 찬 상태였다. 누웠다 일어나는 그 단순한 동작이 난생처음 해보는 것처럼 낯설기만 했다. 다치기 전엔 생각을 할 필요조차 없이 당연하던 움직임이었는데, 다치고 나선 궁리에 궁리를 거듭해도 도통 움직임의 방법이 떠오르지가 않아 이러지도 저러지도 못한 채 버둥거리기 일쑤였다.

그렇게 어렵게 일어나 앉은 후에도 배워야 할 일은 수없이 많았다. 앉은 채로 바닥에서 손을 아주 살짝만 떼도 뿌리 없는 나무처럼 쿵, 넘어가버리기 일쑤였다. 아무것도 붙잡지 않고 혼자서 중심을 잡고 앉아 있을 수 있기까지는 생각보다 긴 시간과 노력이 필요했다. 중심을 잡고 앉은 상태에서 작은 모래주머니나 고무공을 던질 수 있게 되기까지는 더 긴 시간과 많은 노력이 필요했고, 매트에서 스스로 휠체어로 옮겨 앉을 수 있게 된 것은 아주 긴 시간이 흐른 뒤였다. 갓 태어난 신생아가 혼자서 몸을 뒤집고, 배밀이를 하며 제 힘으로 기고, 무언가 붙잡고 일어서고, 드디어 첫걸음을 떼기까지 매순간 맨 처음의 시간과 노력이 필요한 것처럼, 장애를 가진 몸으로 다시 태어난 우리도 몸을 돌려 눕고, 스스로 몸을 일으켜 앉고, 혼자서 중심을 잡기까지, 매순간 그때껏 한 번도 겪어보지 못했던 시간과 노력을 쏟아붓는다. 그냥 다쳐서 필요하게 됐으니까 어느 날 갑자기 턱하니 휠체어에 앉을 수 있게 되는 것이 아니라, 비장애인들은 짐작하지 못할 시간을 에누리 없이 다 겪어낸 끝에야 휠체어에 스스로 옮겨 앉을 수 있게 되는 것이다.

양쪽 대퇴부가 절단된 아저씨는 잃어버린 두 다리 대신 팔이 다리의 역할을 하는 연습을 하고 있었다. 아저씨는 두 팔로 몸을 지지해 신중하게 중심을 잡은 다음 한 걸음씩 움직여 앞으로 나갔다. 그게 버거웠는지, 아저씨는 자꾸만 중심을 잃고 한쪽으로 쓰러졌다. 가까스로 다시 일어나 연습을 계속하다 또다시 쓰러지길 반복하던 아저씨가 결국 옆으로 넘어진 채 한참동안 움직이지 않았다. 한쪽에서 아저씨의 훈련 모습을 조용히 지켜보고 있던 아주머니가 다가가 수건을 내밀었지만 아저씨는 아무런 반응도 보이지 않았다.

"뭘 그렇게 보세요? 집중하지 않으시고요. 발뒤꿈치 쪽 근육이 짧아졌어요. 평소에 자꾸 늘려줘야 하는데 통 안 하시나 봐요."

치료사 선생님이 한마디했다. 나는 멋쩍게 웃고 말았다. 이후에도 치료사 선생님은 발뒤꿈치 근육이 짧아지다보면 결국 까치발이 되고 만다며 걱정을 한 보따리 늘어놓았다. 기립기 설 때 근육이 늘어날 수 있도록 경사판을 놓고 서보라는 조언도 해주었다(경사판은 나중에 아빠가 손수 만들어주셨다). 나는 고개까지 주억거리며 알았다고 대답했지만, 사실 내 신경은 온통 옆 매트의 아저씨에게 가 있었다. 아저씨의 절망이 이해되고 가슴 아프면서도 한편으로는 아저씨의 처지가 부러웠다. 힘든 훈련 과정을 거쳐야 하겠지만, 그래도 아저씨는 의족의 도움을 받아 결국 다시 걷게 될 것이다. 자연스러운 보행 훈련에 실패하게 된다 하더라도 최소한 일어설 수는 있을 터였다. 그것만으로 삶의 질이 얼마나 달라질 수 있는지, 나는 알고 있었다. 앉은 자리에서 일어설 수 있는 것, 단 한 발자국일망정 걸음을 떼어놓을 수 있는 것, 스스로 변기에 앉아 용변을 보고 뒤처리를 할 수 있는 것, 이런 식으로 한 단계씩 나아질 때마다 삶의 질은 말할 수 없이 달라진다. 비장애인들은 별다른 고민 없이 일상적으로 하는 행동 하나하나가 장애를 가진 나에겐 꿈같은 일이었다.

아저씨가 천천히 몸을 일으켰다. 그리고 아주머니가 건넨 수건으로 얼굴과 목덜미의 땀을 훔쳐냈다. 아저씨는 다시 중심을 잡고 두 팔로 몸을 지지했다. 그리고 한 걸음 한 걸음 천천히 팔을 움직였다. 매트 끝까지 넘어지지 않고 간 아저씨가 치료사의 도움을 받아 휠체어로 옮겨 앉았다. 조용히 서서 그 모습을 지켜보던 아주머니가 치료사에게 인사를 한 뒤 휠체어를 밀고 치료실 밖으로 나갔다. 내 치료시간도 끝나 엄마가 휠체어를 밀고 들어오고 있었다.

"부러웠어요?"

치료사 선생님이 물었다. 내가 눈을 동그랗게 뜨고 쳐다보자 선생님이 빙긋 웃었다.

"그냥 그래 보여서요."

치료사 선생님은 별일 아니라는 듯 내 어깨를 툭 쳤지만, 나는 나쁜 짓을 하다 들킨 것처럼 얼굴이 달아올랐다. 절단 장애를 가진 아저씨를 부러워하는 마음의 밑바닥에 내 불행과 타인의 불행을 비교하는 어리석고 무례한 마음이 깔려 있었기 때문이다.

집으로 돌아오는 길에 엄마에게 물었다.

"아까 내 옆 매트에서 재활받던 아저씨 봤어?"

"응. 봤지."

말만 꺼내놓고 한참을 창밖만 내다봤다. 단풍이 절정이었다. 인도를 완전히 뒤덮은 낙엽을 바스락바스락 밟으며 걷고 싶었다.

"나 오늘 계속, 그 아저씨 되게 부럽다고 생각하면서 훔쳐봤어. 아무리 생각해봐도 나보다 나은 처지더라고. 어쨌든 다시 걸을 테니까."

나는 조금 망설이다 마치 고백하듯 털어놓았다. 엄마는 나를 흘끔 볼 뿐 별 말이 없었다. 그런 말이 엄마를 슬프게 할 거라는 걸 모르지 않았다. 엄마는 가장 나중까지 회복에 대한 희망을 접지 못한 사람이었다. 요즘도 가끔 내가 걷는 꿈을 꾼다면서 슬픈 미소를 짓기도 했다. 그런 엄마에게 해서는 안 될 말을 한 것 같아 신경이 쓰였다. 하지만 엄마가 아니라면 누구에게 그런 말을 할 수 있을까.

"부러울 수 있지. 엄마도 부럽던데 뭐. 너 예전에 입원했던 병원에 재활치료실이랑 같은 층에 방사선종양학과 있었던 거 기억나니?"

"응. 기억나."

"그래선지 그 층에 비니 쓴 사람들이 유난히 많이 보였잖아. 엄마는 그때 그 사람들 보면서도 부럽다고 생각했어. 그래도 저 사람들은 걸을 수는 있구나. 치료를 받으면 나을 수도 있겠지. 그런 생각을 자주 했어. 넌 나아지는 병이 아니었으니까. 지금 생각하면 무슨 그런 생각을 다 했나 싶은데, 그땐 너무 막막했으니까. 엄만, 그럴 수도 있다고 생각해. 다 그렇게 조금씩 나약하고 이기적인 게 사람이지 뭐. 안 그래?"

엄마는 대수롭지 않다는 듯 얘기했다. 하지만 내가 듣고 싶은 말은 그런 게 아니었다. 나는 엄마가 두 다리가 절단된 사람마저 부러워하고 있는 내 마음을 한껏 안쓰러워해주었으면 했다. 아직 절망에 빠져 있는 게 틀림없는 사람을 훔쳐보며 부러워하는 내 마음이 설사 부끄러운 것이라 해도, 그런 것과는 아무 상관없이, 그런 마음을 가질 수밖에 없는 내 처지를 위로받고 싶었다. 어떻게 해야 내 마음이 위로받을 수 있는지는 모르겠지만 무턱대고 위로받고 싶었던 것이다. 집으로 돌아오는 내내 입을 꾹 다물고 있었다. 어쩐지 씁쓸한 기분이었다.

집으로 돌아와 간단히 씻고 책상 앞으로 갔다. 노트북을 켜고 쓰다만 소설 파일을 불러오는데 문득 오래된 기억 하나가 뇌리를 스쳤다. 사고 초기 재활병원 생활을 할 때 함께 병실을 썼던 J에 대한 기억이었다.

"언니는 좋겠다. 손이라도 자유로워서 노트북도 마음껏 쓰고."

교통사고로 경수를 다쳐 사지마비가 된 친구였는데, 다치기 전엔 웹디자이너였다고 했다. J가 그런 얘기를 한 뒤로 J 앞에서 노트북을 쓸 때마다 괜히 눈치가 보였다. 티를 내진 않았지만, 누군가 내 장애 정도를 부러워한다는 사실이 부담스럽고 부당하게 느껴졌다. 괜한 눈치까지 봐야 하는 상황이 조금 불쾌했던 것도 같다. 그때는 나도 느닷없이 사고를 당한 지 얼마 안 된 처지라 내 장애를 받아들이지 못하고 있었다. 받아들이기는커녕, 나 자신을 불쌍해하며 내 불행을 전시하듯 내세우는 나 때문에 주변사람들이 얼마나 괴로운지 돌아볼 여유조차 없었다. 세월이 그만큼 흘러서인지, 아니면 낮에 비슷한 경험을 했기 때문인지, 비로소 J의 마음이 온전히 이해가 됐다. 동시에 내가 가진 것이 어떤 것이었는지 새삼 깨닫게 되었다. 그리고 잠시나마 그 애의 마음을 부담스럽고 불쾌하게 여겼던 지난 시절의 내가 부끄러워졌다.

다시는 걸을 수 없다는 걸 알게 되고 얼마 지나지 않았을 때, 엄마는 내게 머리를 다치지 않았고 손도 쓸 수 있으니 소설은 계속 쓸 수 있지 않느냐고 했다. 내가 모든 게 끝장이라며 울고불고 난리를 피울 때였다. 그때는 소설은 무슨 놈의 소설이냐고 악을 썼지만, 결국 나는 엄마의 말대로 다시 소설을 쓰고 있었다. 누군가는 사고 이전의 직업에 복귀할 수 없어 전혀 다른 세계에서 처음부터 다시 적응하기 위해 애를 써야 했을 텐데, 나는 운 좋게도 하던 일을 계속해나갈 수 있었던 것이다. 비록 온종일 끔찍한 통증에 시달리고 있긴 했지만, 느리게나마 무언가를 만들어내고 있었다.

사람들은 종종 감사해야 할 일을 잊고 살아간다. 정작 자신이 무엇을 가지고 있는지는 잊은 채 남이 가진 것에만 눈을 반짝이는 것이다. 그것이 늘 나쁜 결과를 가져오는 것은 아니겠지만, 내가 가진 소중한 것도 발견하지 못한 채 더 나은 것을 이룰 수 있을까. 생각에 빠져 있는데 엉덩이가 저려왔다. 감각도 없는데 어떻게 저리다고 느낄 수 있는지는 모르겠지만 엉덩이는 계속해서 저리고 아리고 쑤셨다. 눌린 엉덩이에 혈액이 순환되도록 휠체어를 잡고 몸을 띄웠다. 그 자세로 버티며 생각했다.

'그래도 역시, 걸을 수 있다는 건, 설 수 있다는 건, 스스로 변기에 앉아 용변을 보고 뒤처리를 할 수 있다는 건 부러운 일이지.'

속으로 천천히 삼십까지 센 다음 휠체어에 털썩 주저앉았다. 짧은 한숨을 몰아쉰 뒤 모니터에 시선을 고정했다. 벌써 며칠째 이야기엔 전혀 진전이 없었다. 상태가 더 나빠지기 전에 어떻게든 이야기를 이어가야 한다는 생각에 초조해졌다. 발가락 끝이 저리고 서혜부가 아리기 시작했다. 다시 통증이 몰려오려는 징후였다. ✿

손을 흔들다

한창 업무를 보고 있었다. 갑자기 뱃속이 쿠르륵 울리더니 꾸르륵꾸르륵 무른 변이 쏟아져나왔다. 배탈이 날 조짐 같은 것은 없었다. 어쩌면 있었는데 마비 때문에 느끼지 못했는지도 몰랐다. 아무튼 일은 벌어지고 말았다. 예측하지 못한 일이니 기저귀를 차고 있지도 않았다. 시간을 확인했다. 활동지원사 선생님의 출근 시간까지는 세 시간도 넘게 남아 있었다. 엄마는 모처럼 먼 곳으로 외출중이었다. 누군가에게는 연락을 해야 했다. 활동지원사 선생님에겐 연락해봐야 이런 뒤치다꺼리를 할 수 있을 것 같지가 않았다. 좀 먼 거리에 있긴 해도 엄마를 부르는 수밖에 없었다. 머리를 굴리는 와중에도 대변은 계속해서 꾸르륵꾸르륵 밀려나왔다. 갑자기 모든 상황이 견딜 수 없어졌다. 영혼까지 너덜너덜해지는 기분이었다. 눈물이 왈칵 솟았다. 마음 같아선 정신을 놓아버리고 싶었지만 어떻게든 정신을 차려야 했다. 쏟아지는 눈물을 훔쳐내며 있는 힘을 다해 울음을 삼켰다. 하지만 아무리 훔쳐내도 눈물은 자꾸만 흘러나왔고, 억지로 삼키는 울음은 번번이 목에 걸렸다.

지난 십 년 간 이런 일은 수없이 반복되었지만 조금도 익숙해지지가 않았다. 문득, 이런 끔찍한 일이 죽을 때까지 반복될 거라는 생각이 들었다. 더는 참지 못하고 책상에 엎드린 채 울음을 터뜨리고 말았다. 무서웠다. 화가 나고 수치스러운 거야 말할 것도 없었지만, 그보다 두려움이 더 컸다. 이런 일이 벌어질 때마다 느끼는 감정의 근원엔 언제나 두려움이 자리하고 있었다. 더 나이가 들어 엄마의 도움마저 받지 못하게 된다면 나는 어떻게 되는 걸까. 활동지원사들은 이런 일까지는 하지 않으려고 했다. 혼자서 대변 처리도 못하는 성인이 갈 곳은 뻔했다. 아니, 그 뻔한 곳에서조차 나를 받아주지 않을 수도 있었다. 한동안 정신을 놓고 엉엉 울다가 기운이 빠져 고개를 들자 모니터 속 파일들이 흐릿하게 눈에 들어왔다. 그제야 이렇게 울고 있을 때가 아니라는 생각이 들었다. 똥을 쌌든 오줌을 쌌든, 지금이 근무시간이라는 사실에는 변함이 없었다. 화장지를 뽑아 꽉 막힌 코를 풀고 눈물과 침으로 엉망이 된 얼굴도 대충 훔쳐냈다. 대변냄새가 코를 찔렀다. 창문을 활짝 열었다. 마흔일곱 살이나 먹은 여자가 똥을 싸고 그 뒤처리를 혼자 하지 못해 똥을 깔고 앉은 채 엉엉 울고 있다니, 생각할수록 기가 막혔다.

평범한 날이었다. 눈을 뜨고 가장 먼저 느낀 감각이 통증이었던 것도, 한두 차례 심한 통증이 몰려왔다간 다음에야 간신히 자리를 털고 일어날 수 있었던 것도 다른 날과 다르지 않았다. 잠을 자고 일어났지만 여전히 피로에 전 몸을 억지로 움직여 옷을 갈아입었다. 무릎띠를 두르고 신발을 신은 다음 침대에서 휠체어로 옮겨 앉았다. 나는 장애인 재택근무를 하고 있다. 이 일이 내게, 그리고 사회에 어떤 기여를 하는지는 잘 모르겠고 별로 중요하지도 않았다. 생계를 위해서는 다른 사람들처럼 규칙적인 수입이 필요하다는 사실만이 중요했다. 대부분의 작가들에게 글은 충분한 밥이 되지 못한다. 나처럼 인기 없는 작가에겐 더더욱 그렇다. 단순 반복의 끝판왕인 이 일이 내게, 그리고 사회에 아무런 기여를 하지 못한다 해도, 그래서 성취감이나 자긍심 따위는 평생 얻지 못한다 해도, 내게 밥을 주는 일인 것만은 틀림없는 사실이었다. 다른 사람들과 마찬가지로 내게도 밥이 되는 일이 최우선이었다. 그러니 내 멋대로 오늘 해야 할 일을 내일로 미룰 수는 없는 노릇이었다.

여러 번의 통화 시도 끝에 간신히 연결된 엄마는 용건을 듣자마자 얼른 오겠다는 말만 남기고 전화를 끊었다. 나는 엄마의 목소리를 자꾸만 되새기며 엄마의 기분이 어떨지 가늠해보려 했다. 이런 일이 벌어질 때마다 엄마의 눈치부터 살피게 됐다. 하필이면 엄마는 정말 오랜만에 친구들을 만나기 위해 외출한 터였다. 엄마가 화를 내거나 괴로운 티를 낸 것이 아닌데도, 쉰이 다 되어가는 딸의 대변 뒤처리를 해야 하는 엄마의 심정이 오죽할까 싶어 죄책감이 들었다. 그날 나는 엄마가 돌아오길 기다리며 꾸르륵꾸르륵 밀려나오는 설사를 깔고 앉은 채 게시판에 글을 올리고 보고서를 작성하는 단순작업을 거의 두 시간이나 반복했다. 그사이 몇 번 더 통곡하며 차라리 죽어버렸으면 좋겠다는 생각도 했다. 나 정도 마비등급을 가진 사람들 중에는 혼자서 신변처리를 척척 해내는 이들도 있다던데, 나는 왜 혼자서 해결하지 못하나 자책하기도 했다. 내가 할 수 있는 일이라고는 겨우 창문을 활짝 열어 집안을 환기시키는 정도가 다였다. 날이 쌀쌀했지만 지독한 악취를 조금이라도 빼내자면 어쩔 수 없었다. 점심시간이 가까워올 무렵 엄마의 차가 아파트 입구를 통과했다는 인터폰이 울렸다. 팀장에게 양해를 구한 뒤 어기적어기적 휠체어를 몰아 화장실로 갔다. 대변을 깔고 앉은 지 두 시간이 넘어가고 있었다.

엄마는 집에 들어서자마자 옷도 갈아입지 못한 채 나를 변기로 옮겨 앉혔다. 그리고 대변이 잔뜩 묻은 옷을 조심스럽게 벗겨냈다. 허리춤까지 밀고 올라온 대변을 휴지와 물티슈로 대강 닦아낸 다음 긴 시간 방치되어 냄새가 배어버린 몸에 여러 번 비누

질을 반복해 씻겨주었다. 그러는 내내 엄마도 나도 아무 말 하지 않았다. 나는 하다못해 죄송하다거나 고맙다는 말도 하지 못했다. 마음이 부족해서가 아니라, 말 그대로 이를 악물고 울음을 참아내느라 차마 입을 뗄 수가 없었다. 엄마 역시 샤워가 끝나도록 아무 말도 하지 않았다. 침묵 뒤에 숨은 말들을 충분히 짐작할 수 있었지만, 나는 애써 모른 척 외면했다. 엄마의 의도와는 아무 상관 없이, 내게 엄마의 침묵은 너무 무거워서 때로 그 침묵에 짓눌려 납작해질 것만 같았다. 숨이 잘 쉬어지지 않았다. 온갖 무서운 생각들이 머릿속에서 뒤엉켰다. 상상할 수 있는 최악의 순간들이 한꺼번에 떠올라 머리가 터져나갈 지경이었다. 두려움에 몸이 덜덜 떨리고 눈앞이 아득해졌다. 시간 맞춰 약을 먹는데도 이런 일이 생길 때마다 나는 여전히 십여 년 전 그 순간처럼 허방을 짚고 말았다. 비누 거품을 씻어내다 말고 엄마가 자낙스 한 알과 물을 가져다주었다. 나는 엄마가 주는 약을 받아먹고 벌거벗은 채 변기에 기대앉아 눈을 감았다. 분명 울고 있지 않았는데도 눈물이 줄줄 흘렀다. 엄마가 커다란 수건을 가져다 비눗물을 채 닦아내지 못한 몸에 둘러주었다. 젖은 손으로 새어나오는 눈물을 자꾸만 훔쳐냈다. 그런 내 모습을 보고 있을 엄마와 차마 눈을 맞출 수가 없어 눈을 뜨지 않았다. 나는 그렇게 한동안 떨리는 몸과 푹 꺼져버린 마음이 진정되길 기다렸다. 얼마 후 눈물이 멈췄고 경련하듯 떨리던 몸도 진정됐다. 엄마가 따뜻한 물을 틀어 남은 비눗물을 마저 헹궈주었다. 마른 수건으로 젖은 몸을 닦아내고 엄마의 도움을 받아 옷을 입었다. 엄마가 변기에서 외출용 휠체어로 옮겨 앉는 걸 도와주었다. 서둘러 휠체어를 밀고 다시 책상 앞으로 갔다. 시간을 확인해보니 점심시간은 물론 보고서 제출 시간도 이미 지나 있었다. 메신저에는 팀장으로부터 여러 개의 메시지가 들어와 있었다. 서둘러 메시지에 답을 하고 보고서를 전송했다. 그사이 한숨을 돌린 엄마가 그제야 옷을 갈아입고 본격적으로 대변이 치덕치덕 묻은 방석과 휠체어를 세척하기 시작했다. 대체 언제까지 엄마 손에 저런 일을 맡겨야 하는 걸까. 생각해봐야 답을 구할 수 없는 물음이었다.

어쩌면 그날보다는 잘할 수도 있겠지만, 어쨌든 모든 날이 좋을 순 없다. 비슷한 일이 자꾸 반복되고, 그 일이 내 힘으로 어쩔 수 없는 일일 땐 포기할 줄도 알아야 한다. 대부분의 일에 대해 그렇게 했다고 생각한다. 심지어 걸을 수 없는 현실에도 어느 정도 적응이 됐다. 그런데 단 한 가지, 대변 문제 앞에선 번번이 무너졌다. 나에게 이 문제는 인간으로서의 마지막 존엄이 무너지는 경험과도 같은 것이기 때문이다. 부디 어떻게든 해결 방법이 나타나주길, 지금 이 순간에도 간절히 바라고 또 바란다. 하지만 바람과는 달리 나는 끝끝내 무너지고 또 무너지게 될 것임을 알고 있다. 그런 내가 할 수 있는 일이라고는 기록을 남기는 것뿐이다. 나에게 이런 일이 끝도 없이 반복해서 일어나고 있다는 사실을, 가능하면 사실 그대로 기록하는 일. 그래서 나처럼 마지막 존엄마저 무너지는 경험을 반복하며 두려움에 떨고 있을 누군가에게 당신 혼자만 겪는 일이 아니라고, 당신과 같은 내가 여기에 있다고 손을 흔들어주는 일. 그것마저 하지 않는다면 나는 무엇으로 내 존재를 증명할 수 있을까.

사고 이후, 내게 글은 새로이 갖게 된 정체성인 장애로 인해 겪어야 하는 온갖 불합리를 낱낱이 꺼내놓을 수 있는 도구가 되어주었다. 그전까지는 소설이 세상을 관찰하는 눈이었다면, 이제 내게 소설은 세상에 '우리'를 알리는 입이 된 것이다. 이런 변화가 올바른 것인지 아닌지는 잘 모르겠다. 지금에 와서는 옳고 그름이 그다지 중요한 문제라고 생각되지도 않는다. 똥을 싸서 뭉개고 앉은 채 그로 인한 수치심과 분노로 절망하는 나를 세상에 드러내는 일이 유쾌한 것은 아니지만, 그런 나이기 때문에, 내가 바로 그런 사람인 것을 글로 써서 알려야만 한다고 생각한다. 아마 누구에게나 그런 일이 있을 것이다. 그것이 쓰는 일이든, 그리는 일이든, 달리는 일이든 간에 하지 않을 도리가 없는, 그로써 자신의 존재를 증명해내야만 하는 그런 일이.

움직여라, 발가락

보름달이 환한 오월의 밤이었다. 달빛 아래 하얗게 반짝이는 길을 좋은 이들과 함께 걸었다. 누군가는 노래를 흥얼거리기도 했고, 누군가는 나지막이 속깊은 이야기를 털어놓기도 했다. 나는 주로 듣는 쪽이었다. 선망하던 이들의 평범한 속엣말을 하나도 놓치고 싶지 않았다. 그들과 나란히 걷고 있다는 사실이 믿기지 않았다. 길고 혹독했던 무명의 시간을 건너 세상의 인정을 받은 직후였다. 고대하던 첫 책이 드디어 출간되었고, 받은 상금으로 경제적인 어려움에서도 얼마간 벗어날 수 있었다. 등단 후 삼 년 동안 한 번도 받지 못했던 청탁을 받았을 땐 주눅든 채 오그라들었던 가슴이 쫙 펴지는 기분이었다. 텔레비전 뉴스에 내 책 얘기가 나오더라는 큰아버지의 전화를 받으면서 짐짓 아무렇지 않은 척하시는 아빠를 볼 땐 얼마나 뿌듯했던가. 그날, 달빛 속을 걸으며 모든 것이 완벽하다는 생각을 했던 것도 같다. 그로부터 몇 분 후면 끝없는 추락이 시작될 거라는 사실은 전혀 눈치 챌 수 없었다. 어쩌면 너무 들떠 있었기 때문이라고, 모든 나쁜 것들은 언제나 가장 좋은 순간을 골라 찾아온다는 사실을 잊었기 때문이라고, 그러니까 결국엔 모두 내 잘못이라고, 지금도 가끔 생각하곤 한다.

"아파요. 너무 아파요."

실로 어마어마한 통증이었다. 그때껏 느껴본 통증과는 차원이 달랐다.

"다리를 좀 움직여봐요. 다른 데 다친 데는 없어요?"

누군가 말했다. 그의 말대로 다리를 움직여보려 했다. 그러나 아무리 애를 써도 다리는 꿈쩍도 하지 않았다. 머리에서도 심한 통증이 느껴졌다. 아픈 곳을 더듬어봤다. 손에 붉은 피가 묻어 나왔다. 공포감이 밀려왔다. 추위와 공포, 그리고 표현할 길 없는 통증으로 나는 완전히 이성을 잃었다.

"머리도 다친 거 같아요. 머리에서 피가 나요. 허리가 너무 아파요."

계속해서 울며 소리쳤다. 함께 있던 이들 중 몇몇은 다리 아래로 내려와 나를 돌봐주었고 몇몇은 119에 신고하고 다리 위에서 앰뷸런스를 기다렸다. 그러나 시간이 흘러도 앰뷸런스는 오지 않았다. 누군가 다시 전화를 걸었다.

"마을 입구를 트럭으로 막아놔서 앰뷸런스가 들어오지 못하고 있대요. 트럭 주인을 찾고 있다니까 곧 들어올 수 있을 거예요. 조금만 더 참아요, 시운씨."

누군가 소리쳤다. 끔찍한 통증 속에서도 정신을 잃지 않고 나는 온전히 그 시간을 견뎌야 했다. 한참의 시간이 더 지나고서야 앰뷸런스가 도착했고 나는 병원으로 옮겨졌다.

도저히 부모님께는 연락할 수가 없어서 동생에게 연락해달라고 부탁했다. 놀란 동생은 두 시간 가까이 걸릴 거리를 단 한 시간 만에 달려왔다. 나중에 들은 얘기지만 의사들은 그때 이미 동생에게 내가 다시는 걸을 수 없을지도 모른다는 말을 했다고 한다. 덕분에 그날 밤 벌어진 일들은 동생에게도 평생 지워지지 않을 트라우마로 남았다. 병원에 도착한 직후부터 이런저런 검사를 받기 위해 옮겨지는 동안은 온몸이 갈가리 찢기는 것 같았다. 그러는 와중에 잠깐씩 정신을 놓기도 했지만 나는 여전히 많은 순간 깨어 있었다. 모든 검사를 마치고 수술을 결정해야 했다. 그러려면 우선 사고 지역의 병원에 남아서 수술을 받을 것인지, 서울로 옮겨갈 것인지 정해야 했다. 동생은 울먹이는 목소리로 내 의사를 물어왔고, 난 서울로 옮겨갈 것을 결정했다. 앰뷸런스를 타고 서울로 옮겨지는 동안에도 극심한 통증에 시달려야 했다. 자동차의 작은 진동에도 말로는 이루 다 표현할 수 없는 통증이 밀려왔다. 사고 직후부터 다리가 전혀 움직여지지 않았지만 당장은 통증 때문에 거기까지 생각하고 걱정할 여력이 없었다.

서울로 올라온 뒤에도 바로 치료나 수술을 받을 수는 없었다. 병원마다 응급실은 초만원이었고 의사들은 단호하다못해 매정했다. 어떤 병원에선 침상이 부족하다는 이유로 바닥에 이불을 깔고 나를 내려놓으라고까지 했다. 내가 입은 부상은 신경손상이었다. 빠른 수술이 향후의 장애 정도를 결정짓는다는 걸 그들은 너무 잘 알고 있었다. 그러나 의사들은 모두 당장 수술하지 않으면 죽을 상태가 아니라는 이유로 내 수술을 뒤 순번으로 미뤘다. 내 입장에선 한시라도 빨리 수술해줄 병원을 찾아 헤맬 수밖에 없었다. 지금까지도, 그때 우선순위로 찾았던 병원들 중 한 곳에서 지체 없이 수술을 해줬더라면 내 삶이 조금은 달라져 있을지도 모른다는 생각에서 놓여날 수가 없다. 간신히 바로 수술을 해줄 수 있다는 병원을 찾았을 때는 날이 밝아온 후였다. 또 다시 한참을 달려 병원에 도착했다. 그리고 앰뷸런스에서 내리는 순간 엄마의 얼굴을 볼 수 있었다. 조금 전까지 나 좀 살려달라고 악을 쓰며 울어대던 나는 엄마를 보자마자 울음기를 쏙 삼키고 말했다.

"죄송해요, 엄마."

정말로 죄송해서 견딜 수가 없었다.

"괜찮아. 정신만 멀쩡하면 됐어."

죄송하다는 말로 내가 머리를 다치진 않았다고 확신한 엄마가 말했다. 수술이 결정되고 필요한 검사들을 추가로 받았다. 그 사이 엄마와 아빠가 곁에 있어주었지만 조금도 안심이 되지 않았다. 통증 때문이었다. 그렇게나 아픈데 괜찮아질 리가 없다고 생각했다. 나는 살려달라고 애원했다. 전에는 늘 아무 일도 일어나지 않는 일상이 지겹다고 투덜거리곤 했다. 차라리 죽어버릴까, 어리석은 생각도 종종 했다. 그랬던 내가, 막상 죽은 것도 산 것도 아닌 상태가 되고 보니 아무나 붙잡고 살려달라고 애원하고 있었다. 그때 나는 정말로 살고 싶었던 것일까.

사고가 일어나던 순간을 전후해서 벌어졌던 일들 중 일부는 전혀 기억나지 않는다. 수술 후 일정 기간 동안의 일은 선별적으로 기억하고 있다. 그러나 허방을 딛던 순간 벼락처럼 덮쳐왔던 공포랄지 불안이랄지, 무언가가 쑥 꺼지는 듯한 상실감이랄지, 아무튼 그 순간의 느낌만은 지금까지도 생생하다. 그 끔찍한 감각은 그로부터 꽤나 오랫동안 눈만 감으면 나를 휘감았다. 깜빡 잠이라도 들라치면 찾아오는 추락의 악몽뿐만이 아니라, 깨어 있을 때도 수시로 찾아오는 그 감각 때문에 몸서리쳐야 했다. 비명과 경기, 오한이 계속됐다. 같은 병실을 쓰는 이들이 수시로 항의했고 엄마는 늘 미안하다고 사과해야 했다. 수술은 잘되었다지만 여전히 통증은 극심했고 하반신에선 아무런 감각도 느껴지지 않았다. 내 눈앞에서 일어나고 있는 모든 일들이 현실 같지가 않았다. 도저히 믿어지지 않아 수시로 엄마에게 묻곤 했다.

"엄마, 도대체 지금 무슨 일이 벌어지고 있는 거예요?"

그때마다 엄마는 슬픈 표정을 지으며 내 손을 꼭 잡아주었다. 세상이 부러져버렸다고 생각했다. 흉추 11번과 12번이 부러질 때, 세상도 함께 부러져버렸다고.

어떨 땐 내 잘못은 하나도 없이, 오로지 세상의 잘못으로 엉뚱한 내가 불행의 구렁텅이로 굴러떨어지고 말았다고 생각하기도 했다. 그 다리엔 난간이 있어야 했다. 법이 그렇게 정하고 있었다. 그런데 그 다리엔 난간이 없었다. 어떤 공무원의 나태함 때문이었는지, 법과는 상관없이 관례상 난간 없이 유지되어온 다리였던 건지, 그런 건 모르겠고, 사실 어느 쪽이든 아무 상관도 없었다. 분명한 건 그 다리엔 난간이 있어야 했다는 사실 뿐이었다. 법이 그러했으니까. 외사촌 오빠의 조언으로 다리의 관리 주체인 지자체를 상대로 행정소송을 벌였다. 대부분의 행정소송이 지지부진하게 마련이었으므로 큰 기대를 하지 말아야 한다는 건 알고 있었다. 그래도 병원에서 받은 신체감정의 결과가 최악이었던 만큼 어느 정도의 보상은 받을 수 있겠거니 하는 믿음이, 실낱같았지만, 있었다. 하지만 결과는 초라했고 짐작했던 대로 실망만 컸다. 게다가 나는 그 과정에서 누구의 사과도 받지 못했다. 응당 난간이 있어야 할 다리에 난간이 없어서 내 인생이 추락하고 말았는데, 그 때문에 남은 평생을 끔찍한 통증에 시달리며 하반신을 전혀 쓸 수 없게 되었는데도, 아무도 내게 사과하지 않았다는 사실이, 두고두고 분했다.

꼼짝도 못하고 침대에 묶여 지내던 때에 언뜻언뜻 엿본 세상은 한없이 낯설게 느껴졌다. 다시 돌아갈 수 있을까. 병실 창밖을 내다보며 생각하곤 했다. 의사는 내가 다시는 걸을 수 없을 거라고 말했지만, 처음엔 엄마도 나도 그 말을 믿지 않았다. 매일매일 발가락을 뚫어져라 바라보며 주문을 걸었다.

'움직여라, 발가락. 움직여라, 발가락. 움직여라, 발가락. 제발, 딱 한 번만 움직여라, 발가락.'

물론, 발가락은 꿈쩍도 하지 않았고 엄마와 난 매번 더할 수 없이 절망하곤 했다. 지금도 가끔 발가락을 보며 마음속으로 주문을 외워보곤 한다.

'움직여라, 발가락.'

이제 와서 발가락이 움직일 리 없다는 건 잘 알고 있지만, 그래도 한번 해보는 거다. 그런다고 손해볼 건 없으니까. 사실, 이젠 아무래도 상관없다고 생각한다. 움직일 수 없는 발가락 대신 나는 휠체어를 빠르고 정확하게 몰 수 있게 되었다. 그다지 높지 않은 턱이라면 혼자서도 넘을 수 있다. 혼자 넘을 수 없는 턱이 있다면 주변에 도움을 청하는 융통성도 갖게 되었다. 사람은 어떻게든 살아지게 마련이어서 반쪽뿐인 삶일망정 내 나름대로 꾸려가고 있다. 아직 흔들림 없이 나아가고 있다고 자신할 수는 없지만, 가끔 나를 위해 주문을 외워볼 만큼은 치유가 되었다.

'움직여라, 발가락. 움직여라, 시운. 척추는 부러져버렸지만, 그래서 세상도 부러져버렸지만, 그래도 움직여라, 시운. 움직여서 다시 써라, 시운.'

엄마의 꿈속에서 나는

간혹 시사보도 프로그램이나 뉴스를 보면 생수나 소금물 같은 것을 기적의 물, 만병통치약 같은 이름으로 속여 파는 무리가 나온다. 피해자들은 대개 말기암 등 불치병 환자와 그 가족들, 그리고 회생의 기적을 갈구하는 장애인 등이다. 기도로 모든 병을 치유할 수 있다면서 사람들을 현혹하는 집단도 있다. 그런 집단은 사이비 종교와 결탁되어 있기도 한데, 그 시작이 언제인지 모를 만큼 오래전부터 존재해왔다. 그 말은 아주 오래전부터 그들에게 속는 사람들이 있어왔고, 앞으로도 수많은 사람들이 같은 실수를 반복할 거라는 뜻이었다. 과거에 그런 보도를 접하면 너무나 뻔한 거짓말에 쉽게 속아넘어가는 이들의 어리석음을 탓하곤 했다. 그런데 지금은 차마 그럴 수가 없다. 치유에 대한 갈망, 그 간절함이 사람을 얼마나 불안정한 상태로 몰아넣는지 잘 알게 되었기 때문이다.

다시는 걸을 수 없다는 진단을 받고 재활병원을 전전하던 시절, 수많은 사람들이 나와 엄마에게 접근해왔다. 그들 중에는 갈취를 목적으로 우리 모녀를 속이려는 사람들도 있었고, 정보의 신빙성과는 상관없이 자신들이 믿는 정보를 나누고자 하는 선의로 다가오는 이들도 있었다. 결론부터 얘기하자면, 절대로 어리석은 선택은 하지 않을 거라 믿어 의심치 않았던 나와 엄마도 용하다는 침쟁이를 찾아 낯선 도시를 헤맸고, 만병통치 뜸쟁이와 경락 치료사를 집으로 불러들였다. 그러나 그들이 제공한 어떤 치료도 나를 다시 일으켜세우진 못했다. 오히려 그들이 행한 치료 과정에서 크고 작은 상처를 입어 오래 고생하는 일이 잦았다. 그들이 남긴 상처를 치료할 때마다 엄마는 당신의 어리석음 때문에 날 고생시킨다며 자책했고, 나는 나도 동의한 치료였다는 사실을 강조하며 엄마를 위로해야 했다.

우리는 매번 다시는 속지 말자 다짐했지만, 속는 줄 알면서도 속는 일은 이후에도 여러 차례 반복되었다. 어쩌면 지금이라도 어디선가 '손상된 신경을 회복시키는 기적의 치료법' 같은 혹하는 이야기를 전해듣게 된다면, 엄마는 또다시 나를 설득해 어딘가 이상한 치료를 시도하려 할지도 모른다. 나 역시 엄마의 기대를 차마 뿌리칠 수 없어 그 요구를 받아들일 테고. 어떤 결핍은 이성을 마비시키기도 한다는 걸, 나는 내 몸의 절반을 잃고 나서야 알게 되었다.

엄마는 가끔 지난밤 꿈에서 내가 걷거나 달렸다고 이야기하곤 한다. 그저 꿈일 뿐인데도 그런 말을 할 때 엄마의 눈은 밝게 빛나고 목소리에선 미세한 떨림이 느껴진다. 어떤 날엔 자전거를 타고 넓은 들판을 씽씽 달리기도 하고, 또다른 날엔 눈이 시도록 푸르른 강물에 거침없이 뛰어들기도 한다. 사실 난 수영을 전혀 할 줄 모르지만, 엄마의 꿈속에서 그런 사실은 아무 상관이 없는 것 같다. 완전마비 판정을 받고 지체 1급 하지마비 장애인이 된 지 십 년이 넘었지만, 엄마는 여전히 내가 두 다리로 일어날 순간을 고대하고 있다. 의학적인 판단으로 불가능한 일이라는 건 엄마도 잘 알고 있다. 하지만 엄마에게 가능성은 여전히 열려 있다. 세상엔 기적이라는 것도 엄연히 존재한다고 믿기 때문이다. 그래서 엄마는 내가 걷고 달리고 자전거 타고 수영하는 꿈들을 엄마가 기다리고 있는 기적의 징후처럼 여기곤 한다. 간절함이란 그런 것이리라. 그런 간절함 앞에서 옳고 그름이나 의학적 판단 같은 냉철한 이성은 힘이 없다.

처음에는 얼토당토않는 말에 코웃음을 치고 말았지만, 일단 들은 말은 머리 꼭뒤에 매달린 채 천에 하나, 만에 하나의 경우를 생각하게 만들었다. 이대로 영영 천에 하나, 만에 하나일 정도로 귀한 기회를 놓쳐버리는 것이 아닐까 초조해지는 것이다.

그러다보면 결국 '속는다 한들 까짓 돈 몇 푼 있어도 살고 없어도 사는 걸' 하는 생각이 들었다. '더는 잃을 것도 없는 처지'라는 생각까지 들면 마음은 조급해지다못해 손아귀에 쥐었던 기적을 빼앗기기라도 한 것처럼 사나워졌다. 그렇게 되기까지 주변에서도 끊임없이 참견하며 부채질을 했다. 누구누구는 이미 차도를 보고 있다더라, 정말 효과가 있을지 누가 아느냐, 의사들이 못 걷는다고 했어도 걷는 사람들이 얼마나 많은지 아느냐, 누구 엄마는 왜 그렇게 매사 소극적이냐, 자식 일에 너무 배짱부리는 거 아니냐, 어느 구름에 비가 숨어 있을지 누가 안다고, 그렇게 믿음이 없어선 될 일도 안 된다…… 처음엔 귀찮기만 하던 주변의 참견이 두려움을 자극하고 죄책감을 불러일으킬 즈음이면 아무리 강단 있는 사람이라 해도 두 손 두 발 다 들게 마련이었다.

엄마와 나도 비슷한 과정을 거쳤고 결국 의사들의 눈을 속여가며 그 말도 안 되는 소굴로 걸어들어갔다. 어느 계절엔 남도의 한 도시에 있다는 절집에 대한 얘기가 환자와 보호자들 사이에서 화제였다. 병원에서 완전마비 판정을 받은 사람이 그 절집에서 치료를 받은 후 다리에 힘이 들어가기 시작했다는 것이다. 건너편 병실의 간병사가 차도를 본 환자를 실제로 알고 있다고 했다. 그 간병사의 말을 믿고 싶었다. 설사 차도를 보지 못한다고 해도 크게 손해날 일은 아니라는 생각도 들었다. 길게 고민하지 않고 그 절집의 주소를 받아들었다. 혹시 무슨 일이 있을지 알 수 없어 동생까지 대동하고 길을 나섰다. 사고 이후 처음으로 하는 장거리 이동이어서 힘이 들었지만 그런 걸 따질 계제가 아니었다.

휑해 보이는 마당을 지나 제법 번듯하게 지어진 절집에 들어서자마자 가장 먼저 눈에 띈 사람은 무릎을 관통하는 장침을 꽂은 노파였다. 노파는 커다란 장침을 꽂은 무릎을 세우고 앉아서 꾸벅꾸벅 졸고 있었는데, 절집 안에는 그 노파 외에도 십여 명의 사람들이 더 있었다. 그들은 몸 여기저기에 침을 꽂거나 배에 커다란 옥돌을 얹은 채로 무질서하게 널브러져 있었다. 그들 사이를 거닐 듯 오가던 남자가 절집으로 들어서는 우리에게 다가왔다. 그러곤 우리를 이끌고 사람들이 북적이는 방을 가로질러 옆방으로 갔다. 옆방에도 예닐곱 명의 사람들이 여기저기 침을 꽂거나 배에 옥돌을 올린 채 누워 있었다.

"마비지? 이쪽에 눕혀봐."

방에 들어서자마자 남자가 말했다. 동생과 엄마가 휠체어에 앉은 나를 들어 바닥에 눕혔다. 그 모습을 지켜보던 남자가 방밖으로 나갔다가 곧 커다란 옥돌을 들고 돌아왔다.

"다리가 차지? 그게 다 혈이 막혀서 그래. 배에 이거 얹고 한 시간만 누워 있어봐. 다리에 온기가 돌 테니."

남자가 크고 무거운 옥돌을 내 배 위에 얹어주었다. 옥돌은 따끈했다. 엄마와 나는 남자가 길고 장황하게 늘어놓는 옥돌의 기적에 대한 이야기에 귀기울였다. 한 시간쯤 지나자 다리에 온기가 도는 것 같았다. 그 한 시간 동안 꼬박 내 다리와 발을 주무르고 문지르던 엄마가 먼저 신기하다고 말했다. 동생은 엄마가 지금껏 마사지를 한 덕 아니냐고 말했지만 그 말은 귀에 잘 들어오지 않았다. 옥돌 처방이 끝난 뒤엔 절집 안의 다른 사람들처럼 무릎을 관통하는 장침도 맞았다. 절집은 드나드는 사람들로 내내 어수선했다. 사실, 남자의 말은 허황하기 이를 데 없었다. 그러나 적어도 그날 우리에게 그 모든 과정은 더할 수 없이 간절한 기도와도 같았다. 배 위에 무거운 돌덩이를 얹고 누워 있는 일도, 더이상 신경이 통하지 않는 다리에 장침을 꽂는 일도, 전부 다, 오지 않을 기적을 바라는 기도였다.

이후에도 무모한 치료는 계속되었다. 척수가 손상된 환자를 일으켜세운 적 있다는 소문 속의 뜸쟁이를 찾아가 마비된 부위 곳곳에 반복적으로 뜸을 떴고, 찜질방 아줌마들 사이에서 유명하다는 경락 마사지사를 집으로 초빙했다. 마사지사는 생전 처음 보는 기구로 내 온몸이 벌게지도록 문질러댔다. 용하다는 한의원을 찾아다니며 침을 맞고, 부항을 뜨고, 사혈을 하고, 다친 신경에 좋다는 갖가지 약물을 복용했다. 나는 해볼 수 있는 것들은 다 해본 끝에야 부질없는 기대의 끈을 놓을 수 있었다. 그러나 나와 상관없이, 엄마는 아직도 꿈을 꾼다. 내가 일어서고 걷고 달리는 꿈을. 그날 꽤나 거금을 주고 사들였던 옥돌은 지금 베란다 창고 어디쯤 처박혀 있지만, 엄마의 기대는 여전히 견고하다.

다시는 걸을 수 없다는 사실을 인정했을 때, 의외로 마음이 편해져서 무척 놀랐다. 사실, 진정한 의미의 재활이 시작된 것은 그때부터였다고 생각한다. 정신건강의학과 치료도 적극적으로 받기 시작했다. 사고 후 생겨난 원인불명의 난독증도 서서히 치유되었고 더는 이어갈 수 없다고 확신했던 문장들도 되찾고 싶어졌다. 매일매일 연필을 정성껏 깎아 깨끗한 종이에 머릿속으로 떠오르는 단어들을 천천히 써내려갔고, 수런대는 숲의 소리에 귀를 기울이며 흔들리는 나뭇가지를 오래 바라보았다. 이이언의 노래를 반복해서 들으며 내가 부숴버린 세상을 처음부터 다시 쌓아올리기 시작했다. 하얀 모니터 속에서 깜빡이는 커서를 온종일 바라보며 내가 잃은 것이 무엇인지 생각하고 또 생각했다. 비로소 온전한 내가 될 수 있을 것 같았다. 사고가 나기 이전으로 돌아갈 수야 없겠지만, 나는 여전히 나라는 생각이 들었다. 나는 소설을 쓰는 사람, 그래서 잃어버린 문장들이 돌아오기를 기다리는 사람이었다.

그동안 세상이 무너진 듯한 충격 속에 갇혀 있었지만, 그건 내 생각일 뿐 세상은 전과 다름없었다. 그렇다고 해도 엄마가 꾸고 있는 꿈까지 내가 어떻게 할 수는 없는 일이었다. 그건 엄마가 엄마로서 내게, 혹은 세상에 갖는 엄마만의 바람 같은 것일 테니까. 그런 바람도 없이 엄마가 지난 세월 내내 나를 돌볼 수 있었을까. 돌이켜보면 엄마의 돌봄 자체가 기적이었는데. 여전히 내가 걷는 꿈을 꾸는 건 늙어가는 엄마가 앞으로도 나를 감당하기 위해 스스로를 무장하고 있는 것일지도 모른다. 아무 희망도 대가도 없이 그만한 강도의 노동을 칠순을 바라보는 엄마가 견뎌낼 수 있을까를 생각하다보면 저절로 입이 다물어졌다. 게다가 꿈속일망정 내가 자전거도 타고 수영도 한다는 게 썩 마음에 들었다.

"어제 꿈에, 글쎄 네가 자전거를 타고 씽씽 달리는 거야. 얼마나 신나게 달리는지 보고 있기 조마조마하더라니까. 그래도 막 깔깔대며 웃는 게 얼마나 좋아 보였나 몰라."

엄마가 꿈이 아니라 실제로 있었던 일을 설명하듯 흥분해서 이야기하고 나면 나는 눈을 동그랗게 뜨고 대답했다.

"어쩐지, 온몸이 찌뿌둥하더라니. 간밤에 내가 너무 무리를 했군."

"웃으라고 하는 말이 아니라니까 그러네. 정말 현실처럼 생생했다니까. 이번엔 꿈이 정말 좋아. 그러니까 너도 간절하게 기도해. 뭐든지 간절해야 하늘에 닿는 거야."

"알았어요. 알지 그럼. 나무관세음보살."

그러면 우리 성여사, 나의 엄마는 음정 박자가 하나도 안 맞는 콧노래를 부르며 이미 완성한 손뜨개 가방을 도로 풀어 새로운 디자인의 가방을 뜨거나 내 집 베란다 가득 들여놓은 다육식물들을 돌보았다. 내가 오래된 연필을 깎아 낯선 단어들을 써내려가는 동안, 흔들리는 나뭇가지를 넋 놓고 바라보는 동안, 이이언의 노래를 반복해서 듣는 동안, 빈 모니터 속 커서를 노려보며 잃어버린 문장을 기다리는 동안, 엄마는 바람을 버리지 않고 기적을 꿈꾸며 내가 기다리는 세상을 함께 기다려주었다.

엄마의 꿈속에서 나는 무엇이든 할 수 있는 사람이다. 심지어 이전의 나라면 할 수 없을 일까지 서슴지 않고 해낸다. 꿈속의 나라면 수년째 끝내지 못하고 있는 장편소설 앞에서 막막해하지도, 휠체어로 오르기 힘든 현실의 턱 앞에서 주눅이 들지도 않을 것 같다. 나는 걷고 달리고 자전거를 타고 수영을 했다는 꿈속의 내가, 엄마와 나의 신산한 일상이 우리를 쓰러뜨릴지언정 꺾어버릴 수는 없도록 지켜주고 있는 것이라 믿고 싶다. 그리하여 언제까지나 엄마는 음정과 박자가 맞지 않는 콧노래를 흥얼거리며 뜨개질을 하거나 다육식물을 돌보고, 나는 휠체어로는 뛰어넘을 수 없는 턱에 걸려 휘청거리면서 오지 않는 문장들을 기다렸으면 좋겠다. ✿

마녀가 되면

"집만 사면 끝인 줄 알아? 그 집 유지하며 생활하는 데 돈이 얼마나 들지도 생각을 해야지. 아이고, 어려서는 커서 돈 많이 벌어서 엄마 호강시켜준다더니, 돈을 벌기는커녕 나이가 쉰이 다 되도록 앞뒤 계산도 제대로 못하니, 우리 늙은 딸을 어쩌면 좋아."

엄마가 심란하다는 듯 말했다. 텔레비전에 나오는 마당 넓은 단독주택을 마치 우리가 이사 들어갈 집인 양 1층 방은 내가 쓰고 2층은 엄마가 쓰면 좋겠고, 지층의 넓은 공간은 작업실로 꾸미면 딱 좋겠네 어쩌네 떠들다가, 내가 가진 돈과 엄마가 가진 돈을 합하면 얼마니까 우리도 저런 데로 이사 가도 되지 않겠느냐고 물었을 때였다.

"진짜? 진짜 내가 돈 많이 벌어서 호강시켜준다고 했어? 내가 돈을 벌겠다고 그랬다고? 언제? 몇 살 쯤에?"

나는 앞뒤 계산도 못한다는 엄마의 한탄은 한 귀로 흘린 채 어린 시절 내가 정말 그런 말을 했느냐고 거듭 되물었다. 생각이 나지 않는 것은 둘째 치고, 믿어지지가 않았기 때문이다. 내 기억 속 어린 시절의 나는 특별한 사람이 되고 싶다는 생각만 했지 의사나 과학자, 선생님 같은 구체적인 장래 희망 같은 것은 가져본 적이 없었다. 언제부턴지는 잘 기억나지 않지만, 나는 언제나 특별한 사람이 되어 특별한 삶을 살고 싶었다. 어떤 사람이 특별한 사람이고 어떻게 사는 게 특별한 삶인지 깊이 생각해본 적은 없었다. 돈을 많이 벌겠다든가, 높은 지위를 얻겠다든가 하는 포부도 없었다. 그저 뭐가 되었든 '특별'하기만 하면 된다고 생각했다. 수많은 사람들과 똑같은 방식으로 살아가는 건 상상만 해도 끔찍해서 견딜 수가 없었다.

"아아, 성여사, 말 좀 해봐. 내가 진짜 돈을 많이 벌겠다고 그랬어? 그게 언제쯤인데?"

침대 옆에 세워둔 내 휠체어에 앉아서 텔레비전을 보고 있는 엄마의 팔을 흔들며 재촉했다.

"엄마 양품점 할 때 그랬잖아. 나중에 돈 진짜 많이 벌어서 다 엄마 줄 거라고. 엄청 좋은 자동차도 사주고, 커다란 집도 사주고, 다시는 엄마 돈 걱정 안 하게 해줄 거라고, 네가 그랬지."

엄마는 먼 기억 속에 잠긴 듯 입가에 미소까지 띠고 말했다.

"엄마 양품점 할 때면 내가 몇 살이었더라? 엄마가 양품점을 나 열 살 때까지 했었나? 아니, 아홉 살이었나?"

"아이고, 몰라. 아무튼 그때 네가 그랬어. 그래서 엄만 네가 커서 엄마 호강시켜주기만 기다렸는데, 호강은커녕 이날 이때껏 똥 기저귀나 갈게 할지 누가 알았겠어. 응?"

내가 꼬치꼬치 캐묻자 엄마는 귀찮다는 듯 체머리를 흔들더니 기저귀를 찬 내 엉덩이를 툭툭 쳤다. 또 한차례 대변이 새서 모녀가 함께 난리통을 치른 뒤였다. 나는 침대 안전바를 잡고 엄마 쪽으로 몸을 돌렸다. 그리고 오른다리를 잡아당겨 왼다리 위에 잘 포개놓았다. 내가 몸을 돌려 눕자 엄마가 휠체어에서 일어나 눌려 있던 내 등과 엉덩이를 본격적으로 툭툭툭툭 치고 문지르기 시작했다. 혈액순환이 잘 안 되는 나를 위한 배려였다.

"말해봐, 성여사. 그때가 나 아홉 살 때쯤이었어? 아니면 더 어렸을 때였어? 그런데 난 왜 그런 말을 한 기억이 없지? 서너 살 때 일도 생생하게 기억나는데."

내가 재촉하자 엄마가 픽 웃으며 말했다.

"사실은 돈 버는 일에 아무 관심 없으면서 엄마 듣기 좋으라고 그냥 한 소리였나보지 뭐."

정말 그랬던 걸까. 알 수 없었다. 아무튼 나는 엄마 입에서 어린 시절 내가 커서 무엇이 되고 싶다던가, 어떻게 살겠다고 했다는 얘기만 나오면 그렇게 놀라울 수가 없었다. 세상에서 내가 가장 잘난 줄 알았던 어린 시절부터 세상에서 내가 가장 쓸모없는 줄 알았던 청소년 시절까지, 내가 기억하는 한 나는 되고 싶은 게 없는 사람이었기 때문이다.

사실, 어린 시절의 나는 이미 특별한 사람이었다. 산과 들을 아침부터 저녁까지 누비고 다니던 나는 또래 중 가장 나무를 잘 탔고 자치기와 땅따먹기에서도 발군의 실력을 발휘했다. 어디 그뿐이겠는가. 동네 친구들의 구슬과 딱지를 죄다 따서 보물 상자에 숨겨놓았으며 말뚝박기와 고무줄놀이 할 아이들을 가장 빨리 모을 수 있는 아이였다. 이보다 어떻게 더 특별할 수가 있을까. 그런데도 난 늘 그때의 나와는 다른, '특별한 사람'이 되고 싶었다. 가난까지도 반질반질 윤이 나던 광산촌 장터 아이였던 나는 아마도 주일마다 교회당에서 예쁜 원피스를 차려입고 피아노를 치던 목사님의 딸이나, 함께 흙바닥을 뒹굴다가도 언제 그랬냐는 듯 장미 넝쿨이 화사한 울타리 너머로 사라지던 양옥집 아들과는 비교도 할 수 없을 만큼 특별한 사람이 되고 싶었던 것 같다. 그러니까 애초에 내가 바랐던 특별함이라는 건, 어렴풋하나마 내가 가질 수 없을 거라 여겼던 윤택함에 대한 동경이었을 수도 있다. 아무튼 난 언제나 특별한 사람이 되고 싶었다. 사랑하던 산골 마을을 떠나 낯선 도시에 정착한 후에도 그 생각에는 변함이 없었다.

조금 기괴했던 청소년기를 거치면서 다소 기우뚱한 채로 어른이 되어버린 나는 '하고 싶은 일이 하나도 없는 사람'이었다. 특별한 삶을 살고 싶다는 어린 시절의 모호한 바람마저 잊은 채, 이번에는 무턱대고 아무것도 되고 싶지 않았다. 공부도 싫었고 놀기도 귀찮았으며 연애는 금방 시들해졌다. 인간관계는 엉망이 되어갔고 당연히 점점 외로워졌다. 자치기와 말뚝박기를 좋아하고 또래 중에서 가장 나무를 잘 타던 소녀는 나날이 무기력한 어른이 되어갔다. 기계적으로 시간을 흘려보낸 끝에 졸업을 하고 취직도 했지만, 여전히 나는 하고 싶은 일이 하나도 없는 사람이었다. 사소한 일에도 짜증이 났고 매사가 시들했다. 그런 식으로 나를 방치한 채 무기력하게 시간을 낭비하는 것에 대해서 불안감조차 못 느꼈다.

여름이었다. 연일 계속되는 폭염에 뜨겁게 달궈진 거리로 실업자들이 쏟아져나왔다. 국가는 부도가 났고 사람들은 희망을 잃었다. 그 기가 막힌 여름의 한복판에서 나는 마녀를 발견했다. 서점 진열장에 붙은 광고 포스터 속 '우리 시대의 마녀들이 온다!'라는 글귀를 읽자마자 홀린 듯 서점으로 들어가 포스터에 소개된 책들 중 한 권을 사들고 나왔다. 전경린 작가의 소설집 『바닷가 마지막 집』이었다. 나는 그 책을 서점 지하 커피숍의 맨 구석자리에 앉아 단숨에 읽어내려갔다. 책을 다 읽고 나서 얼음이 녹아 밍밍해진 커피를 마시며 나는 마녀가 되기로 결심했다. 그길로 직장과 살던 집을 정리했다. 어차피 애착 없이 지내오던 차여서 별로 어려운 일도 아니었다. 겨우 며칠 사이에 정리를 마친 뒤 짐을 싸들고 부모님 댁으로 들어갔다. 갑자기 집으로 쳐들어와 마녀가 되겠다고 선언하는 나를 보며 부모님은 어이가 없는지 아무 말도 하지 못했다. 나는 염치를 모르는 사람처럼 부모님 댁에 빌붙어서 마녀들의 대열에 합류하기 위한 글쓰기를 시작했다. 소설은커녕 글쓰기에 관해서는 아무것도 몰랐지만 무턱대고 책상 앞에 앉아 아무 얘기나 써내려갔다. 그날부터 장장 팔 년을 글만 썼다. 마녀가 되기 위해 치러야 할 대가가 작지 않았지만 상관없다고 생각했다. 마녀가 되어 빗자루를 타고 밤하늘을 자유롭게 날아다닐 순간만 생각하며 긴 시간을 버텨냈다. 때가 되면 연필만 흔들어도 두꺼비나 고양이를 만들어낼 수 있을 줄 알았던 것이다. 내가 일생 동안 두꺼비와 고양이를 원해왔던 것은 아니었지만, 두꺼비와 고양이를 끝없이 만들어낼 수 있다면 그처럼 특별한 삶은 없을 거라 생각했다. 난생처음으로 되고 싶은 것이 생긴 셈이었다.

"그래서, 내가 돈 많이 버는 사람이 아니어서 서운해?"

엄마에게 물었다. 텔레비전 속의 사람들은 최종적으로 북한강이 내다보이는 아름다운 2층집을 선택했다. 집과 정원은 좋은데 턱이 많아 들어가려면 손을 좀 봐야겠다고 너스레를 떨었던 집이었다.

"아니. 넌 돈보다 귀한 일을 하고 있으니까 그걸로 됐어."

엄마가 빙그레 웃으며 대답했다. 내가 하는 일이 돈보다 귀한 일인지는 잘 모르겠지만 듣기 싫지 않았다. 안전바를 잡고 일어나 앉았다. 굽힌 무릎을 펴고 발목 밑에 목베개를 괸 다음 반듯하게 다시 누웠다. 엄마가 텔레비전을 끄고 휠체어에서 일어나며 물었다.

"불 꺼줄까?"

"네."

"일찍 잠들려고 노력해봐. 약은 먹었지?"

방을 나가며 한번 더 확인하는 엄마에게 고개를 끄덕여줬다. 엄마가 전등을 끄고 나간 뒤 컴컴한 천장을 올려다보며 생각했다. 내가 되려 했던 것은 무엇이었나. 연필을 흔들어 두꺼비와 고양이를 만들어내는 것 말고, 진짜 내가 되고 싶었던 사람은 어떤 사람이었나. 그런 게 있기는 했나. 아랫입술을 잘근대며 생각에 잠기려는데 누군가 서혜부를 칼로 푹 찌르는 것만 같은 익숙한 통증이 느껴졌다. 안전바를 움켜잡고 몸을 움찔했다. 밤 내내 감전된 듯 징징 울리던 하반신에 찌르는 통증이 시작되었다. 찌르는 통증이 있는 밤에는 잠을 잘 수가 없다. 그런 날 수면제를 먹으면 자꾸만 깨서 엉뚱한 짓을 했다. 나는 그대로 안전바를 움켜잡은 채로 다음 통증을 대비했다. 내가 되려 했던 게 어떤 사람이었든 현재의 나는 통증에 함몰된 채로 고통스럽게 글을 쓰는 사람이었다. 잠시 후 다시 한번 서혜부에 칼이 꽂혔다. 안전바를 움켜쥔 손에 힘이 들어가며 나도 모르게 빠드득 이를 갈았다.

어쨌든 나는 내가 원했던 대로 마녀가 됐다. 두 다리를 잃어 빗자루를 타고 밤하늘을 날진 못하지만 연필을 흔들어 두꺼비와 고양이를 만들어낼 수는 있다. 그래서 두꺼비와 고양이를 만들어내는 마녀의 삶은 특별한가. 나는 특별한 사람이 되었나. 두꺼비와 고양이를 만들어내는데다 두 다리마저 잃고 남들과는 전혀 다른 삶을 살아가고 있으니 나는 꿈을 이룬 것인가. 후회는 없지만 여전히 잘 모르겠다. 안전바를 잡고 몸을 돌려 모로 누웠다. 몸통을 따라오지 못하는 다리를 잡아당겨 잘 포갰다. 서혜부에서 시작된 통증은 곧 엉덩이 쪽으로 옮겨갈 터였다. 잠들지 못할 밤을 대비하면서 계속 생각했다. 내가 되려 했던 나는 무엇이었나. 그리하여 나는 앞으로 어떤 사람이 될 것인가. 어쩌면 내가 원했던 나는 끊임없이 이런 걸 고민하는 사람이 아니었을까. 어둠을 응시하며 눈을 끔벅였다. 눈이 뻑뻑했다. 내일도 연필을 흔들려면 잠을 좀 자긴 자야 할 텐데. 곧 닥쳐올 통증을 생각하면 오던 잠마저 멀리 달아났다. 오른쪽 다리가 감전된 듯 발가락 끝부터 찌릿찌릿 저렸다. 통증이 타고 올라오려는 신호였다. 어떻든, 너무 늦기 전에 통증이 좀 그만해져 잠깐이라도 잠들 수 있으면 좋으련만. 하나마나한 생각을 하며 안전바를 더욱 힘껏 움켜잡았다. 손에 땀이 고였다.

가장 완벽한 물체

택배 하나가 도착했다. 친구가 보낸 것이었다. 네덜란드산 꽃무늬 연필 한 다스와 한국에선 판매되지 않는 연필 몇 자루, 구해달라고 부탁해두었던 영국산 빈티지 연필 한 다스, 그리고 연필로 쓴 편지 한 통. 소박하지만 귀한 꾸러미였다. 오래된 연필을 한 자루 꺼내 향을 맡아보았다. 그윽한 나무와 묵직한 흑연 향이 콧속을 파고들었다. 사납게 들끓던 마음이 거짓말처럼 가라앉았다. 자낙스를 한 알 더 먹어야 하나 고민하던 참이었다.

욕창이 악화돼 이 주가 넘도록 샤워를 하지 못하고 있었다. 여느 때와 마찬가지로 통증은 밤낮없이 계속됐다. 통증을 견디느라 몸은 땀에 흠뻑 젖었다 마르길 반복하는데 씻을 수가 없으니 꿉꿉함을 견디느라 속이 턱턱 막히다못해 마음까지 사나워졌다. 다행히 상처가 꾸덕꾸덕 말라서 방수밴드를 붙이고 활동지원사 선생님의 도움을 받아 샤워를 시도했다. 샤워를 하는 동안에도 통증은 여전했지만, 그동안 쌓인 꿉꿉함을 덜어내는 것만으로도 감지덕지였다. 무사히 샤워를 마치고 보송한 새 옷으로 갈아입었다. 휠체어로 옮겨 앉기 직전 소변줄이 빠지지만 않았다면 그럭저럭 괜찮은 날이 되었을 터였다. 언제 그랬는지, 방광과 연결된 라인과 소변주머니를 연결하는 술의 연결부위가 빠져 있었다. 잠깐 사이였는데도 겉옷은 물론 속옷까지 소변에 흠뻑 젖어버렸다. 그걸 본 순간 눈물이 터져나왔다. 화가 나서 견딜 수가 없는데, 화를 낼 대상이 없었다. 목구멍을 타고 뜨거운 숨이 치받쳤다. 변기에 앉은 채로 꺽꺽 울음을 토해냈다. 활동지원사 선생님이 당황해 어쩔 줄 몰라했지만, 그걸 신경쓸 여력이 없었다. 엎친 데 덮친 격으로 통증까지 몰려왔다. 감전된 듯 징징 울리던 두 발은 불이 붙은 것처럼 뜨거워졌고, 골반이 빠개질 듯했다. 벌벌 떨리는 손으로 안전바를 움켜잡았다. 순간, 눈앞이 캄캄해졌고 허방이라도 짚은 듯 온몸이 푹 꺼져들었다.

이미 벌어진 일이었다. 화가 나서 가슴이 조여들든 말든, 통증 때문에 온몸이 박살나는 것 같든 말든, 허방을 짚은 정신이 끝도 없이 추락을 하든 말든, 다시 샤워를 하는 수밖에 없었다. 안전바를 붙잡고 늘어지며 나를 태워 죽이고 말 듯한 통증이 지나가기만을 기다렸다. 한참 후, 활동지원사 선생님의 도움을 받아 소변에 젖은 옷을 벗고 다시 샤워를 했다. 목구멍까지 차오른

숨을 몰아쉬느라 몇 번이나 하던 일을 멈춰야 했다. 간신히 샤워를 마치자 선생님이 새 옷을 꺼내다주셨다. 그러는 내내, 나는 부끄러운 줄도 모르고 눈물을 뚝뚝 흘리고 있었다. 생각에 따라 별일이 아닐 수도 있었지만, 그때 나는 '왜 아직도 살아 있나. 이렇게 사는 게 대체 무슨 의미가 있나. 어째서 내 고통엔 끝도 없는 것인가' 같은 생각에서 놓여날 수가 없었다. 친구가 보낸 꾸러미는 바로 그런 순간에 도착했다.

십여 년 전 사고로 척추가 부러지면서 하반신이 마비됐고 그와 동시에 나의 세상도 부러졌다. 마비가 일시적인 증상이 아니라 영구적인 것이란 사실을 알게 되었을 때, 두 번 다시는 웃을 수 없을 줄로만 알았다. 더구나 척수가 손상되면서 얻게 된 신경병증성 통증을 평생 겪으며 살아가야 한다는 사실은 걸을 수 없는 것보다 훨씬 더 괴로웠다. 부러진 세상을 동강난 몸으로 살아가야 하는 나는 전과는 완전히 다른 사람이 될 수밖에 없다고 생각했다. 더는 기뻐할 일도, 슬퍼할 일도, 그리워할 일도 없을 줄 알았다. 통증에 매몰된 채 생명 없는 물체처럼 시간을 흘려보내다 흔적도 없이 사라져버려야 마땅하다고 믿었다. 그런데 이상했다. 시간이 흐르자 시시한 농담에 무신경하게 웃기도 했고, 오지 않을 누군가를 기다리며 실망도 했으며, 이제는 가질 수 없는 것들을 욕심내기도 했다. 반쪽만 남은 세상을 살아가는 나는 온전한 세상을 살아가던 때의 나와 마찬가지로 모든 감정과 욕망이 생생히 살아 있는 사람이었다. 고백하자면, 그래서 더 힘들었다. 볼 수 없는 사람을 그리워하고, 가질 수 없는 것들을 욕심내고, 돌이킬 수 없는 시간을 끊임없이 복기하는 내가 끔찍했다. 시간이 흐르면서 겉으론 안정을 찾아가는 듯했지만, 사실은 그렇지 않았던 것이다. 내가 나를 혐오하는데 세상인들 온전했을까. 그런 시간 속에서 연필을 만났다. 고통에 잠긴 채 멍하니 허공만 바라보다 깊은 잠에서 깬 듯 정신이 들면 휠체어를 타고 기어이 책상 앞으로 갔다. 하루를 통틀어도 겨우 서너 시간 남짓, 컨디션이 허락하는 시간엔 연필을 들고 휠체어에 앉은 채 사각사각 아무 말이나 끼적였다. 대부분은 절망의 말, 헛된 희망의 말, 채워지지 않을 그리움의 말이었다. 그렇게 종일 사각사각 쏟아낸 말들을 한데 뭉뚱그리면 그날의 내가 되었다. 나는 매일매일 망가진 나를 망가진 그대로 쓰고 그렸다. 읽을 만한 글이 되지 못한 절망의 말들이 부유하는 공간 속에 웅크린 채, 세상의 말과 글을 잃어버린 나를 견뎌냈다. 그 모든 시간이 조각난 영혼을 치유하는 과정의 일부였음을 깨달은 것은 아주 긴 시간이 흐르고 난 뒤였다.

연필을 수집하기 시작한 것은 그즈음부터였다. 사실, 거창하게 수집이랄 것도 없었다. 간혹 힘든 시간을 잘 버티고 있는 내게 상을 주고 싶을 때, 내가 태어나기 전에 만들어진 연필을 몇 자루 사거나, 아름다운 것이라곤 끼어들 틈 없는 일상에 아름다운 무언가를 기어이 들여놓고 싶을 때 한정판으로 출시되는 연필을 한 다스 정도 구입하는 게 전부였으니까. 나보다 훨씬 일찍 연필의 세계에 입문했고, 얼마 전엔 연필에 대한 산문집까지 펴낸 친구가 자세한 설명과 함께 보내준 연필은 그래서 더 고맙고 귀한 선물이었다. 처음엔 분명히 수집이 목적은 아니었다. 연필은 그저 작지만 귀한 위로이자 쉼이었다. 그런데 세월이 흐르다보니 그렇게 모은 연필들이 커다란 서랍 하나를 가득 채우고도 남게 되었다. 덕분에 간혹 우리 성여사, 나의 엄마로부터 평생을 써도 다 못 쓸 만큼 있으면서 무슨 욕심에 툭하면 연필을 사들이는지 모르겠다는 타박을 듣기도 한다. 그럴 때마다 나는 일부러 멍한 표정을 지으며 헤실헤실 웃어넘기고 마는데, 사실 나도 내가 왜 이렇게까지 연필에 집착하게 되었는지는 잘 모르겠어서다. 그냥 어쩌다보니 팔자에 없던 수집가가 되어 있었다고밖엔 설명할 길이 없다. 어쩌면 대부분의 수집가들이 그렇게 태어나는 건지도 모르겠지만.

연필과 관련된 일이라면 좋아하지 않는 것이 없지만, 그중에서도 연필 깎는 일을 가장 좋아한다. 연필을 깎는 일은 생각만큼 단순한 작업이 아니다. 자동연필깎이로 들들들 깎아 치우고 만다면 연필이 품고 있는 향과 질감이 너무 아깝다. 그래서 난 수동연필깎이나 칼로 깎아야만 그 가치를 확인할 수 있다고 믿고 있다. 그때나 지금이나 하루에도 몇 번씩 연필을 깎고 있지만, 그 모든 과정은 빠짐없이 소중한 순간이 된다. 연필을 깎기 위해선 우선 책상 위에 하얀 종이를 한 장 깔아야 한다. 그다음엔 수동연필깎이를 단단히 잡고 동일한 힘을 가하며 천천히 연필을 돌린다. 연필깎이의 칼날을 통과한 나무가 돌돌돌돌 말려 나옴과 동시에 향긋한 나무 향이 풍기기 시작한다. 감각을 예민하게 벼리지 않는다면 알아차릴 수 없는 그 미세한 향기에 집중하다보면 들끓던 내면의 소란마저 잔잔하게 가라앉는다.

칼로 연필을 깎을 땐 조금 더 세심한 주의를 기울여야 한다. 연필심과 나무의 비율을 어림잡은 다음 천천히 나무부터 깎아 나간다. 칼날에 나무가 깎여나가면서 풍기는 향은 여전히 그윽하지만, 사실 수동연필깎이만은 못하다. 칼을 사용할 땐 나무보다는 연필심을 깎아내는 일이 훨씬 인상적이다. 다이아몬드와 동질이상의 관계라는 흑연을 칼끝으로 서걱서걱 긁어내다보면, 오랜 세월 땅속에서 다져지며 수많은 변화를 거쳤을 흑연의 묵직한 향이 풍겨온다. 그 지난한 세월의 향을 맡기 위해 숨을 더 깊이 들이마신다. 그러면 까마득한 세월의 무게에 압도되어 반토막 난 세상에 내팽개쳐진 내 존재마저 아득해지고 만다. 세상 어떤 일이 그렇지 않을까마는, 내게 연필을 깎는 일은 내 존재의 깊이와 공허를 한꺼번에 깨닫게 해준 일이다. 그렇게, 겨우 반쪽 남은 몸의 감각을 한껏 동원해 연필을 깎던 어느 날 생각했다.

뿌리 뽑힌 나무도 이렇게 그윽한 향을 내뿜고 다이아몬드가 되지 못한 흑연도 있는 그대로의 존재를 발하는데, 나를 세울 수 있는 방법이 꼭 두 다리뿐만은 아니지 않을까. 온 정신을 집중해 연필을 깎고 그 연필로 내 안에 고인 고통과 슬픔, 그리움의 말들을 사각사각 적어나가는 시간이 쌓이면서 저절로 든 생각이었다. 내 안엔 여전히 헤아릴 수 없이 많은 절망의 말들이 존재하고 있었다. 달팽이처럼 느리게 나아갈지언정 잃어버린 세상의 말과 글을 되찾고 싶어졌다.

내게 종종 연필을 보내주는 다정한 친구는 다람쥐가 도토리를 주워모으듯 세상 곳곳에 숨어 있는 연필들을 찾아내 부지런히 모으고 있다. 그렇게 모은 연필이 어느 정도 쌓이면 연필을 좋아하는 친구들에게 나누어 보내주곤 한다. 아무리 어렵게 구한 연필도, 연필 한 자루 값이라기엔 다소 과하다 싶은 값을 지불한 연필도, 아까워하는 법이 없다. 연필을 좋아하는 사람들에게 연필 선물이 어떤 의미인지 잘 알고 있기에 그녀는 이번에도 기꺼운 마음으로 내게 보낼 꾸러미를 꾸렸을 것이다. 오래된 연필 특유의 묵직한 향엔 그녀의 마음이 깃들어 있었는지도 모른다. 그러니 내 불안증을 가라앉힌 것은 어쩌면 연필이 아니라 연필에 담긴 그녀의 마음이었을지도. 사소하다면 사소할 수 있는 연필 한 자루가 사람에게 주는 위안은, 아마도 사람이 사람에게 주는 위안과 맞닿아 있기에 그토록 그윽한 모습으로 완성되었을 것이다. 척박한 땅에 단단히 뿌리내렸던 세월이 완성해낸 연필은, 그래서 내가 아는 한 세상에서 가장 완벽한 물체이다. ❁

건너오다

어려서부터 기억력이 형편없었다. 특히 사람의 이름과 얼굴을 외우는 데 취약했고, 읽은 책의 제목이나 작가 이름 같은 건 메모해두지 않으면 제대로 기억해내지 못했다. 심지어 내가 쓴 소설의 내용도 조금만 시간이 흐르면 가물가물해지곤 해서, 내 소설을 읽어본 친구들이 이 소설은 이런 내용이고 저 소설은 저런 내용이라고 가르쳐준 후에야 기억해낸 일이 있을 정도였다. 사실 읽은 책의 내용을 잊는 건 새로울 것도 없는 일이어서, 가끔은 절반이 넘게 읽고 나서야 이미 읽었던 책이라는 사실을 깨달을 때도 있었다. 그래도 심각하게 생각하지 않고 살아올 수 있었던 것은, 읽고 있는 책의 내용을 파악하거나 이해하는 데는 문제가 없었기 때문이다.

물론, 이른바 '사회생활'이라는 걸 하는 데는 어려움이 많았다. 함께 일한 적이 있는 편집자나 문학담당 기자, 선배나 후배 작가 들을 제대로 기억하지 못하는 건 작지 않은 문제였으니까. 그들까지 나를 까맣게 잊지 않아주는 게 얼마나 고맙고 다행스러운 일인지, 말한 적이 없으니 그들 중 누구도 알지 못할 것이다. 기억력이 따라주지 않으면 메모라도 성실히 해야 할 텐데, 그런 면에서는 또 한없이 게을러서 제대로 메모를 해두지 않거나 때로는 메모를 해둔 사실 자체를 잊어버려서 곤란을 겪기도 했다.

이렇게 원래도 좋지 못했던 기억력인데, 사고 후 마취와 수술을 반복하고 신경계통의 약을 마약성, 비마약성 가리지 않고 장기간 쓰면서 상황은 더욱 나빠졌다. 어느 날부터인가 읽고 있는 책의 내용도 제대로 파악하지 못하는 일이 벌어지기 시작한 것이다. 글자를 아주 읽지 못하는 것은 아니었지만, 어렵사리 읽으면 읽는 대로 내용이 파사삭 부서지며 흩어져버렸다. 처음엔 조금 그러다 말겠지 생각했는데, 한 달, 두 달, 석 달, 시간이 흘러도 나아지기는커녕 증상은 점점 더 심해지기만 했다. 나는 단순히 기억력이 나빠진 것이 아니라, 내 머릿속에서 뭔가 심각한 문제가 일어나고 있다고 확신하기에 이르렀다. 병원에 갈 때마다 내가 점점 바보가 되어가고 있다고, 이게 다 약의 부작용 때문이 아니겠느냐고 의사에게 호소했다. 의사는 그럴 리 없다며 나를 다독였지만, 그렇지 않고서야 이렇게 답답한 상황이 계속될 리 없다는 나의 의심을 해소시켜주지는 못했다.

나는 내가 복약하고 있는 약들이 일으키는 부작용을 찾아내기 위해 인터넷을 샅샅이 뒤지기 시작했다. 아니나 다를까, 내가 장기간 복약해온 신경계통 약들 중 하나가 인지력 저하를 불러올 수 있다는 주장이 최근 들어 제기되고 있었다. 이번에는 내가 알아낸 얕은 지식을 내세워 의사에게 호소하기 시작했다. 처음엔 그건 믿을 만한 보고가 아니라고 일축하던 의사도 반복되는 호소에 지쳤는지 한 가지 가능성에 대해 이야기해주었다. 만약(그럴 리는 없겠지만), 내 기억력이나 인지력에 문제가 생겼다면 약의 부작용보다는 환경적인 요인에서 원인을 찾는 게 합당하다는 것이었다. 나처럼 장애로 인해 사회활동이 극단적으로 줄어들면서 외부 자극이 거의 없는 생활을 지속하다보면 일반적인 생활을 하는 이들보다 뇌의 노화가 빠르게 진행될 수 있다는 얘기였다. '맙소사! 그럼 이게 대체 몇 단계로 망한 상황이지?' 의사의 말을 듣자마자 생각했다. 원래도 기억력이 나빴던데다가 반복된 전신마취 수술과 장기간 복약한 독한 약 때문에 인지력이 엉망이 된 걸로도 부족해, 환경적인 요인까지 보태져서 빠른 속도로 바보가 되어가고 있다는 소리가 아닌가. 나는 의사의 의도와 상관없이 내 마음대로 판단하고는 완전히 겁에 질려버렸다.

쓰고 싶은 소설이 많았다. 원 없이 쓰다가 죽을 수 있을 줄 알았다. 내가 바라는 나의 미래는 작고 낡은 책상 앞에 앉아 책을 읽거나 타닥타닥 자판을 두들겨 소설을 쓰는 노인의 모습이었다. 그건 돈이나 명예로 이룰 수 있는 것이 아니었다. 오직 건강한 몸과 정신으로 이룰 수 있는 미래였다. 그런데 내 머릿속에는 아무것도 남는 것이 없게 되어버렸다. 두 다리를 잃고도 아직 잃어야 할 것이 더 남았단 말인가. 게다가 하필이면 인지력이라니. 그건 말 그대로 재앙이었다. 시간이 얼마 남지 않았다고 느꼈다. 마음은 점점 조급해지는데, 마음대로 되는 것은 없었다. 두려움에 매몰된 탓인지 더는 할 수 있는 것이 없다고만 느껴졌다. 난독의 시간은 그렇게 찾아왔다. 아직 아무것도 잃지 않았는데, 마지막 남은 하나까지 모두 잃을지도 모른다는 두려움이 현실마저 집어삼켜버렸던 것이다.

글을 잃고 나는 침잠했다. 다시는 떠오르지 못하면 어쩌나 하는 걱정과 차라리 다 잊고 가라앉은 채로 살아가고 싶다는 자포자기의 심정이 공존했다. 어떤 것이 진심이었는지는 지금까지도 딱 잘라 말하지 못하겠다. 아마 둘 다 어느 정도는 진심이었을 것이다. 지금이야 어떻게 그럴 수 있었나 싶지만 그때는 그때의 마음이 있었을 테니. 읽지도 쓰지도 못하는 시간은 퍽 고통스러웠다. 그러나 어떻게 생각하면 그건 나의 내면에서 일어난 작은 소동에 불과했다. 아무도 나에게 소설을 쓰라고 등 떠민 적 없었다. 내 소설을 기다리는 사람도 없었고, 내 인생의 딱 한 가지가 반드시 소설이어야 할 이유도 없었다. 나야 소설을 쓰지 못하는 상황이 괴로웠지만 그로 인해 세상이 달라지는 것은 아니었다.

누구에게도 말하지 못하는 고통과 풀지 못한 화는 점점 더 내부로 향하며 나를 좀먹었다. 생각은 거칠어졌고 대상이 불분명한 원망도 커졌다. 어느 순간부터는 덮어놓고 모든 게 사고 때문이라고 생각하기 시작했다. 아니, 사고로 인해 얻은 장애 때문이라고 생각했다. 그렇게 생각한다고 해서 달라지거나 나아지는 것은 없었지만, 핑계가 필요했다. 그 와중에도 기억력은 점점 더 나빠졌다. 기억력이 나빠진 자체보다 기억력이 나빠지고 있다는 자각이 불러오는 불안감이 내 몸과 마음을 잠식해왔다. 책과 글을 놓아버린 나는 책상 앞에 앉는 대신 창문을 향해 휠체어를 고정하고 넋을 놓고 앉아 시간을 흘려보냈다. 그렇게 앉아 있다보면 나도 모르게 벌떡 일어나 문을 열고 나가고 싶어졌다. 사고 전의 내가 그랬던 것처럼 가벼운 운동화를 신고 사뿐사뿐 걸어나가 숲길을 산책할 수 있을 것만 같았다. 그러나 그건 망상에 불과했다. 창문 밖의 그 숲은 더이상 내가 갈 수 있는 세상이 아니라는 자각이 이내 머리를 때렸다. 가슴속에 흙탕물이 가득 차올랐다. 이제 세상엔 내가 할 수 있는 것도 갈 수 있는 곳도 그다지 많지 않다는 생각이 들었다. 세상에서 완전히 밀려난 기분이었다. 그러자 극도의 무기력증이 찾아왔다. 휠체어에 앉은 채 창밖을 바라보는 일조차 힘겹게 느껴졌다. 아예 침대에서 내려오지 못하는 날들이 늘어갔다. 꽤나 긴 시간, 나는 온종일 침대에 누운 채 천장만 올려다봤다. 정말이지 아무것도 하고 싶지 않았다. 빠른 노화와 인지력 저하를 걱정할 만큼 단순했던 생활은 더욱더 단순해졌다. 무엇에도 집중을 하지 못하는 단순한 생활이 반복되자 통증은 점점 심해졌고, 통증이 심해지니 별 수 없이 약의 복용량도 늘었다. 악순환이었다. 나는 단순히 글만 잃은 게 아니라 생활을 송두리째 망가뜨리고 있었다.

영영 끝나지 않을 것 같았던 난독의 시간이 끝나게 된 계기는 놀랍게도 책 한 권이었다. 내가 혹시라도 쓰는 일을 놓게 되지 않을까 걱정한 선배가 보내준 책『달팽이 안단테』는 희귀병으로 인해 어느 날 갑자기 전신이 마비된 이가 쓴 에세이였다. 그것은 장애를 극복하고 큰 성공을 일궈낸 이가 적은 거창한 성공서사도 아니었고 문학적으로 뛰어난 가치를 지닌 책도 아니었다. 하지만 그 책을 한 줄 한 줄 손으로 짚어가며 읽어나가는 동안 조금씩 치유되는 나를 느낄 수 있었다. 왜 그때였는지, 그리고 왜 그 책이었는지는 모르겠다. 그 이유가 그다지 중요하다고 생각하지도 않는다. 그저, 깊은 우울의 늪에 빠져 글을 잃었던 내가 다른 방식이 아닌 글을 읽음으로써 다시 스스로를 다독이고 보살필 수 있게 되었다는 사실만이 중요했다. 물론 다시 글을 찾았다고 해서 모든 게 나아진 것은 아니었다.

나는 여전히 우울증과 불안장애로 인해 치료를 받고 있다. 기억력도 형편없고 통증은 점점 심해져서 복약하는 약의 종류와 용량 역시 늘어나고 있다. 책을 읽으면서도 내가 뭘 읽고 있는지 제대로 파악하지 못할 때도 종종 있다. 나는 자꾸만 나빠지는 내가 불안하고 때때로 절망스럽다. 하지만 전과는 달리, 이제는 내 이름과 가족들의 얼굴, 그리고 집 주소 정도만 잊어버리지 않으면 되겠거니, 속편하게 생각하려 애쓰고 있다. 어차피 대책이 있는 일이 아닐 바에야 달리 방법이 없다는 걸 이제는 안다. 빠르든 느리든 노화는 누구에게나 찾아오고 그 과정에서 몸 여기저기가 고장나고 점점 더 많은 걸 잊게 되는 건 당연한 일이라는 것도 인정하게 되었다. 내가 누구이고, 어디에 속해 있고, 어디로 돌아가야 하는지만 알고 있다면 다른 것이야 잊든 잃든 무슨 상관이겠는가. 다행스럽게도 나의 고통 같은 건 여전히 세상에 아무런 영향도 끼치지 못한다. ✿

오늘이 가장 덜 아픈 날

연일 폭우가 쏟아졌다. 어쩌다 비가 오지 않는 날도 흐리고 습하긴 마찬가지였다. 뉴스에선 거의 대부분의 시간을 전국의 수해 상황과 수재민의 모습을 전해주는 데 할애했다. 보기만 해도 막막해지는 광경이었다. 같은 시간, 수해를 입지는 않았지만, 나 역시 막막한 상황이었다. 다른 이들이 불어나는 물과 싸우고 있을 때, 나는 좁은 방에 혼자 누워 숨을 갉아먹는 듯한 통증과 싸우고 있었다. 비가 오거나 날이 습하면 통증이 더 심해졌다. 그 탓에 며칠째 침대에서 벗어나지 못한 채 간신히 오전 재택근무 업무만 보고 있는 형편이었다. 그래도 나는 이 비에 집이나 가족을 잃은 것은 아니니 다행이라 여겨야 할지 몰랐다. 날카로운 빗소리를 들으며 길고 깊은 한숨을 몰아쉬었다. 조금 전 한차례 눈이 돌아갈 것만 같은 통증을 겪은 참이었다. 다시 심한 통증이 찾아오기까지 얼마나 걸릴까. 오 분? 십 분? 한 시간? 알 수 없었다. 통증엔 어떤 규칙도 일관성도 없으니까. 그저 무작위로 찾아오는 통증을 그때그때 온몸으로 겪어내는 것 말고는 방법이 없었다. 도저히 견디기 힘들어 마약성 패치를 붙이고 평소엔 먹지 않던 비상약까지 먹었지만 속만 울렁울렁 뒤집어질 뿐 그다지 나아지지 않았다. 나는 종일 누운 채로 통증 하나도 제대로 잡지 못하는 의사들을 원망하고, 혹시라도 내가 사실은 견딜 만한 것을 두고 엄살을 부리고 있지는 않은지 의심하다가, 차라리 숨이 끊어지는 편이 낫지 않을까 하는 몹쓸 생각도 하며 시간을 보냈다. 통증이 극에 달하니 정신적으로도 견디기 힘들었다. 우울과 불안 증세가 심해져서 누가 뭐라는 사람 하나 없는데도 눈물이 주르륵 흐르질 않나, 문득문득 숨이 잘 쉬어지지 않을 정도로 가슴이 조여들기도 했다.

식탁에 앉아 천수경을 필사하고 있던 엄마가 방으로 들어왔다.

"계속 그렇게 누워만 있을 거야? 어떻게든 일어나서 씻고, 기립기도 좀 서고, 글도 써야할 거 아니야."

엄마의 말에 속이 매웠다. 나라고 누워만 있는 게 좋아서 이럴까. 목구멍까지 올라오는 날 선 말들을 꾹꾹 눌러 삼키며 침대 안전바를 잡고 돌아누웠다. 상체를 따라서 돌아지지 않는 다리를 애써 손으로 끌어와 포개는데, 문득 내 몸 하나도 내 마음대로 되지 않는 상황들이 구질구질하게 느껴졌다. 그런 마당에 엄마까지 왜 저러나 하는 생각에 노여운 마음이 일었다. 지금 내가 얼마나 고통스러운지 뻔히 알면서 채근하는 엄마를 이해할 수가 없었다.

"계속 누워 있지 않으면 어쩌란 거야. 다리가 당장이라도 터져 버릴 것 같은데, 누군가 살점을 한 점 한 점 도려내고 있는 것 같은데, 도려낸 살점마다 피가 철철 흐르는 것만 같은데, 대체 나더러 어쩌란 거야!"

목구멍을 가득 메운 울음을 억지로 참으며 기어이 화를 내고 말았다.

"언제는 안 아픈 날 있었어? 어제도 아팠고 그제도 아팠고 내일도 아플 건데, 그럼 아프다고 평생 이렇게 누워만 지내겠다는 거야? 넌 이렇게 사는 게 억울하지도 않니?"

엄마가 날카롭게 소리쳤다. 억울하지 않냐니. 왜 억울하지 않겠는가. 평생 이렇게 살아가야 한다는 것이, 아니 죽지 않고 살아남았다는 사실 자체가 억울해 미칠 지경이었다. 엄마가 어떻게 내게 저렇게 아픈 말들을 거침없이 쏟아낼 수 있는지, 말할 수 없이 원망스러웠다. 그런 말을 해야만 하는 엄마의 심정을 헤아려볼 여유 같은 건 없었다.

"억울해. 억울해 미치겠어. 왜! 그래서 어쩌라고!"

어린애처럼 소리치곤 기어이 꺽꺽 울음을 토해냈다. 엄마는 한동안 말이 없다가 긴 한숨만 남긴 채 방에서 나갔다. 소설가로서, 아니, 한 인간으로서도 나는 이미 끝난 것 같다는 생각에 울음이 그쳐지질 않았다. 며칠 전에도 동료 작가의 새 책이 배달되어 왔다. 모두들 각자의 길을 묵묵히 달려 성과를 내고 있는데, 나만 끝도 없이 뒷걸음질치고 있었다. 방향을 잃고 표류하는 배에 나 혼자 남겨진 기분이었다. 소설도, 일상도, 더는 제대로 이어갈 자신이 없었다. 마음대로 되는 일이 없다보니 나에게도 세상에게도, 심지어 아무 잘못도 없는 엄마에게까지도 자주 화가 났다.

한참동안 모로 누운 채 눈물을 찔끔대다 억지로 일어나 앉았다. 누군가 다리를 비틀어 뜯어내는 것만 같았다. 터져나오는 신음을 훅 들이마시며 도로 자리에 쓰러지듯 누웠다.

"이 통증은 가짜다. 이 통증은 가짜다. 이 통증은 가짜다……"

계속해서 되뇌었다. 아무도 내 다리를 비틀어 뜯어내지 않는다. 살점을 도려내지도, 칼로 찌르지도 않는다. 통증은 손상된 신경과 뇌의 잘못된 교신이 만들어낸 결과일 뿐이다. 실체도 불명확한 통증에 함몰된 채 죽을 날만 기다리고 있을 수는 없었다. 엄마 말대로, 어제는 안 아팠나. 또, 내일이라고 안 아플까. 그럴 리 없었다. 형편없이 망가져버린 내 삶이 억울해서라도 이대로 손놓고 있을 수만은 없었다. 다시 한번 몸을 일으켜 앉았다. 살갗에 천이 스치기만 해도 칼에 베이고 불에 데는 듯해서 평소에는 벗어놓는 바지를 양다리에 꿰었다. 바지를 추켜올리자 살갗이 아려 견딜 수가 없었다. 무릎까지 추켜올린 바지를 놓치며 고목이 넘어가듯 뒤로 쓰러져버렸다. 환자용 침대가 요란스럽게 삐걱댔다. 침대 안전바를 움켜잡고 통증이 지나가길 기다리며 숨을 몰아쉬었다. 잠시 뒤 다시 조심스럽게 바지를 추켜올렸다. 간신히 바지를 다 입은 다음 느릿느릿 무릎띠를 채웠다. 휠체어 아래쪽 그물망에 넣어둔 신발을 꺼내 신었다. 신을 때마다 자꾸만 발가락이 접혀버려서 여러 번 벗었다 다시 신길 반복해야 했다. 비는 잠시 소강상태였고 반짝 해도 비쳤다. 거실에 에어컨을 틀어놓았지만 침실까지는 찬 기운이 미치지 못해 방안은 후텁지근했다. 온몸에서 땀이 흘렀다. 신발을 다 신고 두 다리를 한 쪽씩 침대 밖으로 내려뜨렸다. 그리고 한 손으로 침대를 단단히 짚고 다른 한 손으로 휠체어를 잡으며 옮겨 앉을 준비를 했다. 마지막으로 하나, 둘, 셋, 마음속으로 구령을 붙이며 휠체어로 옮겨 앉으려 몸에 반동을 주는데 도무지 어깨에 힘이 제대로 들어가지 않았다. 자칫하다가는 그대로 미끄러져버릴지도 모른다는 생각이 들었다. 그런 일이 벌어지면 큰일이었다. 엄마의 도움이 필요했다. 방금 전에 그렇게 속을 뒤집어놓고 이제 와서 도움을 청하기가 민망했지만 도리가 없었다.

"엄마! 도와주세요!"

다 그만두고 도로 눕고 싶은 마음을 억누르며 엄마를 불렀다. 곧 엄마가 방으로 들어왔다. 엄마는 말없이 휠체어 뒤쪽으로 가셨다. 그리고 인공관절 수술을 한 무릎으로 휠체어 바퀴를 힘껏 받치며 한 손으로 휠체어를 단단히 잡았다. 그런 다음 다른 한 손으로 내 바지 뒤춤을 그러쥐었다.

"하나, 둘, 셋!"

나는 엄마가 붙이는 구령에 따라 정확하게 셋에 몸을 띄웠다. 동시에 엄마가 내 몸을 들어올리며 낚아채듯 빠르게 잡아당겨 휠체어에 안착할 수 있도록 도와주었다. 내가 브레이크를 풀고 휠체어의 방향을 조금 틀자 엄마가 내 앞쪽으로 와 힘없이 뻗친 다리를 하나씩 들어 휠체어 발판 위에 가지런히 올려주었다. 그런 다음 내겐 눈길도 주지 않고 밖으로 나갔다. 나는 입을 꾹 다문 채 휠체어를 몰아 서재로 갔다. 책상 앞으로 가 휠체어를 고정하고 노트북의 전원을 켰다. 단 한 줄, 아니, 단 한 글자라도 쓸 수만 있다면 써야 했다. 이것 말고 내가 할 수 있는 일이 또 무엇일까. 이 일이 아니라면 무엇으로 내 존재를 증명할 수 있을까. 이 일마저 제대로 해내지 못한다면 난 아무 일도 할 수 없는 사람이 될지도 몰랐다. 그렇게 되고 싶지는 않았다. 그런데 자꾸만 눈물이 쏟아졌다. 아파서도 억울해서도 아니었다. 내가 너무 한심해서였다. 작업중이던 파일을 열고 나니, 지난 며칠간 나를 침대에 묶어놓은 것은 비단 통증만이 아니었다는 사실을 알 것 같았다. 날이 궂어 평소보다 통증이 심해지긴 했지만, 솔직히 새삼스러운 일은 아니었다. 그런데도 며칠간 일어날 생각조차 하지 못한 것은 길을 잃은 소설과 직면할 자신이 없어서였는지도 몰랐다. 그런 차에 통증은 좋은 핑곗거리였고 나는 언제나처럼 통증 뒤로 숨어버렸다. 또다시 스멀스멀 의심이 피어올랐다. 통증은 정말 내가 견딜 수 있는 한계치를 넘어서는 것인가. 내가 스스로 매기고 있는 통증 점수 8이나 9는 적확한 점수인가. 혹시 내가 엄살을 떨고 있는 것은 아닌가. 정말 내가 아프긴 아픈 것인가. 그 와중에도 엉덩이가 너무 아려서 몸을 주체하지 못한 채 마구 비틀어댔다. 그런데도 의심이 들었다. 사실 이 정도는 얼마든지 참아 넘길 수 있어야 하는 게 아닐까. 다른 이들은 모두 잘 참는데 나만 참지 못하는 바람에 일상을 엉망으로 만들고 있는 것은 아닐까. 의심은 꼬리를 물고 계속됐다. 와락 울음을 터뜨리며 책상에 엎드렸다. 이런 고민에 빠질 때마다 몸도 몸이지만 정신적으로 너무 힘이 들었다.

"정 못 견디겠으면 도로 침대로 올라가."

언제 왔는지 엄마가 서재 방문을 열고 선 채로 말했다. 그런 게 아니라고 말하고 싶었는데 말이 제대로 나오지 않았다. 문득 엄마에게 미안한 마음이 들었다. 엄마는 나 때문에 너무 큰 희생을 치르고 있었다. 그런데도 난 분한 마음이 들 때마다 엄마를 들들 볶아대곤 했다.

"왜 울고 그래. 하루이틀 아픈 것도 아니잖아. 어쩌면 네 인생에서 오늘이 가장 덜 아픈 날일지도 모르는데, 그런 오늘을, 이렇게 허투루 흘려보내고 말 거야?"

엄마가 문틀을 짚고 서서 말했다. 엄마의 말이 가슴에 날아와 박혔다. 맞는 말이었다. 어쩌면 내 남은 인생에서 오늘이 가장 덜 아픈 날일지도 몰랐다. 견딜 만한 통증이든 견디기 힘든 통증이든 통증은 늘 있어왔고 앞으로도 그러한 사실에는 변함이 없을 것이다. 오늘이 가장 덜 아픈 날일지도 모르는데, 번번이 오늘을 놓치고 마는 나를 어떻게든 다잡고 싶었다. 눈물과 콧물로 엉망이 된 얼굴을 휴지로 닦아냈다. 발이 터져버릴 듯 조여들고 엉덩이가 한층 더 심하게 아려왔다. 양팔로 휠체어를 짚고 몸을 띄워 엉덩이를 휠체어에서 떨어뜨렸다. 하반신 전체가 쥐라도 난 것처럼 지잉지잉 울렸다. 휠체어에 앉아 다시 자세를 가다듬었다. 모니터 속에서 깜빡이는 커서를 바라보았다. 커서가 깜빡이는 속도에 맞추어 심장이 뛰는 것만 같았다. 깊이 심호흡을 하며 자판에 손을 얹었다. 'ㄹ' 키의 돌출부위를 왼손 검지로 살살 문지르며 화면을 노려보았다. 서혜부에 찌르는 듯한 통증이 밀려왔다. 이를 악물고 몸을 움찔대면서도 화면에서 눈을 떼지 않았다. 길을 잃었다면 다시 길이 보일 때까지 질기게 버티는 수밖에. 세상이 동강나기 전부터, 그것 말고 내가 아는 다른 방법 같은 건 없었다. ✿

4부

다시 시작할 산책

사랑에 빠진 나는

스산한 계절이었다. 한 사람이 술집 문을 열고 들어왔다. 아주 우연히 술집 안으로 들어서는 그에게 시선이 머물렀다. 잠시 주위를 두리번대던 그가 내가 앉은 자리에서 세 테이블 건너 자리에 앉았다. 그가 자리에 앉자 테이블에 먼저 앉아 있던 누군가 그에게 빈 잔을 건넸고 그는 망설임 없이 받아들었다. 그에게 잔을 건넨 사람이 빈 잔을 채워주었다. 그는 받은 술을 아주 조금만 마셨다. 술잔을 내려놓으며 그가 웃었다. 그 웃음이 보기 좋았다. 그는 잠시 잔을 만지작대다 두 손을 점퍼 주머니에 넣었다. 여전히 웃는 얼굴이었다. 일행들과 한동안 이야기를 나누던 그가 문득 고개를 들었다. 그와 나의 시선이 부딪혔다. 순간, 나는 사랑에 빠졌다. 축하를 위해 많은 이들이 모인 자리였지만 그날 내 눈에는 그 사람만 보였다. 그와 시선이 부딪힐 때마다 나는 쫓기는 사람처럼 허둥댔다. 그의 시선을 의식하며 과장된 행동을 일삼았다. 술잔을 엎었고 나중엔 안주까지 쏟았다. 다른 때보다 빠르게 취한 탓에 취기를 못 이기고 졸다 깨기를 반복했다.

그의 일행들과 합석을 하면서 나는 다시 긴장하기 시작했다. 술이 다 깨는 기분이었다. 사람들이 건네는 명함을 받아 챙겼다. 나는 명함이 없었으므로 일일이 내 소개를 했다. 자꾸만 혀가 꼬여서 같은 말을 반복해야 했다. 다들 이미 충분히 취한 상태였는데도 또다시 처음인 듯 술잔이 오갔다. 당연한 순서처럼 두서없는 이야기가 이어졌다. 사람들과 함께 이야기를 나누고 있었지만 사실 나의 온 신경은 그에게 쏠려 있었다. 그가 아닌 다른 사람들의 이야기 소리는 폭포 뒤쪽에서 들려오는 것만 같았다. 나는 테이블 밑에 있던 그의 손을 꽉 잡았다. 그가 놀란 얼굴로 내 눈을 들여다보았다. 그가 손을 뺄지도 모른다고 생각했다. 그러나 그는 손을 빼는 대신 내 손을 더욱 꽉 잡아주었다. 비로소 긴장이 풀린 나는 그의 손을 꽉 잡은 채 큰 소리로 웃었고 하지 않아도 될 말들을 늘어놓았다.

집으로 돌아오는 택시 안에서야 술이 깨면서 내가 저지른 실수들이 하나씩 되살아났다. 나는 머리를 감싸쥐고 괴로워했다. 그는 여러모로 사랑에 빠지기에 적당한 상대가 아니었다. 혼자서 마음을 끓이다 결국엔 부서지고 말 거라는 두려움에 휩싸였다. 좋은 것들은 대체로 쉽게 부서졌다. 아니면 그보다 나쁜 무언가를 불러들였다. 아니나 다를까, 이듬해 봄에 나는 사고를 당했고 그 사고로 인해 하반신을 잃었다.

나는 그것이 너무 쉽게 사랑에 빠진 내게 내려진 벌이라고 생각했다. 누가 들으면 청승도 그런 청승이 없었겠지만, 나로서는 그렇게 생각해서라도 그 사고를 받아들이고 싶었던 것 같다. 많이 울었고 크게 절망했지만, 적어도 처음에는 내가 아닌 누군가를 탓하지는 않았다. 그러나 그 사고로 인해 하나의 세상이 완전히 닫혀버렸다는 사실을 깨달았을 땐 상황이 달라졌다. 서른여섯 살의 봄이었다. 그런 나이가 정해져 있는 것은 아니겠지만, 서른여섯은 무언가를 완전히 잃어버리기에는 너무 이른 나이였다. 그것이 사랑이라면 더더욱. 사고가 나기 전 이미 사랑에 빠져 있었으므로 그런 사실은 내게 작지 않은 고통이었다. 마음이 끝도 없이 사나워졌다. 그렇다고 괴로운 마음을 누군가에게 터놓고 이야기하기도 힘들었다. 당장 죽을 고비를 넘기고, 평생 걸을 수 없다는 판명을 받은 터에 사랑에 대해 얘기한다면 모두들 나를 한심하게 볼 것 같았기 때문이다. 사랑 말고도 잃어버린 것이 너무 많아서 사랑까지 이야기한다는 게 너무 허랑하게 느껴졌달까.

신경손상으로 하반신이 마비된다는 것은 단순히 걷지 못하게 된다는 뜻만이 아니다. 감각과 운동기능을 잃는 건 기본이고 마비 부위에 포함된 몸속의 장기들도 다 제 기능을 하지 못하게 된다. 마비가 된 순간부터, 마비 부위의 혈액순환에도 문제가 생기고, 뼈는 물론 피부까지도 상상 이상으로 약해진다. 이런 변화로 인한 부작용들을 경험할 때마다 겁이 났다. 걸핏하면 욕창이 생기고(그래서 몸 여기저기에 보기 흉한 흉터가 생기고), 대장과 항문 기능이 제한되고(자연 배뇨와 배변이 불가능해진데다 걸핏하면 대소변이 새고), 시스토스토미 시술(주로 배꼽 아래 부분에 구멍을 뚫어 방광까지 삽입한 관을 통해 소변이 배출되도록 하는 시술로 관과 연결된 소변주머니를 차고 다녀야 한다)까지 하고 나자 내 몸을 누군가에게 보이는 일이 참을 수 없이 싫어졌다. 게다가 하반신이 마비된 몸으론 일반적인 사랑의 방법이 통할 리 없었다. 가뜩이나 보이기도 싫은 몸으로 새로운 시도까지 하며 사랑을 나눈다는 건 상상만 해도 끔찍했다. 장애를 부끄러워하는 건 잘못된 생각이라는 걸 머리로는 알고 있었으므로 스스로를 설득해보려 노력했지만 부끄럽게도 잘 되지 않았다. 다른 이들에게는 장애는 결코 부끄러운 것이 아니라고 잘도 주장하면서 사실 나 자신은 나의 장애를 부끄러워하고 있다는 자책에 의기소침해졌다. 그러다 결국 이런 갈등 상황에 놓이느니 누구와도 사랑을 나누지 않으리라 결심했다. 그러자 사랑에 빠질 때마다 나를 들끓게 했던 수많은 감정들이 거짓말처럼 가라앉고 물처럼 말간 마음만이 남았다. 그것은 완전히 새로운 경험이었다. 성인이 된 이후, 섹스가 없는 사랑이 가능하리라고 생각하지 않았다. 그러니 물처럼 말간 마음을 사랑이라고 할 수는 없었다. 그게 뭔지 정확히 명명할 수는 없지만, 사랑은 아니라고 생각했다. 나는 내가 사랑을 완벽하게 버렸다고 믿었다.

결론부터 얘기하자면, 나처럼 평범한 인간이 사랑을 버리고 살 수 있다고 믿은 사실 자체가 얼마나 큰 오만이었는지 깨닫기까지는 그리 오랜 시간이 필요하지 않았다. 이후에도 나는 사랑에 빠졌으니까. 물론, 사고 이전과 같은 방식은 여전히 불가능했다. 대신 조금 다른 방식의 사랑이 가능해졌다. 사랑을 버려야 한다는 강박과 그런 강박 속에서도 여전히 출렁이는 마음 사이에서 갈등하는 동안 사랑에도 여러 결이 있다는 걸 알게 되었다. 그리고 완전하지는 않지만 마음을 주고받는 것만으로도 새로운 의미가 될 수 있다는 것, 그것만으로도 마음이 꽉 차게 행복할 수 있다는 것을 새로이 깨닫게 되었다. 사랑을 확인받기 위해 안달하지 않고 상대를 소유하기 위해 집착하지 않는 것만으로도 얼마나 자유로운지! 그런 마음이 가능하다는 것을 알게 해준 사람들과 그들을 향한 마음을 흘러가는 대로 놔뒀다가는 영영 놓치고 말 것 같았다. 나는 내 마음에 관한 기록을 남기기 시작했다. 내 마음의 움직임을 적어나가자 시시각각 변하는 내 마음이 조금 더 애틋해졌다. 사랑에 빠지면 앞뒤 가리지 못하고 순식간에 뜨거워졌다가 빠르게 식어버렸던 예전보다 훨씬 어른스러운 사랑을 하고 있는 것 같아 마음이 뿌듯하기도 했다.

십 년이 넘어가도록 장애를 제대로 받아들이지 못하고 있는 나와는 달리, 사지마비 장애를 가지고 씩씩하게 일상을 이어가며 세상을 향해 우리가 가진 장애에 대해 끊임없이 이야기하는 이를 사랑하는 동안엔 종종 그의 꿈을 꿨다. 꿈속에서 나는 그와 함께 휠체어를 타고 다치기 이전에 자주 그랬던 것처럼 큰 소리로 웃으며 밤거리를 누비기도 했고, 지하철을 타고 함께 박물관에 가서 친구들끼리 관람하는 걸 부러워만 했던 전시회를 관람하기도 했다. 어느 날은 밤이 새도록 그가 올린 동영상들을 돌려보며 그가 꿈꾸는 기적을 온 마음으로 기도해주기도 했다. 그를 실제로 만나본 적도 이야기를 나눠본 적도 없지만, 그를 사랑하는 동안 나는 많은 것을 그와 함께할 수 있었다. 진심으로 부족함이 없다고 느꼈다.

나처럼 게으른 사람은 도저히 흉내낼 수 없을 만큼 성실하게 작품을 쓰고 발표하는 동료 작가를 사랑하는 동안엔 그가 읽는 책을 따라 읽고 그가 쓰는 것처럼 나도 성실해져보고자 애를 썼다. 그의 건필을 진심으로 바라며 그가 그런 것처럼 나도 좋은 문장을 쓰기 위해 나를 깊이 들여다보았다. 일과 육아와 가사까지 도맡아 하느라 단 하루도 온전히 자신을 위해 쉬지 못하는 페이스북 친구를 사랑할 때는 무용하게 흐르는 내 시간을 뚝 떼어내 그에게 보내주고 싶은 심정이었다. 나는 그들의 삶을 지켜보며 함께 웃고 함께 슬퍼했다. 그러면서 마음을 다해 그들의 삶이 좀더 충만해지기를, 가능하면 아프지 말기를, 작은 일에도 큰 행복을 느끼기를 기도했다. 그 마음이 마치 사랑에 빠졌을 때처럼 간절해서 다른 일이 손에 잡히지 않을 정도였다. 떠올릴 때마다 두근거렸고 자주 그리웠으며 간혹 실망하기도 했다. 섹스를 하지 않아도 사랑에 빠진 사람이 겪는 감정의 소요를 모두 경험했다 해도 과언이 아니었다. 이런 게 사랑이 아니라면 무엇일까. 물론 채워지지 않는 부분이 여전히 존재한다는 사실을 부인할 수는 없었지만, 그건 사실 다치지 않았을 때도 마찬가지였다.

어쩌면 나도 언젠가는 이렇게 만신창이가 된 몸으로도 섹스를 할 용기를 내게 될지도 모른다. 하지마비 장애를 가졌지만 결혼을 하고 사랑을 나누며 잘 살아가는 부부를 여럿 알고 있다. 나 역시 그들처럼 자연스럽게 사랑을 나눌 수 있게 될지, 그걸 누가 알겠는가. 내가 사랑하지 않겠다고 다짐한다고 해서 그대로 되지는 않는다는 것을 이제 경험으로 알고 있다. 그리고 아직까지는 마음만으로도 충분히 충만해지는 사랑을 하고 있다. 나는 이런 사랑도 할 수 있는 사람이니 또다른 방식의 사랑도 할 수 있는 사람일 것이다. 그걸 굳이 억누르거나 부인하지는 않을 생각이다. 어떤 방식이든 사람은 사랑을 하며 살아가야 하는 존재라는 걸 이제는 알겠다. 사랑 없이 살아가기에 생은 너무 길고, 세상은 너무 삭막하다는 것도. ✿

짙은 블루

며칠째 우울과 불안이 계속되었다. 밤이면 심한 통증이 수시로 찾아와 수면제를 먹어도 잠들 수가 없었다. 날이 밝아도 나아지는 건 없었다. 설핏 든 잠에서 깰 때마다 통증부터 느껴지는 것이 지긋지긋했다. 평생 이렇게 살아가야 한다는 사실이 끔찍하게만 느껴졌다. 일어나야 한다는 건 알지만 어떻게 해도 침대를 벗어나기가 힘들었다. 마치 온몸이 침대에 꽁꽁 묶여 있기라도 한 것 같았다. 무엇이 문제인지도 모르겠고 어떻게 해결해나가야 할지도 모르겠단 생각뿐이었다. 업무시간이 가까워오도록 일어나지 못하다가 결국엔 엄마의 도움을 받아 침대로 노트북을 옮겨와 반쯤 누운 상태로 간신히 업무를 시작했다. 정말이지 아무것도 하고 싶지가 않았다. 차라리 숨이 멎어버렸으면 좋겠다는 생각이 들 정도였다. 그런 생각 끝엔 후두둑 눈물이 쏟아졌다. 다른 때처럼 눈물을 참으려 애쓰지 않았다. 눈물과 함께 울음이 터지면 난데없이 엉엉 울기도 했다. 그런 내 모습을 지켜보는 엄마가 얼마나 애가 탈지 뻔히 알면서도 어쩔 수가 없었다. 정말이지 어떤 노력도 하고 싶지 않았다. 누구나 그런 순간이 있을 것이다. 마음 한구석에서 꿈틀대던 우울이 느닷없이 폭발하고 가까스로 눌러온 불안이 해일처럼 덮쳐오는 순간. 짙은 블루의 시간이 마치 정해진 운명처럼 느껴지는 그런 순간. 하지만 내 나이쯤 된 성인이라면 그런 기분이 태도가 되지 않도록 수습할 줄 알아야 했다. 그런데도 미숙한 나는 그걸 못해 종종 유난을 떨며 주변에 폐를 끼쳤다. 도대체 나는 왜 이 모양인 걸까. 이십 분 간격으로 울리는 알람에 맞춰 별 의미도 없는 업무를 기계적으로 반복 수행하면서 생각에 빠져들었다.

어쩌면 너무 긴 세월 참아온 탓일지도 모르겠다. 어린 시절 나는 내가 어른스러운 아이라고 생각했다. 엄마는 곧잘 '거저 키우는 거나 다름없는 아이'라고 주변에 내 자랑을 늘어놓곤 했다. 사실은 어땠을까. 어른이 되고 난 후 생각해보니, 나는 어른스러웠던 게 아니라 무엇이든 참기 위해 지나치게 애를 쓰는 아이였다. 너무 잘 참아서 어린 게 지독스럽단 얘길 들은 적도 있었다. 돌이켜보면, 온갖 감정들을 참기 위한 나의 노력은 눈물겨울 정도였다. 사실은 나도 유치원에 다니고 싶었고, 다른 아이들처럼 새 옷과 신발을 갖고 싶었다. 예쁜 인형의 머리카락도 빗겨

주고 화려한 드레스도 갈아입히고 싶었다. 입학식 땐 엄마의 손을 잡고 학교에 가고 싶었고, 비가 오는 날엔 우산을 들고 마중 나온 엄마에게 뛰어가 안기고 싶었다. 동생을 돌보는 대신 친구들과 놀고 싶었고, 곤로에 불을 붙여 밥을 짓는 대신 방안에서 배를 깔고 누워 만화영화를 보고 싶었다. 하지만 어린 나는 그 모든 것들을 마냥 참기만 했다. 이유는 오직 하나, 엄마를 슬프게 하고 싶지 않았기 때문이다. 엄마의 손길이 덜 필요한 아이였던 나는 모든 것을 혼자서 해내기 위해 안간힘을 썼다. 그 안간힘이 피로처럼 누적되어 어느 순간엔 나를 쓰러뜨리고 말 거라는 사실을 알지 못한 채 그저 참기만 했다. 아니다. 이제 와서 그런 게 문제일 리 없었다. 그렇다고 나의 어린 시절이 불행했던 것은 아니니까. 어린 시절을 떠올릴 때, 나는 대체로 행복한 감정에 빠져들곤 한다.

어쩌면 매번 엉망으로 끝나버린 연애 때문일지도 몰랐다. 이십대와 삼십대 내내 자존감이 바닥을 치게 했던 연애들은 생생하게 살아 펄떡이던 나를 볼품없이 쪼그라들게 만들었다. 나는 지나치게 몰입했고 상대는 빨리 식었다. 그 반대일 때도 있었다. 늘 타이밍이 문제였고 짐승들처럼 서로를 물어뜯으며 끝을 냈다. 가끔은 물어뜯을 기회조차 없이 끝나버려 풀 데 없는 회환과 미련, 그리고 그리움을 가슴에 쌓아둬야 했다. 가볍고 보잘것없는 연애를 거듭하던 어느 날, 나는 내가 연애나 결혼에 어울리지 않는 사람이라는 결론을 내렸다. 언제나 따뜻한 가정을 꾸리고 싶었지만 그것은 내 몫의 삶이 아닌 것만 같았다. 차갑고 건조하게 살아가기로 다짐했다. 그러지 않으면 끝내 나를 잃어버리고 말 거라 믿었다. 어느 순간, 아예 마음을 닫아버렸다. 그런 건조함이 결국엔 살을 찢어 피 흘리게 만들고 말 거라는 사실을 알지 못한 채 말라비틀어진 거죽 뒤로 꽁꽁 숨어들었다. 아니다. 이제 와서 그런 게 문제일 리 없었다. 그런 정도의 경험은 나 말고도 많은 이들이 했을 텐데, 그렇다고 그들 모두가 지금의 나와 같지는 않을 테니.

어쩌면 그날 때문일지도 몰랐다. 생애 최고의 순간이라 믿어 의심치 않았던 때에 추락해버린 그날은 평범한 일상을 삼켜버렸다. 추락 직전까지, 나는 드디어 날개를 얻었다며 기뻐하고 있었다. 긴 무명의 시간에서 벗어나 이제는 지면을 얻을 수 있을 거라고 믿었다. 하지만 바로 그 순간, 나는 추락했다. 그 다리엔 난간이 있어야 했다. 수만 번은 되뇌었을 그 말을 오늘도 되뇌었다. 그 다리엔 난간이 있어야 했다. 그게 문제였다. 잊어버려야 할 순간을 끊임없이 복기하는 것, 그래서 오늘까지도 추락을 거듭하고 있는 것, 그리고 그 추락으로 인해 평생을 안고 가게 된 장애와 통증을 아직까지도 제대로 받아들이지 못하고 있는 것. 걷지 못하는 것은 차라리 참을 만했다. 더 큰 문제는 통증이었다. 찢어진 흉수는 잠시도 쉬지 않고 날뛰었다. 덕분에 내 통증도 쉼이 없었다. 통증을 견디며 꾸려가는 일상이 평온할 리 없었다. 매일 매일이 전쟁 같았다. 그 전쟁의 한복판에서 나를 지탱해주는 것은 무엇인가. 아무리 생각해도 떠오르는 게 없었다. 나는 그저 버려진 사람, 잊힌 사람에 불과했다. 무엇도 나를 지탱하지 못했고 나는 쓰러지길 거듭했다. 아니다. 이제 와서 그런 게 문제일 리 없었다. 사람은 누구나 저마다의 고통을 지고 살아가지 않던가. 유독 나만 힘이 든다고 우기는 건 이기적인 투정에 불과하다.

어쩌면 문제 같은 건 애초에 없는 게 아닐까. 내가 사실은 대단한 엄살쟁이였다면, 내 연애사 정도는 그맘때 누구나 경험했을 법한 흔한 이야기에 지나지 않는 것이라면, 그날의 추락은 누구의 잘못도 아니라 그저 우연한 사고에 지나지 않았다면, 그러니까, 운명 같은 건 애초에 없었다면, 그렇다면 지금의 우울은 얼마나 사소한가. 마음대로 뻗어나가는 생각을 멈추고 깊이 숨을 들이마셨다. 여전히 몸은 천근만근이었고 가슴은 터질 듯 조여들었다. 그래도 다행히 그렁대던 눈물은 쏙 들어갔다.

"너도 나도 어쩌볼 수 없는 일이라면 그냥 받아들여야 하지 않겠니? 안 그러면 시간이 아깝잖아. 일분일초, 얼마나 아프게 지나가는 시간인데."

엄마는 종종 말했다. 엄마의 말이 옳다. 얼마나 아프게 지나가는 시간인데 이 시간을 이렇게 흘려보내나. 자책감이 들었다. 업무를 마치고 자낙스 한 알을 더 꺼내 먹었다. 어떻게든 책상 앞으로만 가면 지금보다는 나아질 것 같았다. 죽을힘을 다해 일어나 앉았다. 그러고도 한참을 멍하니 있다가 다시 느릿느릿 바지를 꿰어 입기 시작했다. 다음으론 신발을 신고 무릎띠를 둘렀다. 침대 옆에 세워진 휠체어를 당겨 브레이크를 잠그고 침대 안전바에 묶여 있는 소변주머니를 풀어 무릎띠 사이에 끼워 넣었다. 하나, 둘, 셋. 속으로 외치는 구령에 맞춰 풀쩍, 침대에서 휠체어로 옮겨 앉았다. 휠체어의 브레이크를 풀고 조금 뒤로 빠졌다. 다시 브레이크를 잠그고 다리를 한 쪽씩 들어 바닥에 떨어져 있는 발을 휠체어 발판에 가지런히 올렸다. 소변주머니를 휠체어 아래쪽 그물망에 집어넣고 소변줄이 꺾이지 않도록 정돈했다. 브레이크를 풀고 천천히 휠체어를 밀어 서재로 갔다. 책상 앞에 앉아 다시 멍하니 시간을 보냈다. 그 모습을 모두 지켜보면서도 엄마는 한 마디도 하지 않았다.

한참 후 노트북을 켜고 한글 창을 열었다. 잠시 깜빡이는 커서를 바라보다 타닥타닥 자판을 치기 시작했다.

'며칠째 우울과 불안이 계속되었다. 밤이면 강도 높은 통증이 수시로 찾아와 수면제를 먹어도 잠들 수가 없었다……'

하얀 화면 위로 글자들이 떠올랐다. 요 며칠 내 상태에 대한 기록이었다. 다른 많은 날과 마찬가지로 통증과 불면의 밤에 대해 이야기하기 시작했다. 한 자 한 자, 가능하면 거짓 없이, 그리고 자세하게 써나가려 노력했다. 다 써놓고 보니 감정이 과하고 산만한 글이 되어 있었다. 이 짙은 블루의 상태를 그럴듯하게 그려낸 것 같지도 않았다. 하지만 그것도 나였다. 오늘의 나는 감정이 과하고 산만한 우울증 환자였으니까. 누구의 잘못도 아닌 사고로 하반신을 잃고 매순간 지독한 신경병증성 통증에 시달리며 살아가는 우울증 환자가 책상에 엎드렸다. 차가운 유리판에 볼을 대고 창 너머에서 흔들리는 나뭇가지를 바라보았다. 나무도 울고 있나. 설마. 자세히 보기 위해 몸을 일으키는데 공연히 눈물이 핑 돌았다. 역시 매사에 감정이 과하다. 짙은 블루의 날이 천천히 저물어가고 있다. ✿

내 생애 마지막 다이어트

어느 날, 관장을 하기 위해 좌약을 넣고 내 배를 문지르던 엄마가 심각한 투로 말했다.

"배가 꼭 두붓자루 같네."

두붓자루라니. 그 말이 너무 우스워서 웃음을 터뜨리고 말았다. 내가 깔깔대고 웃자 심각한 얼굴이던 엄마도 따라 웃었다. 처음엔 두붓자루라는 말이 우스워서 웃기 시작했는데, 나중에는 대변을 빼내기 위해 좌약을 넣고 아랫도리는 반쯤 내린 채 모로 누워서 깔깔대고 있는 내 꼴이 생각할수록 어이없어 웃음이 멈추질 않았다. 그렇게 한참을 깔깔대다 정신이 번쩍 들었다. 두붓자루라니. 순두부를 가득 담은 자루가 어떻게 생겼더라. 빵빵하고 뭉실뭉실한 자루에서 물이 줄줄 새는 장면이 떠올랐다. 아아, 출렁이는 내 뱃살. 모로 누우면 흘러내리고 바로 누우면 빵빵하게 부푸는 내 뱃살. 나도 모르게 체머리를 흔들었다.

당연한 일이지만, 하반신이 마비되면 걸을 수가 없다. 걸을 수가 없으니 종일 휠체어에 앉아 있거나 침대에 누워서 지내야 한다. 하체의 근육이 모두 빠져 근육량이 줄었으니 기초 대사량이 낮아지는 것은 말할 것도 없고, 걷거나 뛰는 등의 유산소운동이 불가능해지니 다이어트를 하는 것도 훨씬 힘든 일이 된다. 원래도 나는 마른 체형의 사람은 아니었다. 보통의 체중을 유지하던 때도 골격이 큰 편이라 나이보다 성숙해 보인다거나 덩치가 좋아 보인다는 얘길 종종 들었다. 게다가 조금만 방심해도 살이 붙는 체질의 사람이었다. 거의 매일 두 시간 가까이 동네를 산책 삼아 걸었지만 그 정도로는 현상 유지만 될 뿐 날씬한 체형은 가져보지 못했다. 그런 내가 어느 날 갑자기 걷거나 뛰지 못하는 사람이 되고 말았다. 재활병원에 있을 당시 주치의는 보통 사람들의 삼분의 일 정도의 칼로리만 섭취하면 적당하다고 말했다. 뭐든지 보통의 식사량에서 삼분의 일씩만 먹으며 꾸준히 운동을 하면 큰 문제는 없을 거라는 얘기였다. 그러나 말이 쉽지, 내내 그렇게 먹고 산다는 게 어디 쉬운 일인가. 먹지 말라니. 세상에 맛있는 게 얼마나 많은데. 그렇게 무정하고 무서운 말이 어디 있어.

몸이 이 지경이 되었는데도 입맛은 떨어질 줄을 모르는데 나더러 어쩌라는 거냐고. 투정이라도 부리고 싶은 심정이었다.

보통 사람들의 식사량에서 삼분의 일만 덜어 먹으라는 말을 무시한 대가로 나는 무럭무럭 살이 쪘고 어느 날부터는 부른 배 위에 자연스레 손을 얹는 대열에 합류하고 말았다. 살이 찌니 당장 나를 돌봐주는 활동지원사 선생님들이나 엄마의 고생이 말이 아니게 됐다. 최근 들어 손목에 무리가 가서 한의원에 다니기 시작했다는 활동지원사 선생님의 얘기를 들었을 땐 그 모든 게 내 잘못인 것만 같아서 죄책감이 들었다. 살이 쪄서 나만 불편하면 그러려니 하겠지만, 주변 사람들까지 괴롭히는 것은 정말 아니다 싶은 생각이 들었다. 사실, 많은 사람들처럼 나도 늘 다이어트중인 채로 지난 이십여 년 간 살을 찌워왔다. 다이어트중인데 먹고, 다이어트중인데 눕고, 다이어트중인데 넋 놓고 유튜브 먹방 같은 거나 보면서. 그래도 고도비만을 가뿐히 넘어서는 지경에 이르고 나니 그냥 있어선 안 되겠다는 생각이 들었다. 그래서 시작했다. 내 생애 마지막(이길 바라는) 다이어트(아, 나중에 얼마나 부끄러워하려고 이런 선언을 하고 있는 것인가!).

가장 큰 난관은 유산소운동을 하기 힘들다는 사실이었다. 휠체어를 밀고 씽씽 달리는 게 도움이 되긴 하겠지만, 문밖만 나서면 위험천만한 난관투성이여서 그럴 만한 장소가 없었다. 집에 기립기와 손발자전거가 있긴 했지만 기립기는 유산소운동과는 거리가 멀었고 손발자전거는 칼로리 소모가 미미했다. 그래도 안 하는 것보다는 나을 테니, 우선은 중단했던 기립기 서기와 손발자전거 타기를 매일 빼먹지 않고 해보기로 결심했다. 내게는 다이어트뿐만이 아니라 무슨 일이든 빼먹지 않고 꾸준히 하는 게 가장 힘든 일이어서 우선 운동에 관한 루틴을 만드는 게 중요했다.

오전 업무를 끝내고 기립기부터 섰다. 일을 마치고 돌아온 엄마가 보곤 반색을 했다.

"어쩌려고 기립기를 다 섰어?"

"어. 나 이거 끝나면 손발자전거도 탈거야. 다이어트 시작했으니까 나 말리지마."

"말리긴 누가 말려. 아이고, 제발 이 살들 좀 쏙 빠졌으면 좋겠네."

엄마가 기립기 밴드에 눌려 울퉁불퉁해진 내 엉덩이를 통통 두드리며 말했다.

사십 분가량 기립기에 서 있다 내려와 손발자전거로 옮겨 앉을 준비를 했다. 우선 손발자전거 손잡이에 척척 걸쳐놓은 옷가지부터 걷어내는데 한숨이 폭 나왔다. 나 자신이 너무 한심해서였다. 비싼 운동기구를 사서 떡하니 모셔놓고 옷걸이로만 사용하는 것은 다치기 전이나 후나 똑같았다. 브레이크가 잠겨 있는 걸 다시 한번 확인한 뒤 휠체어에서 손발자전거로 옮겨 앉았다. 오랜만에 옮겨 앉는 거라 살짝 중심을 놓쳐 위험할 뻔했지만, 다행히 무사했다. 의자와 페달 사이의 거리를 조절한 뒤 양 페달에 발을 한 쪽씩 올려놓고 안전띠로 단단히 고정시켰다. 운동 강도를 설정한 뒤 천천히 손잡이를 돌리자 페달이 돌아가기 시작했다.

"잘하네, 우리 딸. 거봐. 혼자서도 얼마든지 할 수 있잖아. 아유, 예뻐 죽겠네."

매트에 걸터앉아서 내가 하는 모습을 모두 지켜본 엄마가 말했다. 돌아보니 엄마의 얼굴에 미소가 가득했다. 마흔일곱이나 먹은 딸에게 칠순이 가까워오는 엄마가 하는 칭찬치고는 참 낯간지럽단 생각을 하며 나도 엄마를 따라 웃었다. 손잡이를 돌리는 속도를 조금 더 빨리 했다. 햇살이 쏟아져들어오는 창문을 바라보다 두 눈을 지그시 감았다. 따뜻한 열기가 몸 안과 밖에서 함께 차오르는 느낌이었다.

손발자전거를 타기는 했지만 운동 효과는 미미할 터였다. 역시 운동보다는 식단에 주력할 수밖에 없는 형편이었다. 사실, 무엇을 더 먹어야 하고 무엇을 덜 먹어야 하는지 몰라서 못하는 게 아니었다. 타고난 건지 후천적으로 발전한 건지는 모르겠지만, 다이어트 식단을 지켜야 한다고 결심하는 순간부터 먹고 싶은 것들이 떠오르는 남다른 식탐이 원망스러울 따름이었다.

"아, 우울해."

엄마가 정성껏 만들어준 샐러드를 우적우적 씹으며 중얼거렸다. 차려준 밥상을 받아먹으면서 할 소리가 아니었는데, 나도 모르게 튀어나온 말이었다. 아니나 다를까 엄마가 널따란 내 등짝을 시원하게 때리며 눈을 흘겼다.

"뭘 먹고 있는데도 배가 고픈 건 대체 왜 그러는 걸까?"

등짝을 문지르며 말하다 이번엔 콩하고 머리를 쥐어박혔다.

"아니, 낼 모래 쉰인 딸내미를 그렇게 쥐어박고 싶어?"

집에서 구운 계란의 껍데기를 까며 따져 물었지만 엄마는 대꾸 없이 세탁기에서 빨래를 꺼내 베란다로 가버렸다. 정말 이상했다. 샐러드와 구운 계란을 먹고 있는데, 왜 배가 고픈 걸까. 어차피 배를 채우는 건 밥이든 채소든 다 똑같은 거 아닌가 말이다. 아닌가? 정말 아닌 걸까? 구운 계란 노른자 때문에 목이 메었다. 소스도 없는 샐러드 채소를 포크로 콕콕 찍어 입안에 욱여넣으며 이번에는 기필코 식단 관리에 성공하리라 각오를 다졌다.

핸드폰 화면을 켜서 닭 가슴살을 검색해봤다. 종류도 맛도 고르기 힘들 만큼 다양했다.

"다들 닭 가슴살만 먹고 사나. 뭐가 이렇게 많아?"

투덜거리며 가장 익숙한 브랜드의 홈페이지를 터치했다. 과거 주식에 투자했다가 쓴맛을 본 경험이 있는 기업이었는데, 투자는 망했지만 제품은 믿을 만한 업체였다. 때마침 여름 맞이 세일을 하고 있었다. 세상이 이 정도로 협조적이라면 이번 다이어트는 이미 절반쯤 성공한 거나 마찬가지라는 생각이 들었다.

"어떤 게 맛있을지 모르니까 하나씩 다 사보는 거야. 이왕이면 맛있는 걸 골라서 먹어야 실패할 확률이 적어지지 않겠어? 암. 그렇고말고."

중얼거리며 장바구니에 이것저것 주워 담았다. 문득, 냉동실 바닥을 굴러다니며 말라갈 닭 가슴살의 모습이 떠올랐지만 모른 척 눈을 감아버렸다. 칠순이 가까워오는 엄마한테 초등학생 달래듯 우쭈쭈 응원을 받다가 곧바로 등짝 스매싱이나 당하는 마흔일곱 살이지만, 나도 한다면 하는 사람이라고, 남은 샐러드를 싹싹 긁어먹으며 고개를 끄덕였다. 세상에, 소스도 없이 샐러드를 먹어야 하다니. 한번 더 투덜대는 것도 잊지 않았다.

금단증상

“왜 우니?”

“어? 글쎄, 나 왜 이러지? 몰라. 그냥 눈물이 나네.”

“그냥 눈물이 나는 게 어디 있어. 어디가 아프다거나 무슨 걱정이 있다거나 그런 거겠지. 잘 생각해봐. 왜 그러는지.”

“모르겠어. 정말 그냥 눈물이 나는 거야.”

정말이었다. 별다른 이유도 없이 순간순간 마음이 푹 주저앉으면서 눈물이 쏟아졌다. 일상이 피곤하고 통증 때문에 괴롭긴 했지만 하루이틀 그런 것도 아니고 새삼 눈물이 쏟아질 만한 마음 상태는 아니었다.

“그냥 그럴 리가 없다니까. 혹시, 엄마한테 얘기 못한 일이 있는 거 아니야?”

엄마가 미심쩍다는 듯 말했다. 한 무리의 사람들이 게임을 하며 웃고 떠드는 텔레비전 프로그램을 보다 말고 눈물을 쏟는 걸 목격했으니 그런 의심을 할 만도 했다. 하지만 정말 특별하달 만한 일은 일어나지 않았다. 나도 내가 왜 눈물을 흘리는지 도무지 이해할 수가 없었다. 마음이 좀 가라앉아 있기는 했다. 그 역시 이유는 알 수 없었지만 아침에 눈을 뜨는 순간부터 그랬다. 사실, 어제도 그랬고 그제도 그랬다. 그냥 우울증 때문이려니 했다. 오랜 세월 우울증을 앓고 있지만 약으로 잘 조절하는 중이므로 크게 걱정할 일은 아니라고 생각했다. 그러고 나니 새삼 가라앉은 기분을 더 설명할 길이 없었다. 어쨌든 상관없다고 생각했다. 우울증 같은 거 앓고 있지 않은 사람들도 공연히 울컥할 때가 있을 테니까. 그래도 눈물이라니. 눈물까지 쏟을 만큼 유난스러울 건 또 뭐란 말인가. 하여간 별나기도 별났다.

“치킨 시켜 먹을래?”

엄마는 내가 정말로 걱정스러운 모양인지 비장의 무기를 꺼내듯 말했다. 사실 좀 너무하긴 했다. 우울해 보인다고 기분 전환으로 치킨을 권하다니, 도대체 나는 그동안 어떻게 살아온 걸까. 나를 잘 아는 사람이라면 고개를 끄덕이겠지만, 그래도 치킨이라니. 이 나이에, 더구나 이런 순간에, 치킨이 다 뭐란 말인가.

"이 시간에 치킨은 무슨."

나는 계속 비어져나오는 눈물을 훔치며 배시시 웃었다. 아, 이놈의 눈물은 왜 그칠 줄을 모르는가. 정말이지 곤혹스러웠다.

그날 이후에도 눈물은 불쑥불쑥 아무때나 쏟아졌다. 밥을 먹다가도, 물을 마시다가도, 손발자전거를 열심히 돌리다가도, 책을 읽다가도, 언제나처럼 업무를 보다가도 주르륵 눈물이 흘렀다. 나는 영문도 모르는 채 눈가가 짓무르도록 눈물을 훔쳤다. 혹시 우울증이 더 심해진 걸까? 아니면 단톡방 언니들이 늘 걱정하던 대로 갱년기가 온 건가? 성치 않은 데가 많긴 하지만, 그래도 너무 빠른 거 아닌가? 갱년기가 되면 눈물이 나고 막 그러나? 대체 뭐지? 정말 별의별 생각을 다 하면서도 나보다 더 걱정스러워하는 엄마 때문에 걱정하는 표도 내지 못했다. 정신건강의학과에서 비상용으로 타온 추가 약을 다 먹도록 눈물은 그칠 줄을 몰랐다. 엄마가 지나치게 걱정하는 게 마음 쓰여서 눈물

흘리는 걸 감춰보려 애를 썼지만 소용없었다. 눈물은 정말이지 예기치 못한 순간에 미처 가릴 틈도 없이 후두둑 쏟아지곤 했다. 답답한 시간이 하루, 이틀, 사흘, 하염없이 흘러갔다.

눈물에 대한 의문이 풀린 건 페이스북에 달린 댓글 덕분이었다. 혼자서 걱정만 하다가 시도 때도 없이 눈물이 줄줄 흘러서 곤란하다는 이야기를 페이스북에 올렸는데, 한 친구가 댓글을 달아준 것이다.

'그거 금단증상일 수 있어. 너 얼마 전부터 금연했잖아. 나도 담배 끊을 때 엄청 우울하고 아무때나 막 눈물나고 그랬거든.'

댓글을 보는 순간 그동안 왜 그렇게 이상한 기분이었는지 분명히 알 것 같았다. 나는 금연중이었다. 아빠가 폐암 판정을 받은 지 얼마 되지 않았을 때였다. 내가 담배를 피우는 것에 대해 한 번도 참견하지 않던 엄마가 진심으로 금연해줄 것을 부탁했다.

"이제 너한텐 가족력이라는 게 생긴 거야. 너까지 암에 걸린다면 엄만 정말 못 견딜 것 같아."

엄마가 말한 이유에 공감했고 그런 부탁이라면 들어줘야 한다고 생각했다. 담배를 피우는 동안 한 번도 진지하게 담배를 끊어야겠다는 생각을 해보지 않았음에도 단번에 담배를 끊어냈다. 끊기 전에는 금단증상에 대한 걱정이 없지 않았는데, 막상 끊고 나니 아무렇지도 않았다. 텔레비전 같은 데서 보던 금단증상이 없어 다행이라고 생각했다. 단 음식이 당기지도 않았고, 한 번씩 간절해지긴 했지만 그렇다고 담배 생각에 다른 일을 못할 정도도 아니었다. 의외로 너무 쉬워서 당황스러울 정도였다. 그런데 엉뚱하게도 눈물이 쏟아지다니.

엄마한테는 눈물이 쏟아지는 이유에 대해 이야기할 수 없었다. 엄마가 걱정하고 있다는 걸 뻔히 알면서도 그게 다 금단증상 때문이었다는 말을 하기는, 어쩐지 민망했다. 담배 피우는 걸 부끄럽다 생각하지 않으면서도 그 모습을 엄마에게 보여주기는 꺼려졌던 것과 비슷한 이유에서였다. 세상엔 모르는 채 넘어가는 것이 피차 나은 일도 있는 법이다(그런데 이젠 다 들켜버렸구나. 엄마는 내가 낸 책을 한 글자도 빠짐없이, 그것도 꽤 여러 번씩 읽는 사람이니까).

이 이야기는 얼마 전 다정한 친구들을 만나 함께 식사를 한 뒤 커피를 마시면서 나눈 이야기 중 한 토막이다. 대화 도중에 어쩌다 이런저런 금단증상에 대한 얘기가 나왔는데, 그때 문득 눈물을 줄줄 흘리던 일이 생각나서 친구들에게 이야기했다.

"그게 글쎄 금단증상이었던 거야. 내 참, 어이가 없어서. 정말 아무렇지도 않았거든. 어떤 사람은 담배는 끊었지만 그 과정에 맛들인 초코파이나 사탕 같은 걸 못 끊어서 곤란했다던데, 난 단 음식이 당기지도 않았고 담배 생각이 그렇게까지 간절하지도 않았어. 근데 막 눈물이 나는 거야. 시도 때도 없이, 눈물이 후두둑 떨어지는 거지. 무슨 멜로영화의 한 장면처럼 눈물이 줄줄 흐르는데, 꼭 거짓말 같더라니까. 얼마나 황당하던지. 근데 더 웃긴 건 뭔지 알아? 그게 금단증상이었다는 걸 깨닫자마자 그 증상이 사라져버린 거야. 진짜 눈물이 쏙 들어가버리더라니까."

내 얘기에 친구들이 웃음을 터뜨렸다. 그게 우스운 얘기라고 생각하고 꺼냈던 게 아니어서 의외였다. 친구들 중 하나가 에세이의 글감이 떠오르지 않아 고민이라고 했던 내 얘기를 기억해내곤 큰 소리로 웃으면서 에세이 쓸 때 이 얘기를 꼭 써보라고 권했다.

"에세이가 별건가. 이런 얘기 재미있잖아. 너무 심각하게 생각하지 말고 그냥 이런 얘기를 편하게 쓰면 되는 거지, 뭐."

그러자 다른 친구도 맞장구를 쳤다.

“맞아, 맞아. 네가 평소에 자주 하는 조카들 얘기도 그렇고 지금 한 얘기도 괜찮은 거 같아. 한번 써봐. 분명히 재미있을 거야.”

이 얘기가 뭐가 재미있다는 건지 잘 모르겠지만 모두 재미있다고 했으니 쓰긴 써보는데, 글쎄, 지금 다시 봐도 그다지 재미가 없는 걸 보면 내 글솜씨가 아직 많이 부족한 모양이다.

사실, 내가 인식하지 못해서 그렇지 어쩌면 금연 당시 나는 그 일이 많이 힘들었을 수도 있다. 고통이 일상이 되다보면 어지간한 고통쯤은 미처 감지하지 못한 채 지나쳐버리기도 하니까. 그 와중에도 몸은 성실히 고통을 반영하기 마련인데, 몸의 반응이 분명히 있음에도 어떤 고통에 대한 반응인지 좀처럼 감이 잡히지 않을 때가 실제로 잦은 것이다. 그리고 이젠 그런 패턴의 일상에 익숙해졌다. 다만, 감지하지 못하고 지나치는 고통은 고통일까 아닐까, 가끔 궁금해질 따름이다. ✿

외로운 사람들

아침 일찍 출근해 오전 내내 업무를 봐야 하는 재택근무를 시작하면서 생활 방식을 바꿨지만, 그전까지는 주로 낮에 자고 밤에 글을 썼다. 날이 훤히 밝아서야 간신히 잠자리에 들었고 느지막이 일어나 하루를 시작했는데, 주로 매트에 누워 책을 읽거나 머릿속으로 상상만 하다 본격적으로 책상 앞에 앉는 건 자정이 넘어가면서부터였다. 긴 글을 쓰는 데는 흐름이 중요해서 흐름만 잘 타면 두 시간이고 세 시간이고 시간 가는 줄 모르게 몰입할 수 있었다. 그리고 그런 흐름을 타기엔 아무래도 낮보다는 고요한 밤이 유리했다. 물론 끝도 없이 이어질 것만 같던 흐름이 통증으로 인해 끊기는 것은 한순간이었다. 그러면 또 매트나 침대로 올라가 누운 채 한참동안 쓰던 글 언저리를 맴돌며 괴로워했다. 도저히 안 되겠다 싶어지면 바람을 쐬기 위해 아파트 입구로 나가 밤하늘을 올려다봤다. 달이라도 뜬 밤이면 꽤 긴 시간 달구경을 했다. 오래전 그 밤, 달구경을 나갔다가 하반신을 잃었으면서도 나는 여전히 달만 보면 가슴이 커다랗게 부풀어오르는 것만 같았다. 달빛이 하얗게 부서지는 밤공기를 힘껏 들이마시는 일은 생각만으로도 그저 좋았다.

그날도 그랬다. 십일월 말이어서 날은 쌀쌀했지만, 초겨울의 칼칼한 공기를 유난히 좋아하는 나는 깊이 심호흡을 하며 차가운 밤공기를 마음껏 들이마셨다. 아파트 입구 관리동 앞에는 조금 이른 크리스마스트리가 반짝반짝 빛을 발하고 있었다. 한참 트리 구경을 하고 있는데, 아파트 입구로 들어서는 사람이 눈에 들어왔다. 한 남자가 휘청휘청 걸어오고 있었다. 반짝이는 트리를 본 척도 하지 않고 지나쳐 비틀비틀 걸어오는 모습이 어쩐지 쓸쓸해 보여, 남자에게서 좀처럼 시선을 거둘 수 없었다. 한동안 남자를 바라보다 다시 고개를 들어 밤하늘을 올려다봤다. 짙고 무거운 하늘엔 구름의 그림자가 낮게 드리워져 있었다. 안타깝게도 달은 보이지 않았다. 어쩐지 눈이 쏟아질 것만 같은 하늘이었다. 오늘밤, 첫눈이 펑펑 쏟아지면 좋겠다고 생각하며 두 눈을 꼭 감았다. 감은 눈 속에선 세상에 없는 달빛이 하얗게 부서져내렸다.

"야, 이 병신아."

처음엔 잘못 들은 줄 알았다. 눈을 뜨자 남자가 내 앞에 서 있었다. 남자에게서 술냄새가 훅 끼쳐왔다. 와락 겁이 났다. 남자의 말에 기분이 상하고 말고 할 계제가 아니었다. 남자가 폭력을 행사하기라도 한다면 꼼짝없이 당해야 하는 처지였다. 소리를 지를까. 경비실까지의 거리를 가늠해봤다. 나이든 경비아저씨가 나를 도와줄 수 있을까. 온갖 생각이 머릿속을 어지럽혔다. 그러려고 그런 건 아니었는데 나도 모르게 남자와 시선을 맞춘 채 피하지 못하고 있었다. 가슴이 빠르게 뛰었다. 휠체어 핸드림을 잡은 손이 축축하게 젖어들었다. 간신히 정신을 차리고 남자의 시선을 피하려는데, 남자가 내 눈을 똑바로 노려보며 다시 말했다.

"병신 같은 년이 재수없게 쳐다보고 지랄이야!"

그 말을 끝으로 남자는 나를 향해 발길질하는 시늉을 하더니 다시 휘청휘청 걷기 시작했다. 휠체어를 타는 친구들로부터 겁에 질릴 만한 경험담은 꽤 들어봤지만, 나는 그때껏 불쾌한 경험을 한 적은 있어도 이유 없이 나를 해코지하려는 사람을 만난 적은 없었다. 그것은 내게 그런 일들을 피해 갈 수 있을 만한 능력이 있어서가 아니라, 언제 어딜 가든 늘 엄마가 함께해주었기 때문에 가능한 일이었다. 내가 다친 이후로 엄마는 나를 향해 날아드는 온갖 차가운 것, 날카로운 것, 무거운 것들을 미처 내게로 와닿기도 전에 먼저 나서서 모조리 쳐냈다. 덕분에 나는 처음 걸음마를 뗀 아기처럼 엄마의 품속에서 따뜻한 것, 부드러운 것, 가벼운 것들만 겪으며 지내올 수 있었다. 그러는 동안 여자 혼자서, 더구나 장애가 있는 몸으로 밤공기를 마시며 달구경을 하기에는 이 세상이 안전하지 못하다는 사실을 잊고 있었던 것이다. 처음 겪는 일에 다소 멍해져서 남자가 멀어져가는 모습만 멀뚱멀뚱 바라보고 있었다. 그 순간엔 남자로부터 모욕을 당했다는 생각보다 남자가 더이상 해코지하지 않고 지나쳐갔다는 사실에 안도하는 마음이 더 컸다. 온갖 나쁜 그림들로 어지러운 머릿속을 털어내기라도 하듯 힘차게 고개를 내저었다. 그제야 몸이 떨려오기 시작했다. 휠체어를 돌려 있는 힘껏 굴렸다. 아파트 현관에 도착해 비밀번호를 누르기 전엔 고개를 돌려 혹시라도 누가 쫓아오고 있는 건 아닌지 몇 번이나 확인하기도 했다. 집으로 돌아와서도 한동안은 몸을 웅크린 채 바깥의 소리에 귀를 기울였다. 누군가 현관문을 두드릴지도 모른다는 생각에 휩싸여 작은 소음에도 소스라치게 놀랐다. 그날은 더이상 글을 쓸 수 없었다.

다음날이 되어서도 그 남자가 한 말이 귓전을 맴돌았다. 그제야 모멸감이 밀려왔다. 남자는 전날 밤의 일을 기억해냈을까. 만약 기억해냈다면 자신의 행동을 후회하고 부끄러워했을까. 아니면 별일 아니었다고 생각했을까. 그것도 아니면, 아무것도 기억하지 못했을까. 나를 이토록 두려움과 모멸감에 빠뜨려놓고 저는 아무것도 기억하지 못한다면 그건 너무 억울한 일이었다. 병신이라니. 병신 같은 년이라니. 재수가 없다니. 시간이 흐를수록 내게 그런 끔찍한 욕지거리를 한 남자는 물론 그 순간 아무런 저항도 하지 못한 나에게까지 화가 치밀었다.

'똑똑한 척은 혼자 다 하면서 막상 일이 닥치면 아무 말도 못하는 멍청이.'

온종일 나 자신을 책망하며 넋을 놓고 있었다. 혹시라도 저항을 했다가 더 큰 봉변을 당했을지도 모른다는 사실을 잘 알면서도, 한편으로는 아무런 대응도 하지 못한 내가 한없이 비겁하게만 느껴졌다. 오후에 들른 활동지원사 선생님이 무슨 일이 있었느냐고 물었지만 이야기하지 않았다. 나는 내내 우울한 채로 전날 밤의 일을 생각하고 또 생각했다.

며칠이 지나도록 그 남자와의 일이 지워지지 않았다. 지워지기는커녕 점점 더 뚜렷하게 그날 밤을 복기하기 시작했다. 그 남자는 왜 그랬을까. 자정이 훌쩍 넘어선 초겨울 밤, 술에 취해 휘청거리던 남자는 어째서 누구에게도 무해한 존재일 나 같은 사람을 위협한 것일까. 그날 밤 그가 마주친 수많은 사람들 중 내가 가장 만만했던 것일까. 그냥 술김에 어느 모로 봐도 만만한 휠체어 장애인에게 묵은 감정의 찌꺼기를 뱉어내고 싶었던 것일까. 그럴 만큼 그는 비겁한 사람이었던 걸까. 그냥 그렇게 생각해 버리고 잊어야 하는 걸까. 다 필요 없이, 그냥 술 때문이었을까. 생각이 꼬리를 물었다. 혹시 그는 누구에게도 제 감정을 드러내 보일 줄 모르는 사람이었던 건 아닐까. 말도 못하게 비겁하기 때문에 그만큼 외로운 사람이었을 수도 있지 않을까. 해결 못한 채 쌓여만 가던 감정이 하필이면 그날 그 순간 폭발한 것은 아닐까. 이 모든 일들은 그냥 다 우연에 지나지 않는 것일지도 모른다는 생각이 들었다. 그는 도대체 어떤 사람이었을까. 나는 그에 대해 생각하기 시작했다. 그러는 동안 서서히 그를 이해하고 싶어졌다. 그를 이해해야만 그날의 모멸과 공포, 그리고 부끄러움에서 벗어날 수 있을 것 같았다. 그러자 놀랍게도 그가 친근하게 느껴졌다.

나는 다시 밤 외출을 시작했다. 많이 늦은 시간에는 조금 망설여지기도 했지만 결국 다시 나가 달을 올려다보며 음악을 듣거나 생각에 빠져드는 일을 포기하지 않았다. 대신 밤에 나갈 때마다 휠체어 가방에 내가 좋아하는 커피를 한 병씩 담아가지고 갔다. 그럴 수 있을지 자신은 없었지만, 혹시라도 남자를 만나면 건네고 싶어서였다. 어쩌면 남자도 나를 기억하고 있을지도 몰랐다. 기억하지 못하더라도 커피를 전해줄 수 있으면 좋을 것 같았다. 그걸 건넸을 때 남자가 보일 반응이 점점 더 궁금해졌다. 어떤 날엔 일부러 퇴근시간에 나가서 아파트로 들어서는 사람들 속에서 남자를 찾아보기도 했다. 이게 무슨 객쩍은 짓인가 싶으면서도 남자가 보일 반응이 궁금해서 멈출 수가 없었다.

결과적으로 나는 남자에게 커피를 건네지 못했다. 그날 이후 지금껏 남자를 만나지 못했기 때문이다. 커피는 남자 대신 눈이 쏟아지는 어느 밤 비탈길에 염화칼슘을 뿌리느라 수고하시는 경비 아저씨께 드렸다. 커피야 얼마든지 더 준비할 수 있었지만, 한겨울 맹추위가 기승을 부리기 시작하면서 밤 외출을 하고 싶어도 할 수 없는 날이 많아졌다. 그렇게 겨울이 끝나갈 즈음에는 더이상 남자에 대해 생각하지 않게 되었다. 이젠 남자의 얼굴도 가물가물해서 다시 만난다 해도 기억이 날 것 같지 않다. 어쩌면 그런 일은 이렇게 잊는 게 맞는지도 모르겠다. 다만 내가 한때나마 남자와 화해하고 그를 이해하고 싶어했다는 사실만큼은 잊고 싶지 않다. 그런 식으로 일을 매듭짓고 싶어했던 내가 썩 마음에 들기 때문이다. 덕분에 악몽 같았던 순간이 불쾌함으로만 남지 않을 수 있게 되었으니 말이다. 그리고 어쩌면 그 남자를 이해하고 싶어했던 마음이 그 순간 내가 낼 수 있는 최선의 용기였을지도 모른다고 생각하면 더더욱 그날의 나를 기억해주고 싶다. ✿

불안 세포

복부에서 방광으로 관을 삽입해 소변을 배출하도록 하는 시스토스토미 시술을 받은 이후 방광 용적이 줄어든 탓인지 실금이 계속되었다. 하는 수 없이 몇 년 전부터 매년 방광에 보톡스를 주사하는 시술을 받아왔다. 요도를 통해 내시경을 삽입해 방광에 보톡스를 주사하는 비교적 간단한 시술이었지만, 시술을 받기 위해선 입원을 하고 수술실에 들어가야 했다. 수술실은 아무리 여러 번 들어가도 도무지 적응이 되지 않는 곳이라 시술 당일만 되면 어쩔 수 없이 바짝 긴장하곤 했다.

PCR검사까지 받아야 하는 통에 더 번거로워진 절차를 거쳐 병원에 입원했다. 입원을 하고 나서는 모든 일이 빠르게 진행됐다. 나는 곧 이동 침대에 실려 수술실로 옮겨졌다. 수술실 내 대기실은 어수선했다. 그곳에서 잠시 대기하다 간단한 본인 확인

절차를 거친 뒤 수술실로 들어갔다. 수술실의 차가운 공기에 오소소 소름이 돋았다. 한번 더 본인 확인이 이루어졌고 이번엔 수술 침대로 옮겨졌다. 내 의지와는 하등 상관없이 움직이는 컨베이어벨트 위의 물건이 된 기분이었다. 이렇게 계속해서 옮겨지다 내가 최종적으로 도달하게 될 곳은 어디일까. 그곳이 어디든, 성한 몸이기만 하다면 얼마나 좋을까. 하나마나한 생각에 빠져 있는 동안 허리 아래로 가림막이 쳐졌다. 가림막 뒤에서 의료진들이 부산하게 움직였고 잠시 뒤 주치의가 수술실에 들어왔다. 나는 하반신이 마비되었기 때문에 시술은 마취 없이 진행됐다. 차가운 수술실 공기와 의료진이 내는 소음이 묘하게 신경을 긁었다. 두 눈을 꽉 감고 한껏 뾰족해진 시간을 견뎠다.

"다 끝났습니다."

잠시 뒤, 웅성거리던 소음이 뚝 끊기면서 주치의가 큰 소리로 말했다.

"그런데 시술중에 종양을 발견했어요. 지금은 제거할 수가 없고, 오늘 받은 시술이 안정된 다음으로 수술 날짜를 따로 잡아 제거할 거예요. 결과는 조직검사를 해봐야 알 것 같고요."

갑작스러운 말이었다. 뭐라고 대답해야 할지 몰라 우물쭈물 하는 사이 의사는 수술실에서 나가버렸다. 시술을 돕던 스텝 중 하나가 하반신과 상반신 사이에 쳐놓은 가림막 뒤로 왔다. 그러곤 두 눈을 둥그렇게 뜨고 있는 내게 다음 외래 때 교수님이 자세히 말씀해주실 거라는 말을 전했다. 종양이니 조직검사니 하는 말들에 덜컥 겁이 났다. 아빠가 암 투병 끝에 돌아가신 지 겨우 세 해가 지났을 뿐이었다.

그날 나는 결국 종양에 대해서는 아무 말도 듣지 못한 채 퇴원했다. 간호사들이 일주일 후로 외래 날짜를 잡아주었다. 그 일주일 동안 별별 상상을 다 하며 불안에 떨어야 했다. 그러다보니, 공연히 예민해져서 사소한 일에도 바르르 화를 내고는 했다. 돌아서면 후회할 것을 알면서도 같은 실수를 반복했고 나 때문에 불쾌했을 이들을 생각하며 자괴감에 빠져 괴로워했다. 그렇게 엉망진창이었던 일주일을 간신히 보낸 뒤 외래진료를 가서 만난 의사에게 따지듯 물었다.

"위나 대장 내시경 할 땐 발견 즉시 떼어내던데, 그렇게 할 수는 없었던 건가요?"

"보톡스 시술중엔 할 수가 없어요. 그리고 이건 대장 용종 떼어내듯 간단하게 떼어낼 수 있는 게 아니에요. 전신마취도 해야 하고, 그냥 조직 일부만 떼어내는 게 아니라 종양이 있는 부위를 여유 있게 떠내야 해서요."

나는 크게 숨을 들이마셨다 천천히 내쉰 다음 다시 물었다.

"이때 보았는데요? 혹시, 암일 가능성도 있을까요?"

시종일관 모니터만 들여다보고 있던 의사가 그제야 내 쪽으로 고개를 돌렸다.

"정확한 건 조직검사를 해봐야 알겠지만, 모양이 아주 안 좋았어요. 결과가 나쁠 수 있을 거 같아요. 척수를 다친 마비 환자다보니 척추마취는 할 수가 없을 것 같고, 결국 전신 마취를 해야 하는데, 그러자면 2박 3일은 입원을 해야 할 겁니다. 출혈이 있다면 입원 기간은 더 길어질 수 있고요. 현재 어느어느 과에서 진료받고 계시죠? 수술하려면 각 과에 전부 협진의뢰서 넣고 진료받으셔야 하는데."

다른 말은 하나도 들리지 않고 오직 '모양이 안 좋다'는 말만 귀에 들어왔다. 모양이 안 좋다니, 그것도 '아주' 안 좋다니. 이미 암 선고라도 받은 듯 가슴이 풀썩 주저앉았다. 내 뒤에 서서 함께 이야기를 듣고 있던 엄마가 가만히 내 어깨에 손을 얹었다. 가슴이 빠르게 뛰기 시작했다. 진료실 벽에 걸린 달력을 향해 휠체어를 돌려 앉았다. 그리고 휴대폰 스케줄러를 켜고 달력 속 날짜들과 비교해가며 가능한 날을 더듬기 시작했다. 최대한 빨리 날을 잡고 싶었지만 적어도 이번에 받은 보톡스 시술이 안정되기까지는 기다려야 했다. 이후 의사의 일정과 내 회사의 일정도 정신없이 꼬이기만 했다. 결국 한 달 후로 날짜를 잡을 수밖에 없었다. 그 한 달 사이에 '아주 안 좋아' 보였다는 그것이 더 나빠지기라도 할까봐 겁이 났지만 의사도 나도 달리 뾰족한 수는 없었다.

이미 눈앞에 벌어진 나쁜 일과 아직 닥치지 않은 불행 중 어느 쪽이 더 견디기 힘들까. 사람마다 차이가 있겠지만, 내 경우엔 아직 닥치지 않은 불행이 훨씬 더 힘든 것 같다. 이미 눈앞에 벌어진 일이야 어떻게든 해결해나갈 방법을 찾든 아예 포기하고 주저앉아버리든 하면 되는데, 아직 닥치지 않은 불행 앞에선 어떤 마음가짐을 가져야 할지조차 모르겠다. 더구나 이번엔 생명과 직결된 문제였다. 내 몸안의 불안 세포들은 엄청난 속도로 증식하기 시작했다. 머지않아 그것들이 나를 통째로 집어삼킬 것이 뻔해 보였다. 나는 점점 더 예민해졌다. 하지만 예민해진 나를 들키고 싶지 않았다. 나는 뾰족하게 돋아나는 가시를 일일이 뽑아 거꾸로 박아넣었다. 이번엔 아무 잘못도 없는 사람들에게 공연한 화풀이를 하는 대신 아무렇지도 않게 웃고 떠들며 안으로, 안으로, 깊숙이 파고드는 가시들을 견뎠다. 읽고 쓰는 일은 거의 중단하다시피 했고 재미도 없는 영화나 텔레비전 오락 프로그램들을 보며 키득거렸다. 수년간 연락하지 않고 지내온 친구에게 전화를 걸어볼까 오래 망설이다 그만두었고, 가입해두었던 보험들의 약관을 찾아보았으며, 아무짝에도 쓸모없는 물건들을 자꾸 사들였다.

"많이 무서워?"

여느 날처럼 오락 프로그램을 보며 낄낄대는데 함께 웃으며 텔레비전을 보던 엄마가 문득 생각났다는 듯 물었다. 나는 멍한 얼굴로 엄마를 빤히 바라봤다.

"별일 아닐 테니까 너무 겁먹을 거 없어."

엄마는 정말로 별일 아니라는 얼굴로 심상하게 덧붙이곤 다시 텔레비전으로 시선을 돌렸다. 엄마의 옆모습을 바라보는데 왈칵 눈물이 솟았다. 나는 덮고 있던 이불을 슬며시 끌어당겨 들썼다. 그리고 오래 숨을 참아온 사람처럼 긴 한숨을 내쉬었다. 많이 무서워? 이 한마디에 바슬바슬 바스러지던 마음에 물기가 스미는 느낌이었다. 너무 무서워서 무섭다는 말조차 할 수 없었다. 한 치 앞도 내다볼 수 없는 세상에 혼자 남겨진 기분이었다. 이불을 들쓰고 누워 눈초리를 타고 흐르는 눈물을 주섬주섬 닦아냈다. 무섭냐고 물어봐주는 사람이 있어서 다행이라는 생각이 들었다. 슬며시 이불을 내리고 다시 텔레비전을 보았다. 배에 커다란 짐볼을 넣은 남자들이 불룩한 배로 상대를 라인 밖으로 밀어내려 안간힘을 쓰고 있었다. 키가 이 미터에 육박하는 전직 농구선수가 한순간 몸의 중심을 잃으며 우스꽝스러운 모습으로 넘어졌다. 나도 모르게 웃음이 터져나왔다. 강아지 사랑을 품에 안고 쓰다듬으며 텔레비전을 보고 있던 엄마도 웃음을 터뜨렸다. 공연히 눈자위가 뜨거워져서 얼른 마른침을 꿀꺽 삼켰다. 다른 모든 날들과 다를 바 없는 날의 밤이 깊어가고 있었다. ✿

일상을 닮은 여행

삼월의 바다가 그렇게 추운 줄은 미처 몰랐다. 하늘은 믿어지지 않게 맑은데 불어오는 바람은 차갑기만 했다. 겹겹이 껴입은 옷섶을 단단히 여미며 끝나지 않을 듯 이어지는 해안도로를 따라 걸었다. 날이 밝기도 전에 숙소에서 나와 버스를 타고 가다 해안도로가 나타나자마자 내렸다. 그때부터 해안도로를 따라 걷다가 '다랭이 마을' 표지판을 보고 마을로 들어갔다. 그렇게 마을의 골목길과 논둑길, 그리고 해안가를 반나절 넘게 샅샅이 헤매고 다니다 막 빠져나온 참이었다. 비탈을 타고 이어지는 다랑이논과 논에 핀 유채꽃 무리 너머로 보이는 바다 풍경에 취해 생각보다 시간을 지체했다. 공연히 마음이 바빠져서 걸음을 재촉했다.

소심하고 겁이 많아 외국 여행은 엄두도 내어보지 못했다. 배

낭 하나 달랑 메고 씩씩하게 떠나는 이들을 보면 부럽다는 생각을 하면서도 정작 내가 그들처럼 먼 곳으로 훌쩍 떠날 수는 없었다. 경제적으로 여의치 않기도 했지만 사실 더 큰 이유는 언어에 대한 두려움 때문이었다. 언어가 통하지 않는 세상에 외따로 뚝 떨어질 생각만 해도 겁이 덜컥 났다. 물론, 평소에도 어지간해선 움직이려 들지 않는 게으름과 낯가림이 심한 성격도 한몫했고. 아무튼 너무 먼 곳까지 가기엔 여러 사정이 허락하질 않았다. 대신 말이 통하고 비용도 크게 들지 않는 국내 여행은 간혹 했다. 물론 자주는 아니었다. 수년에 한 번쯤, 도무지 더는 답답해서 참을 수 없는 지경에 이르면 간신히 움직여주는 식이었다.

여행의 방식은 단순했다. 우선 내키는 대로 행선지를 정한 뒤, '뭐든 막상 하려고 하면 갑자기 아무것도 하기 싫어지는 게으름'을 있는 힘껏 억누르며 두 눈 딱 감고 짐들과 함께 나를 일단 그곳으로 옮겨놓았다. 그렇게 여행지에 도착하면 먼저 적당한 숙소를 찾아 정한 뒤 숙소를 중심으로 일주일쯤, 드물게는 한 달 이상 그곳에서 살다가 집으로 돌아왔다. 다른 사람들처럼 여행지에서 무엇을 보고 무엇을 먹는지는 그다지 중요하게 생각하지 않았다. 그래서인지 누구나 알 만한 관광도시에 갔을 때도 관광을 목적으로 움직인 적은 없었다. 나는 낯선 도시를, 마을을, 골목을 다만 걸었을 뿐이다. 마치 내 방에서 며칠이고 뭉개며 글을 쓰다가 막혔을 때 모자 하나만 푹 눌러쓰고 밖으로 나가 이십 년도 넘게 산 도시의 골목을 헤매고 다닐 때처럼 낯선 곳에 도착해서도 그저 걸었다. 그렇게 혼자서 돌아다닌 곳이 여수, 목포, 정선, 영월, 경주, 태안 같은 곳들이었다.

남해는 방법을 조금 달리한 첫번째 여행지였고 나 혼자서 떠난 마지막 여행지이기도 했다. 그곳에서 나는 이전까지와는 달리 숙소를 붙박이로 정해놓지 않았다. 무조건 헤매고 다니다가 날이 저물면 근처에서 숙소를 찾는 식으로 남해군 전역을 닥치는 대로 돌았다. 번거로운 방식이었지만 뭔가 새로운 느낌이었다. 그때 나는 긴 무명의 시간 끝에 문학상을 수상한 직후였고, 수상작인 첫 책의 출간과 두번째 장편의 집필을 앞두고 있었다. 살면서 가장 자신감이랄지, 활력이랄지, 아무튼 긍정적인 에너지가 넘쳐나던 때였다.

거기가 어디쯤인지 알지 못했다. 해안도로를 따라 무작정 걷다가 작은 포구를 발견하곤 그곳으로 길을 잡았다. 포구를 끼고 있는 몽돌해변을 따라 조금 걷다가 몽돌을 주워가지 말라고 쓰인 경고 표지판을 보며 몽돌 하나를 주워 주머니 속에 넣었다. 손에 꼭 그러쥔 몽돌의 맨들맨들한 감촉 때문인지 포구로 향하면서도 괜히 머리 꼭뒤가 간질거렸다. 그런 시간엔 원래 포구가 한가한 것인지, 이상하게 사람이 보이지 않았다. 포구 한쪽에 밧줄로 묶어놓은 낡은 배가 두어 척 떠 있을 뿐이었다. 어쩌면 더 이상 고기잡이배가 드나들지 않는 곳일지도 모른다는 생각이

들었다. 포구 끝에 걸터앉았다. 차가운 바람 속에서도 햇살의 기운이 느껴졌다. 추위도 잊은 채 먼바다의 물비늘을 바라보았다. 기분이 한껏 가벼워져 포구 아래로 드리운 다리를 끄떡끄떡 흔들었다. 발끝에 걸리는 바다색이 너무 예뻤다. 바다 위로 다리를 쭉 뻗고 사진을 한 장 찍었다. 나는 사진 속에서 빛나는 바다와 그 위에 떠 있는 발의 모습을 오래 들여다보았다. 건강하던 내 발의 모습을 찍은 유일한 사진이었다.

해변을 벗어나 마을로 들어섰는데 마을에도 사람의 모습은 보이지 않았다. 나는 낮은 담벼락이 구불구불 이어지는 골목을 천천히 걸었다. 두 팔을 뻗으면 양쪽 벽에 닿을 정도로 좁은 골목도 있었다. 껑충하게 큰 키 때문에 공연히 남의 집을 넘겨다보는 게 민망해서 일부러 시선을 앞에 두려 애쓰며 걸었다. 그런데도 하는 수 없이 보이는 풍경들은 을씨년스럽기 이를 데 없었다. 물비늘이 반짝이는 쪽빛 바다 덕분에 그다지 쓸쓸하지 않았던 빈 포구와는 달리, 녹이 슨 대문과 무너져가는 지붕을 인 납작한 집들은 그 자체로 몰락의 냄새를 진하게 풍기고 있었다. 그것은 비릿한 쇳내 같기도 했고 텁텁한 먼지 냄새 같기도 했다.

작은 마을이어서 골목은 그다지 길게 이어지지 않았다. 가뜩이나 좁은 골목이 점점 좁아지더니 금세 끝에 이르렀다. 그곳엔 해안도로로 올라가는 계단이 나 있었다. 계단 앞에서 잠시 망설이다 돌아서서 다시 골목을 되돌아 걸었다. 해안도로를 따라오는 동안 그럴듯한 외관의 숙박업소들이 종종 눈에 띄었으니 계단을 올라가 조금만 더 걸으면 적당한 숙소를 만날 수 있겠지만, 골목 초입 가겟방 출입구 옆에 걸려 있던 민박 표지판이 자꾸만 눈에 밟혔다. 그냥 막연히 그곳에서 하룻밤쯤 묵어가고 싶었다. 빈 포구와 몽돌해변은 물론 몰락의 냄새가 낮게 도사리고 있는 좁은 골목까지, 어쩐지 마음이 끌렸다.

되돌아나오는 길에 보니 빈집이 꽤 많은 마을이었다. 민박을 하는 가겟집도 다시 가보니 말이 가겟집이지 장사를 그만둔 지 꽤 되어 보였다. 손님을 들이던 방에 불을 넣지 않은 지 오래돼서 민박을 놓을 수 없다고 말하는 할머니에게 마을에 따로 민박을 놓는 집이 없느냐고 물었다. 할머니는 이 동네 뭐 볼 게 있어서 민박집이 있겠느냐고 되물었다. 나는 할머니에게 뭔가를 다시 물으려다가 입을 다물었다. 어쩐지 무안한 기분에 사로잡힌 채 그냥 가겟집에서 돌아나오고 말았다. 결국 그 마을에선 묵을 수가 없게 된 셈이었다. 하는 수 없이 다시 좁고 구불구불한 골목을 걸어 해안도로로 나가는 계단으로 향했다. 첫번째 모퉁이를 돌 즈음 몽돌해변에 한번 더 들를까 생각했지만 그러지 않았다. 그 대신 주머니 속의 매끈한 몽돌을 만지작대며 해안도로를 향해 나 있는 계단을 천천히 걸어올라갔다. 그때 주워온 몽돌은 가벼운 책을 읽을 때 문진으로 사용하며 꽤 오래 간직하다가 지금 이 집으로 이사오는 과정에서 분실하고 말았다.

해안도로를 따라 다시 걷는 중에 출판사에서 걸려온 전화를 받았다. 전화를 걸어온 편집자는 출간을 앞둔 작품에 문제가 생겼다는 소식을 전해왔다. 작품 속에 가수 서태지의 노래 몇 곡의 가사 일부를 수록했는데, 갑자기 터진 스캔들로 인해 서태지 측과 연락이 닿지 않아 가사 수록에 대한 협의가 불가능하게 됐다고 했다. 저작권 문제로 결국 가사 전부를 들어내야 하게 생긴 것이다. 가사를 그대로 들어낸다면 작품의 의미 상당 부분이 훼손될 수밖에 없어 수정 작업이 불가피했다. 갑작스러운 이야기에 당황해서 도로 턱 아무데나 주저앉아 편집자와 오래 통화를 했다. 통화를 마친 뒤에는 다시 가방을 둘러메고 걷기 시작했다. 그리고 다른 날처럼 날이 저물 무렵 발견한 펜션에 방을 잡았고 라면을 끓여 소주를 한 병 마신 뒤 씻고 작품의 수정 방향을 고민하며 메모를 하다 잠이 들었다.

돌이켜보면, 더 다양한 곳을 돌아다녔지만 남해 여행도 다른 곳에서와 크게 다르지 않았다. 그곳에서도 나는 다른 모든 곳에서 그랬던 것처럼 걷거나 책을 읽거나 무언가를 끼적였다. 그것은 당시까지는 이십 년을, 이제는 삼십 년을 넘게 산 나의 도시에서의 일상과도 크게 다르지 않았다. 다른 것이 있다면 나를 둘러싼 풍경뿐이었다. 다른 사람들은 어떤지 잘 모르겠지만, 나는 아마도 그래서 여행을 떠났던 것 같다. 무언가 특별한 것을 보고 먹고 느끼기 위해서라기보다는 그저 지금 이곳과는 다른 풍경 속에서 일상을 살고 싶어서.

누려 석 달을 살다 왔지만 가본 곳이라고는 만리포 해변으로 향하는 길과 숙소 뒷산, 그리고 그 뒷산 너머에 있는 하나로마트가 전부였던 태안에서의 생활 역시 그랬다. 나는 그 석 달 동안 한 숙소에서 머물렀다. 그리고 매일 똑같은 코스를 산책하면서 꽉 막혀 있는 소설에 대해 생각했다. 숙소로 돌아오면 밥을 지어 먹고 다시 소설을 썼다. 쓰는 일에 지치면 영화를 보거나 책을 읽었다. 좁은 화장실에서 빨래를 했고 온수기를 켜고 샤워를 했다. 석 달을 넘게 그곳에서 지냈지만 기억나는 것이라고는 산책길에 본 염전과 비수기여서 을씨년스럽기만 했던 해변, 그리고 볼 때마다 '누구네 집에 찾아온 색시냐'고 묻던 동네 노인들뿐이다. 그런 것도 여행이라면 여행이었고, 그것이 내게 맞는 여행의 방식이었다.

다른 이들 눈에는 다소 초라해 보일 수 있을 여행이나마, 내게 여행에 관한 기억들은 하나같이 소중하다. 이제 다시는 혼자서 여행을 떠날 수 없을 것임을 잘 알고 있기 때문이다. 누군가는 장애인도 얼마든지 혼자서 여행을 할 수 있다고 독려하고 싶을지 모르겠지만, 나는 현실적인 어려움을 무릅쓰고 혼자서 여행을 떠날 만큼 여행에 대한 열정이 넘치는 사람은 아니다. 그런데도 혼자서 떠났던 여행에 관한 기억으로 이 책을 마무리하는 것은 '산책할 수 있었던 시절'에 대한 그리움과 '다시 시작할 산책'

에 대한 기대감에 대해 이야기하고 싶었기 때문이다.

그렇다. 나는 다시 산책을 시작하기로 결심했다. 예전처럼 두 다리로 씩씩하게 걸을 수는 없겠지만, 내게는 튼튼한 휠체어가 무려 석 대나 있으니까. 휠체어로 가기 벅찬 거리라면 지하철이나 저상버스를 타면 된다. 물론 아직 불편한 점이 너무 많다는 건 잘 알고 있다. 그렇기 때문에 부족한 부분을 채워갈 수 있도록 세상과 싸우는 일에도 더 적극적으로 나설 생각이다. 스스로 넘지 못할 턱을 만나면 망설이지 않고 당당하게 누구에게라도 도움을 청하며, 세상은 지금껏 내가 생각해온 것보다 훨씬 더 합리적인 곳일 거라는 기대를 품은 채, 삼십 년 넘게 살아온 이 도시를 천천히 다시 걸을 것이다. 그렇게, 오래도록 그리워만 해온 이들을 만나러 가보려 한다. ✿

작가의 말

사는 게 비명 같다는 생각을 자주 합니다.

하지만 온통 나쁘기만 한 것은 아닙니다.

이런 삶에도 온기가 돌고 웃음이 깃들거든요.

모두 어머니 덕분입니다.

고맙습니다.

사랑합니다.

당신이 모르는 이야기

초판 1쇄 인쇄 2022년 11월 25일
초판 1쇄 발행 2022년 12월 5일

지은이 황시운

편집 이원주 이희연 디자인 김문비 마케팅 김선진 배희주
브랜딩 함유지 함근아 김희숙 고보미 박민재 박진희 정승민
저작권 박지영 형소진 이영은 김하림
제작 강신은 김동욱 임현식 제작처 천광인쇄사

펴낸곳 (주)교유당 펴낸이 신정민
출판등록 2019년 5월 24일 제406-2019-000052호

주소 10881 경기도 파주시 회동길 210
전화 031-955-8891(마케팅) 031-955-2680(편집) 031-955-8855(팩스)
전자우편 gyoyudang@munhak.com

인스타그램 @gyoyu_books 트위터 @gyoyu_books 페이스북 @gyoyubooks

ISBN 979-11-92247-59-5 03810

이 도서는 2022년도 한국문화예술위원회 아르코문학창작기금(발간지원) 사업에 선정되어 발간되었습니다.